U0558739

视点文丛

雕像背后

韩作荣 著

中国青年出版社

(京）新登字083号

图书在版编目（CIP）数据

雕像背后/韩作荣著. —北京：中国青年出版社，2012.12

ISBN 978-7-5153-1318-4

Ⅰ.①雕…　Ⅱ.①韩…　Ⅲ.①随笔-作品集-中国-当代　Ⅳ.①I267.1

中国版本图书馆CIP数据核字（2012）第288493号

责任编辑：万同林

*

中国青年出版社 出版 发行

社址：北京东四12条21号　邮政编码：100708

网址：www. cyp. com. cn

编辑部电话：(010) 57350404　门市部电话：(010) 57350370

三河市君旺印装厂印刷　新华书店经销

*

700×1000　1/16　15.75印张　2插页　217千字

2012年12月北京第1版　2012年12月河北第1次印刷

印数：1-5000册　定价：29.00元

本图书如有印装质量问题，请凭购书发票与质检部联系调换

联系电话：(010)57350337

目录

城市与人

肖像与背影

域外探幽

城市与人

尧都陶寺

很难想象4500余年前尧帝的都城是什么样子。冬日的陶寺乡只有清冷的土地、枯叶蓑草，苍茫里于风中抖颤的树枝。或许，土坡上偶尔显现的黑色石器与破碎的陶片，才透露一点儿那早已湮没、凝固的历史。

时间久远。尧帝只留在典籍的墨痕和传说里。然而，自2001年春始，考古学家历经3年的发掘，终将这中国最早的都城大白于天下。溯根探源，它将古老的中华文明有据可考的历史前移了千余年。大量文物的出土，为我们展示了一个尧帝的陶唐时代，让传说成为历历在目的真切存在。

据《帝王世纪》载，穴居野处的古人“及至黄帝，为筑宫室，上栋下宇”。即人类组成部落之后，才筑室而居。而尧作为黄帝的嫡孙，其建造的都城，该是中国最早的城邑了。

考古学家于襄汾陶寺村与中梁村、宋村、沟西村、东坡沟村之间，发现并确认了占地56万平方米的早期小城、宫殿，和占地280万平方米的中期大城及墓葬，并据城墙遗迹判断，其城址平面为圆角长方形；而各种标志性建筑如宫殿、祭坛、观象台，以及仓储区、墓葬区、街市区和道路等遗迹的发现，证实了此处为典型的城邑、酋邦之国的都城。

或许，既称之为“上栋下宇”，该是以木头建筑的脊檩、正梁，以泥土筑墙、以茅草敷就的屋顶房檐吧。即使称之为宫殿，不过空间大一些而已，恐不会有后来的琉璃瓦和石砌的地基、华美的雕梁画栋、飞檐斗栱、勾心斗角的庄严与气势。那大抵是最早的土木建筑，从城址遗迹中的墙基、台阶、桥墩、豁口、槽壁，以及斜坡、道路、壕沟的基础看来，皆是夯筑而成，在生土敷盖之下显现。那是原始社会末期，生产工具并不先进，能以木料及泥土构筑屋宇，恐已是难能之事了。不过，从陶寺出土的最早的青铜铃看来，铃虽不大，却也说明尧帝时已有了青铜冶炼，既能造青铜铃，自然也会铸造青铜的生产工具了，那时有了青铜的刀斧，也未可知。且陶寺还出土了木案、木俎、木几、木匣、木盘、木斗、木豆、木鼓等物，这些木器恐怕很难用石器制成，或许也证明了早期金属工具的使用。其时，尧时代正处于龙山文化早期，大抵是人类冶铜、锯木、制陶、砺玉之始。从陶寺墓葬出土的随葬品中可以看到，既有玉钺、玉璜、白玉管、漆柄玉石兵器、玉璧、玉兽面，也有青石大厨刀、石钺，以及骨镞、骨匕首、漆木器、木案板、漆木盒。此外，还有彩绘陶器、红彩漆筒形器、彩绘陶簋、彩绘漆觚形器，甚至还有草编物、玉琮、璜形玉佩、绿松石饰件、子安贝和陶罐、仓形器、铜器等等。由此看来，尧帝建造的宫殿恐也该是色彩斑斓、颇有审美意味的吧，虽是土木工程，也会是高大宽阔、精于修饰的建筑了。

陶寺古观象台，是在北京大学考古系博士、陶寺文化遗址考古队队长何驽的大胆猜想中历经辛苦的发掘发现的。这种将考古与天文联系在一起；设想最初的“国家”，城的东南方向可能会出现一个祭祀的地方；其考古挖掘总体的构想与规划，被称之为第一人，确有开创性的贡献。从第一个探眼到第一条探沟，以及被雨水冲刷后夯土柱的出现；以及随着一个又一个探沟的发掘，一个面积约1400平方米、呈大半圆形的夯土台展现出来，尤其是第三层台基上的半环形夯土柱列，十分罕见，被称为中国史前文化中绝无仅有的一例。经研究得出结论——这是一座古观象台与祭祀处。随后，考古队历经两年时间，从不同的观测缝中观测出冬至、谷雨、小满、夏至、秋分、小雪、立冬等节气。而正是此观象台遗址，成为《尚书·尧典》所说的“历象日月星辰，敬授人时”的真切佐证。尧划分一年四季，以366日为一年，每3年置一闰月，调整历法和四季

24个节气的关系,亦证实了中国农历的由来。

在陶寺遗址的挖掘中,其中9座大墓有5座出土了彩绘“龙盘”。龙盘为陶制品,边缘为褐红色,盘底为黑色。用红、白、黑三色绘制的一条盘曲的龙,几乎占据了整个盘面。这是一条两端略细、大部分躯体粗壮的蟠龙,双排鳞甲似蛇的斑纹,此龙有鳍,口衔翎毛,但无角、无爪,只有蛇身与鱼鳍的组合。或许这预示着其既能入水、衔羽毛亦能飞腾之意吧。据《竹书纪年》载:“帝尧陶唐氏,母曰庆都,生于斗维之野,常有黄云覆其上。及长,观于三河,常有龙随之。”而亦有典籍称尧之母庆都与赤龙合婚,始生尧。其实,尧乃帝喾之子,龙则是此部落的图腾崇拜物,作为部落酋长被视为赤龙之化身,亦可想而知。而陶寺龙盘的出土,则说明龙作为民族精神的象征是自尧开始的。帝尧继炎帝联盟之后,被推选为各部落方国的盟主首领,有人认为这龙盘是部落的族徽或部落联盟的盟徽,其时龙已成为最初国家的灵魂象征,而中国人称为龙的传人,也自尧帝始,这里便成为中华民族龙文化的源头。

尧舜时期,已有了较为完善的礼仪乐舞。所谓“尧作大章,舜作韶”,“大章者,大明天地人之道也”。所谓尧乐之八音,则指由8种物质所制成的乐器。陶寺遗址墓中亦出土了部分礼乐器,如磬、鼍、鼓、埙、铜铃为八音中的石土金革,而丝竹匏木似也应有,可4000余年间,恐早已腐朽为泥了。而依照五声六律谱写的旋律,“声依永,律和声。八音克谐,无相夺伦,神人以合”。正如其乐官所言:音乐可以使人正直而温和,宽厚而庄严,刚强而不欺人,简捷而不傲慢。作为礼仪之邦,其音乐也起到了教化和陶冶情操的作用。

在陶寺城址内1区的灰坑,考古者还发现了一件陶制的扁壶。壶的正面鼓腹部写有红颜色的一个较大的字符,壶平直的背面则有两个较小的红颜色字符。面对较大的字,有人认为是商之前甲骨文的“文”字;可另两个小字,从甲骨文中也找不到出处了,因而有人认为是“天”,有人认为是“易”,也有人认为是“尧”。这大抵都是猜想。可我从与文字无关的角度看来,似乎大字符像个大头颅的母亲,小字符却像两个孩子。不过,不管这最早的汉字意义如何,却证实了甲骨文并不是中国最早的文字,汉字出现于龙山时代晚期的文字起源说。在结绳记事的时代之后，史载黄帝"令仓颉造字"，在襄汾的贾罕村就发现了"仓颉造字处"的遗址。而尧作为黄帝的嫡孙，黄帝与尧帝之间相隔或许只有几十年的历史，最多不会超出百年。在这么短的时间内，进行一种无中生有的伟大创造，谈何容易。文字从开创到流传，恐怕总得有几十年的时间吧。因而，这扁壶上的朱书文字，或许就是仓颉所造的最初的文字，能书写在器物之上，说明已取得共识并得以流传吧。自然，这也只是我的一种猜想。

考古学家苏秉琦先生在《中国文明起源新探》一文中，提出陶寺文化是中国文明起源之根的观点，陶寺发现的城址、观象台以及诸多的出土文物有力地证实了陶寺是尧都，正如《辞海》所言："帝王所都为中，故曰中国。"而最初的中国，就是尧舜时代的陶寺。其实尧帝所居之处，典籍早有记载：史称帝尧早年封于唐，居于陶，受封于陶，并逝世于陶，故尧称陶唐氏。《帝王本纪》称"尧都平阳"，据考证，古平阳即今之临汾，陶寺便在临汾西南境内。就"陶寺"二字而言，"陶"即古陶地，以产陶驰名，是尧之部落的祖居之地。而"寺"，《说文》中称"廷也，有法度者也，从寸"，并被注为"廷，朝中也"；《汉书》注曰："凡府廷所在皆谓之寺。"由此看来，寺即朝廷，居庙堂之高者也。而"陶寺"，自然可以理解为陶国的都城。其时，邦酋林立，尧令禹治水之后，"水土即平，更制九州"，于是乎，各邦首领皆到尧都朝拜，九州同制，最早的中国就这样出现了。

是啊，那是何等美好的最初的中国，所谓"尧天舜日"，仍留存了4000余年的晴朗和光芒。尧的"和合之道，揖让之德，询练之风，节俭之行"，直到今天，仍对我们有着明理处世的警示作用。那是用一块鞋底样的木板，击掷前面的土块，并唱着"日出而作，日落而息。凿井而饮，耕田而食"的古老的《击壤歌》年代；是八音合奏，戴着百兽面具的男女，随乐音欢快地歌唱起舞的年代。据称，尧14岁时，初封于唐(今山西翼城)为首领。他仁厚、善待国民，甚至不穿华贵的衣服，不吃佳肴珍馔。从陶寺出土的器物中可知，当时已有缫丝、缠丝所用的器物"仓形器"，可见丝绸锦衣已成为高贵的奢侈品。可尧仍旧布衣葛带，体恤先民疾苦，深受爱戴。尧至16岁归陶继位国君，其"亲九族，和万邦"，引领国人开创大业，选贤德委经重任，将一些怙恶不悛、利欲熏心的贵胄子弟发配边荒之地。此外,他还广开言路,多纳良策,在廷前竖起诽谤木。据称:初设之诽谤木,只是一根木柱,柱旁放着一面大鼓。无论何人,荐贤士能人,献治国良策,均可进言,不论是谁,发现尧有过失,皆可用谤木击鼓,对尧品操评说。这"敢谏之鼓"、"诽谤之木",无疑让海纳百川、闻过则喜的尧帝开创出辉煌的年代。难怪孔子在《论语》中赞曰:"大哉,尧之为君也!巍巍乎,唯天为大,唯尧则之。荡荡乎,民无能名焉。巍巍乎,其有成功也。焕乎,其有文章。"

孔子赞颂尧帝的伟大与崇高,尤其对尧创造的礼仪制度大加赞美。而尧创立的禅让制奠定了盛世辉煌的延续,成为政体翻天覆地式的改革极为重要的事件。难怪孔子面对纷争的乱世又发感叹——多么崇高啊!舜和禹得到天下,不是夺过来的。尧以天下为公,不传子而传舜,颇令人钦佩,成为亘古美谈。据称尧有九子,多不成器。而尧在考察虞舜时,见到耕田的舜犁辕上拴着簸箕,牛走得慢了,就敲打簸箕,这样黄牛误认为鞭打青牛,而青牛错觉是抽黄牛,两个牛都走快了。尧帝闻之不胜感慨,认为舜对牲畜尚能如此爱怜体恤,其承以帝业,定会爱民如子。自然,一时一事还不能完全证明舜的才德,尧又将娥皇、女英两女嫁舜,观察舜的治家本领;又让9个儿子与舜一起生活,考验舜的教化才能。如此,舜代政8年,理国治家,其所居之处,一年所居成聚,二年成邑,三年成都,而尧之二女甚守妇道,尧之九子也变得通情达理,尧遂将帝位传予舜。

之后,尧在古城陶寺"避位二十八年",他晚年"步徙于陶",以平民身份与民众相处,并时时远行山区,"教化"狄民,直至去世。《山海经》载,尧葬于崇山,即今日陶寺之卧龙山。据典籍所载:"帝(尧)乃殂落,百姓如丧考妣,三载,四海遏密八音。"可见尧与百姓的亲密至爱之情,而历史上,有哪一位君王曾受过这样的尊崇与爱戴?

在陶寺古尧都遗址,我又想起那5块出土的龙盘,5座大墓,其中哪一处是尧的墓穴呢?或许他在其中,或许不在其中。年代毕竟太久远了。然而,陶寺的考古挖掘,让尧帝的传说成为有确凿证据的事实,对于中华文化之根的探源,已是万幸之事了。

千秋功罪

——隋炀帝与大运河

隋炀帝陵位于扬州邗江区槐泗镇的雷塘。

陵区占地不大。门前有今人竖起的三门牌坊，立于三层石阶之上。

其后不远处即陵园之门，灰墙青瓦，两侧各筑一小屋，陈列着图画文字，记述隋代亡国之君的生平要事、文治武功。前行十余步是一座石桥，桥的两侧则是著名的雷塘了，该是雷击的深坑，已是塘水盈满。令我诧异的是，通往坟墓的神道没有帝王陵墓常有的石人石兽，百余步后便是一座荒坟，底部由石头砌筑，偌大的圆坟之上长满荒草。看来，这位被称为穷奢极欲的暴君生前并未给自己修筑陵寝。或许他在位十三年时间太短，无暇顾及；或许他竭力开凿运河，三征高丽，拓疆固土，志在高远；也许他生前享尽尊贵荣华，作为亡国之君本无葬身之地，被葬雷塘，天怒人怨，死后仍受雷击，让人们在传说里泄恨。

墓碑"隋炀帝陵"四字隶书，为清代书法家、扬州太守伊秉绶所书。据称，嘉庆十二年，时在扬州的学者阮元查访到陵墓故址，勒石树碑，才使湮没已久的皇陵得以确认。

这就是隋炀帝陵，一堆黄土埋着一个名字，一千余年了，曾盛极一时的王朝随着他的消失而灰飞烟灭。可他仍在典籍和史书中存在，仍在民间传说里被斥骂被臆想而变形，仍在教授和研究者的争论中渐渐显露出他的本来面目。扬州人对隋炀帝的情感是复杂的。或许，隋炀帝本身便是一位复杂的君王，从不同的角度和侧面去看他便会得出不同的结论。可扬州，实在和他有着颇深的历史渊源，有着无法断绝的文脉。扬州是“应运而生”的城市，即因运河的开凿而成长、壮大，富足而繁盛。在唐代，曾成为除京城之外的全国第一大都市。扬州古运河，从瓜州入江口至宝应的黄浦，如今全长一百二十五公里。一千余年来，这条河段樯帆林立，桨声灯影，官舫贾舶，运载着盐粮兵甲，连结着一代代王朝的命脉，连通着中国古老大陆上的江河湖海，北去南来，有如运河之水，绵绵不绝。难怪诗人会有“烟花三月下扬州”，“处处青楼夜夜歌”，“腰缠十万贯，骑鹤下扬州”的咏叹了。看来这里也是销金窟和风月场，腰间没有十万贯是来不了的地方。而龙舟水殿、垂柳琼花、水榭楼台与古寺高塔，只与帝王有关。至于私家园林、假山竹影、人造的四季，亦为盐商大贾与官人名流的宅第。可这些，皆与官河水渡相连，有如藤蔓上结出的瓜果。或许可以说，没有这条古运河，便没有世人尽知的富甲天下的扬州了。

对历史与人的认知需要机缘。近年我两下扬州，由于隋炀帝陵的两间小屋里展示的隋炀帝简要介绍，打破了我不知何时留在脑海里对这位帝王的浅薄印象。如同一个迷迷糊糊的人被人在背后猛击一掌，随之清醒，继而有了探究这位复杂君王的兴趣。

由此，我想起了唐代诗人对隋宫与亡国之君的吟咏与慨叹。想起韦庄的“淮王去后无鸡犬，炀帝归来葬绮罗。二十四桥空寂寂，绿杨摧折旧官河”。李商隐的“玉玺不缘归日角，锦帆应是到天涯。于今腐草无萤火，终古垂杨有暮鸦”。以及杜牧的“龙舟东下事成空，蔓草萋萋满故宫。亡国亡家为颜色，露桃犹自恨春风”。……是啊，这些唐代诗人面对覆亡不久的隋宫炀帝的咏叹，腐草暮鸦，空疏寂寥，其时广陵花盛，炀帝东游，樯帆千里，禁兵辞象阙，携三千宫女下龙舟的往事，与隋宫的零落成尘、衰颓破败，帝王的垂死覆灭，形成何等鲜明的对照。所谓寒耿星稀，月楼吹角，苔封遗骨，残声落潮，星傍船明，菰蒲摇曳，一派萧条肃杀之气，留下千古的苍凉。

其实，隋炀帝曾是位大有作为的君主。从《隋炀帝大事年表》中可以看出，隋炀帝在位虽只十三年，却曾有过空前短暂的辉煌。杨广继位称帝的年号，称“大业元年”，确有建立大业的志向。《隋书·炀帝纪上》称杨广“美姿容、少敏慧”，且“好学”。称其“才能盖世，数经将领、颇有大功”。魏徵赞他“南平吴会，北却匈奴，昆弟之中，独著声绩”。正由于此，而被立为太子。而隋炀帝于隋鼎盛时期统一了中国，其时，隋之版图东起大海，西至新疆，南到云南，北抵大漠，成为东西四千多公里，南北七千多公里的大帝国。故《隋书·吐谷浑传》中称其为威加八荒，“师出于流求，兵加于林邑，威振殊俗，过于秦汉远矣”。

说心里话，看到唐代魏徵所修的《隋书》对隋炀帝“过于秦汉远矣”的评价，我颇感震惊。秦皇汉武、唐宗宋祖，是国人熟知与钦佩的君王，而史书早有评价的隋炀帝，在国人眼里大抵还是个荒淫无耻，死后也该天打雷轰的暴君、昏君。也难怪有人为之鸣不平。是啊，秦修的万里长城与隋挖掘的世界上最长的古大运河，皆为世界上最宏伟的古代工程。当长城失去效用，只成为一个符号的时候，古运河至今仍存航运之利。诚然，隋炀帝有其专横、残暴、荒淫、穷奢极欲的一面，秦与隋年代皆短，都是二世而亡，都结束了中国分崩离析的局面而一统天下，却又都很快地土崩瓦解。史家常将秦始皇与隋炀帝并称，大抵因其都是功过并存的君王之故吧。其实，宫闱的血腥、兄弟相残，甚至弑父夺位，中国有为的皇帝里亦不鲜见。因而，有人称就个人品质而言，唐太宗李世民并不比杨广高明多少。至于唐修《隋书》，离隋时近，有其真实之说，修书主持魏徵，早年为隋炀帝政敌，修传时亦缺乏公允之论。后世因袭《隋书》，认为隋炀帝是历史上最荒淫的皇帝，以唐代隋符合天意，那大抵也是统治者稳固政权的需要。至于明代，其传奇小说的渲染，更把隋炀帝写得不堪，也只为市井勾栏取乐故，添油加醋，异想天开，与史实并无大的关系。

就开凿大运河而言，旧史家皆称隋炀帝从公元六〇五—六一〇年，分三次役使百万以上劳丁开凿运河，只是为了游玩、看琼花，实在有失公允。《隋书·炀帝记下》明确记载其为“观省风俗”，“躬亲存问”，使“天下无冤”和“采访”人才“入朝”。从中可知修运河的主要原因，首要用于军事，镇压边邻小国，所谓威加八荒，以及征讨士族豪强的叛乱及人民的反抗。使之南北沟通、控制全国，维护一统。经济上则为了转运江南财物，供应官僚机构以及其他需要，战时则保证兵甲的输运与军粮的供给。就运河而论，它连接了整个封建王朝的命脉，是利于千秋万代的伟业，如何评价都不过分。

或许极盛之后事物便会走向其反面。大业七年隋炀帝初征高丽之后败归，隋之命运也走向了衰败。连年大役频频、征战不息，加之隋炀帝刚愎自用、一意孤行，人民难以生息，四野骚动，奋起反抗。民心已失，虎视权位者则借机起事，于是乎朝野失衡、君臣离心、狼烟四起，这时的杨广似已坐在了火山口上。

已无回天之力的隋炀帝，自大业八年之后，他“每夜眠，恒惊悸，云有贼，令数妇人摇抚，乃得眠”。是年四月，殿西院起火，隋炀帝“以为盗起，惊走，入西苑，匿草间，火定乃还”。看来他已是心神不宁、心惊肉跳，情绪低到极点，意志亦已崩溃。此时的他确已荒淫无度、醉生梦死，堪称昏君了。一味享乐，不理朝政，以玩笑解闷。其年五月发生日食，他命三千余人捕捉萤火虫，得数斛，夜出游玩时放出，“光遍岩谷”。其时，其前程昏暗，恐也只余萤火之光了。

随后隋炀帝三巡江都。劝谏者一一被处罚、杖死或斩首。另有进谏者则一路走，一路斩。此次南巡与前两次的气派大不相同，只能称之落荒而逃。而在江都，各郡县民变造反的奏报不断传来，大臣危惧，只讲假话，有使者奏告实情，却以为妄言，反遭杖责。

《资治通鉴》卷一八五《唐纪一》记载隋炀帝被杀前的情况称：“隋炀帝至江都，荒淫益甚，宫中为百余房，各盛供张，实以美人，日令一房为主人。江都郡丞赵元楷掌供酒馔，帝与萧后及幸姬历就宴饮，酒卮不离口，从姬千余人，亦常醉。然帝见天下危乱，意亦扰扰不自安。退朝则幅巾短衣，策杖步游，遍历台馆，非夜不止；汲汲顾影，惟恐不足。尝引镜自照，顾谓萧后曰：‘好头颈，谁当斫之？’后惊问故，帝笑曰：‘贵贱苦乐，更迭为之，亦复何伤！’”可见其已知大厦将倾，大祸将临，其玩岁愒日以待毙，也算是视死如归了。

或许隋炀帝没有想到，置其于死地的正是他平日宠信的宇文化及等人。其死虽然缘由复杂，然死于自己亲近人之手确是古往今来的至理。《隋史》中的宇文化及“性凶险，不循法度，好乘肥挟弹，驰骛道中，由是长安谓之轻薄公子”。据称，其时马文举历数隋炀帝之罪，隋炀帝承认

"我实负百姓,至于尔辈,荣禄兼极,何乃如是"。隋炀帝之问,亦揭示出奸佞人性之恶。

叛军退出后,萧皇后和宫人将漆床板拆下,叫人做成小棺,匆忙将隋炀帝殓葬于江都宫西院流珠堂下。不久,留守江都的隋左武卫将军陈棱集部众穿孝服为隋炀帝发丧,取宇文化及留下的辇络、乐队,粗备皇帝葬礼,其"衰杖送丧,恸感行路",以报隋炀帝提携之恩,将隋炀帝改葬于江都宫西吴公台下。后据《资治通鉴》卷一九〇《唐纪六》载,唐武德五年八月,"改葬隋炀帝于扬州雷塘"。胡三省于"雷塘"下注:"汉所谓雷陂也,在今扬州平冈上。"

看来,雷塘汉代便称雷陂,便是落雷之地。唐主李渊平定江南后将隋炀帝改葬雷塘,或许有以隋炀帝为鉴,闻雷而警醒自己之意。而雷塘易受雷击,至今仍是如此。二〇〇五年八月二十日下午二时,新修的隋炀帝陵门阙亦遭受了雷击,并击毁了门阙一角。

说起来,李渊作为隋所倚重的重臣,与隋炀帝有君臣之义。故隋末丧乱边将郡守纷纷起兵割据之时,李渊仍按兵不动,即使最后起兵攻下长安,也未亮反隋旗帜,仍推代王杨侑为帝,并遥尊隋炀帝为太上皇,隋炀帝死后才称帝自立。再则, 隋文帝杨坚的皇后与李渊之父李昞的夫人,原是亲姐妹,皆为独孤信之女。故李渊与杨广为姨表亲。隋亡后,隋炀帝与萧后所生的一个女儿成为唐太宗宠爱的妃子,可谓亲上加亲,太宗与隋炀帝亦有翁婿之情。因而,李渊以君王之礼改葬隋炀帝,李世民在萧后亡故时诏令以三品待遇将其遗体从长安运往扬州雷塘, 与隋炀帝合葬。或许,那时的隋炀帝陵该修整得规模盛大,亦该是最为正规的隋炀帝陵了。

就我来看,隋炀帝葬于雷塘亦有其另外的意义在。隋炀帝在位时间不长,做出许多惊天动地之事,其堪称大业的开创,亦是电闪雷鸣的惊人之举,声名也如雷贯耳,故雷塘作为他的葬身处,如是理解,也称得上死得其所。

古邗沟及其他

史载, 京杭古运河的第一锹是在扬州开挖的。时在公元前四八六年。即春秋初期吴王夫差开凿的邗沟。

在扬州邗江区古邗沟故道徘徊，看一湾清水倒映着天的湛蓝与树的浓绿，于平静里漾着细微的波纹，似怀藏远古的幽思。细长的柳丝密匝匝地在沟畔垂落，与水中的倒影相接，让岸柳增长了一倍，仿佛在空间与水中两个方向同时生长。一座乳白的石拱桥跨越沟渠，拱桥的圆弧与水中的圆弧相连，有如张开的口唇，似乎要向我诉说着什么。是啊，这远古的河道，弯环曲折的螺丝湾，古旧的邗沟桥石刻，以及“古邗沟财神庙”的刻石，都以其古老抑或鲜明的遗迹注释着历史。纵然水已不是昨天的水，可柳树依旧传续着古老的基因，绿草和花朵依旧生生不息，而故道的泥土，仍沉积着久远的年代。

说起来，如今的邗江在春秋初期为邗国之地。其时乱世争雄，兵家四起，诸小国之间则相互吞并。征战杀伐之中，吴王阖闾曾是一时之雄，“以船为车，以楫为马”的吴国灭了邗国，于公元前五〇五年又开始了扩增版图的征战。帆樯林立、甲兵如水，挥楫转棹，于今天的苏州出航，沿长江顺流而下，达黄海后再入淮河，沿淮水支流上溯中原，与楚国之军隔着汉水对峙。

这就是当时吴国伐楚的航线。长江与淮河是平行的两条河流，吴军入淮需绕行风涛险恶的大海。如此艰难遥远的航程，兵甲疲惫，粮草亦难供给，饥寒交迫的吴军安能得胜?这也应是吴王伐楚败归的因素之一吧。

阖闾之子夫差继位后，国力渐强，他继承父亲的遗志，大举进兵，仍沿旧路北伐。强盛的吴国气势如虹，大胜陈、齐，退楚兵，奏凯归来。当时的吴国，疆土北抵淮、泗，拥有长江北岸的千里沃土。为中原逐鹿，求取天下，北上争雄，吴王夫差雄图大略，决定筑城、挖河，将两条不搭界的长江与淮河接通。

其时吴境湖泊星布、水泽遍地，于是，一条弯弯曲曲的河道，环绕邗城，串起螺丝湾、武安湖、渌洋湖，继而进入樊梁湖、广洋湖、射阳湖，出今日之淮安楚州以北的末口，最终抵达淮水。如此萦绕弯环，长江之水流经四百余里，终达淮河，这便是最早的人工运河，史上著名的古邗沟。

据《左传》记载，公元前四八六年，“吴城邗，沟通江淮”。对于这史无前例的开河之举，史书称“举锸如云”，可见其拥工之众，气势之宏。而蜀冈之上的邗城，则成为夫差北上争霸的前沿统帅部。由此看来，运河开凿之初，便有着强劲的政治、军事目的，水流云在的自在之境和这你死我活的争战毫不沾边。夫差开通邗沟的次年，吴便大举北伐，沿新开的运河北进。自然，由于邗沟水浅沟窄，大兵船仍走海路。此战大败齐军。这次吴军艾陵(今山东莱芜)之胜，吴王夫差竟再次动工，于山东定陶东北开深沟，引菏泽之水至徐州沛县人泗水，继而使邗沟之水连通黄河，以便在黄池(今河南封丘)与晋国会盟争霸。因运河水源自菏泽，故称菏水。正如《国语·鲁语》载：吴王夫差“起师北征，阙为深沟，通于商、鲁之间，北属之沂，南属之济。”菏水一开，吴国水师便可从长江入淮，由淮转泗、济进入黄河，便可问鼎中原了。至于夫差被卧薪尝胆的越王勾践击败，已是后话。

吴亡，可邗沟却留了下来，成为千古杰作。据称，吴国在开邗沟、菏水之前或同时，还开凿了古江南河，亦称吴之古故水道。《越绝书·吴地传》载：“吴古故水道，出平门，上郭池，入渎，出巢湖；上历地，过梅亭，入杨湖；出渔浦，入大江，奏广陵。”文中有的地名已不可考，但仍能从中知其河的走向，即从苏州之北的平门，向西北经无锡的梅村，于常州北的江阴利港入长江，溯江而上直达扬州。

尽管邗沟为争霸、杀伐而建，可对百姓而言，却尽享舟楫之利，稼禾农耕的灌溉之便。邗沟亦是百姓丰衣足食的财源。故早年邗沟旁建有一座财神庙，庙里供奉的财神却是春秋年代的吴王夫差与西汉的吴王刘濞，俗称“二王庙”。老百姓将不同朝代的两位吴王一并供奉，都是因为邗沟给他们带来实实在在的利益的缘故。在这里，传统的财神不见了，二位吴王在百姓看得见、摸得着的财富里成了新的财神。据称，二王庙庙门朝北，与所有南向之庙不同；或许两位吴王面对邗城，看故城繁华喧闹，为民造福，让其望之也感欣慰吧。

西汉的吴王刘濞，系汉高祖刘邦之侄，封王后建都城于广陵(即今扬州)。刘濞励精图治，开矿铸钱，煮海水为盐，使吴地渐趋富裕、昌盛。为将海盐运出，他下令开掘了“茱萸沟”河道。此运河西起扬州茱萸湾的邗沟，东通今为泰州的海陵仓及如皋蟠溪，使东部产盐地与江淮水道连接，于交通运输发挥了极大便利。茱萸沟亦名邗沟，也称运盐河，亦为大运河的一段前身。那时的广陵人丁兴旺、商旅不绝,为富庶之地。鲍照在《芜城赋》中曾描绘为"车挂轊,人驾肩,廛閈扑地,歌吹沸天",足见其盛。至于汉文帝时,刘濞之子因轻悍傲慢,被皇太子用"博局"打死,吴王萌反意,于景帝三年七国之乱中被杀,此是后话了。但后人仍将他当财神供奉,百姓纪念的仍是他开运盐河之功。

公元一三七—二〇〇年,即汉建安二年至五年,广陵太守陈登又对邗沟进行了巨大的改造。由于邗沟系穿湖泽而建,为因势利导,减少工程投入而成,故运河曲曲折折、跌宕弯环,只能舍近求远,行船颇为不利。于是,陈登穿渠疏通,下大力气将弯曲的水道拉直,大大便利了水上交通。史书将此工程称之为"陈登穿沟"。而扬州人则称之为"邗沟西道",将原河称为"邗沟东道"。

其实,就开凿的河道而言,可以为开凿者用,也能为他人所用,河流没有思维,不管为谁,它只提供便利。

乱世豪雄都知道水的重要。临水而居的都市多为政治、经济之中心,而运河则是一国生存的命脉。公元前二二四年,秦灭楚,战于今天淮河以南的苏皖之地,便是运河一带。秦军是循颍、淮、邗而下,然南徇江南,并吞楚国。刘邦战胜项羽,亦是沿汴、濉、淮而下,至垓下会战而胜。而西汉周亚夫平刘濞为首的七国之乱,攻吴的路线之一亦为沿泗水南下,进入淮泗口,再沿邗江,直抵广陵。

春秋争霸,至秦至南北朝时期,邗沟这一古运河一线曾战事频频,让水为战争服务既是开邗沟的初衷,亦是各国争战常用的手段。中国古老的兵法中早有水攻的谋略。

三国初期,运河的邗沟段成为军事通道,也是南北战争的重要地段。曹魏黄初五年,魏文帝曹丕在许昌建立水军,并经淮河、邗沟至广陵显示威力,威胁孙吴。第二年十月再从邗沟抵广陵,其军容甚整,《三国志》中称其"戎卒十余万,旌旗数百里",准备进攻东吴。可由于河道泥沙淤积,冬季水浅,加之河面结冰,魏军的数千艘战船于津湖"皆滞不得行"。后蒋济献策开凿渠道,增高水位,才得以入淮中。

据史书载,西晋大将祖狄北伐,东晋权臣刘裕领兵北上讨伐南燕等多次征战,皆从邗沟入淮、泗而下。梁敬帝元年谯秦二州刺史起兵反抗独霸政权的尚书令陈霸先,北齐援军从运河南下,被陈霸先截断江上运输线路,袭其后方,将北齐军打败。

利用运河水道作战,最为突出的是陈、周两国徐州之争。太建五年,陈、周结盟共同讨伐北齐,陈帅吴明彻连克多城,并用淝水灌城之法占领了寿阳,迅速占领了淮南广大地区。而北周亦乘机占领了徐州灭了北齐,擒获了齐王高纬。陈宣帝得知,决定与北周争夺徐州,于是盟友顷刻间又成为仇敌。陈之统帅吴明彻又以泗水灌徐州,环列舟舰于城下,攻之甚急。这时北周派大将军王轨相救。可王轨却不与陈军对垒,而把兵将开至泗水入淮口,用铁链锁住数百车轮沉入水底,并在两岸构筑城堡,以阻陈军归路。陈军大惊,欲沿泗水南下归国,吴明彻让马军陆路南撤,然后"自决甚堰"想乘船借水势冲过淮河。可及至泗水口,水力微,舟舰不得渡,众军皆溃,吴明彻亦被俘,饮恨终生,老于敌国。

开渠掘河,邗沟是二千五百年前开凿最早的运河。秦王扫六合、统一中国之后,亦曾在镇江役使赭衣囚徒三千人凿京口至丹阳的曲阿河以通航南巡。经由丘陵山地的弯环曲折的丹徒水道,将古江南河河口西移至镇江。此外,秦始皇还修通了从苏州到杭州的水道,"治陵水道到钱塘越地,通浙江"(《越绝书·吴地传》)。三国时,东吴于公元二四五年役兵三万,在句容开凿破岗渎,连通丹徒水道。西晋时,又多次对丹徒水道整修、扩展,由此奠定了江南运河的基本框架。

汉建安七年至九年,曹操先后修治睢阳渠至官渡,漕船由此可通今卫河上游和当时的黄河下游,向东通今海河水系。建安十一年为北征乌桓,曹操又开凿平虏渠、泉州渠,沟通白沟、瓜水、滹沱河等。白沟、平虏渠、泉州渠部分后成为隋永济渠的前身。

隋再度统一中国之后,建都大兴城(今西安)。大兴城是周、秦以来多次为都的城市,地理优越,经济发达。

然关中虽称沃野,可人多地少,随着统治机构及兵丁的庞大,声色犬马之徒日增,粮食及诸多物资的供应则日见紧缺,其时,"京邑所居,五方辐辏,重关四塞,水陆艰难",而"渭川水力,大小无常,流浅沙深,即成阻阂。计其路途,数百而已,动移气序,不能往复,迅舟之役,人亦劳止"。开皇四年,关中大旱,隋文帝亲率百姓、官吏、军队逃荒至洛阳,足见生存之艰难。于是,是年隋文帝令“多技艺”、“有巧思”的宇文恺率兵丁,开凿由长安始,沿渭水之南,傍南山之东,直至潼关连接黄河,沟通关东地区的广通渠。其渠长三百余里,才致使“转运通利,关中赖之”。

为进一步沟通“鱼盐杞梓之利,充仞八方,丝绵布帛之饶,覆衣天下”的江南(《宋书》卷五十四),开皇七年夏四月,因邗沟年久淤塞,疏通和开凿了北起山阳末口、南至江都茱萸湾,连接江淮的山阳渎,以通运漕。不过,此次开凿历时短暂,规模亦不大,仅为疏通。开凿山阳渎后,运河南端水又从扬子(今扬州扬子桥附近)入江了。仪征的欧阳埭同时为另一个入江口。

大运河的贯通

由于中国的地形西高东低,故黄河、长江等水系皆为东西走向,所谓“一江春水向东流”。古时的交通有“四载”之说:陆行乘车,水行乘船,泥行乘橇,山行乘木辇。然而,人力与畜力的体能有限,泥、山之路行走更为艰难,因而,利用河流的自然力以及风的吹送便成为水路交通的最伟大的发明。于是,水的活力承载了更多的重量,水的源远流长使船无腿而能走遍天下。然而,由于河流只有东西走向,且两川之间必有山岭阻隔,故凿分水岭直接沟通两川显得极为必要,这也正是开凿运河的起因之一。而对于河道纵横、湖泊星布,“以船为车,以楫为马”的江南水乡泽国,最早开掘运河则是必然之事。运河的开凿使东西走向的河流有了直接的南北沟通,继而形成纵横交错的水网,构成了连通四野、抵达八极的政治、经济以及军事的命脉,亦是人类所创造的文明的重要标志。

从整个世界看来,人类开凿运河的历史可谓源远流长。

在火车、汽车尚未发明之前,水运是最先进的运输方式。故十八世纪至十九世纪中期是世界运河发展史的高潮,其时欧美等国纷纷立项开河,出现了风靡一时的“运河热”。

十九世纪下半期至二十世纪初,工业发达国家为了向外扩张,纷纷寻求更加便捷的远洋航道。于是,运河建设便掀起了沟通大洋、缩短环球航线为目的的新一轮高潮。

然而,就整个世界而言,开凿时间最早、流程时间最长的河流,却是中国的大运河。其全长二千七百公里,是前所未有、举世无双的伟大工程。大运河沟通了海河、黄河、淮河、长江、钱塘江五大水系,还沟通了桑乾河、沽水、沁水、洛水、渭水等多条水系,成为开万世之利、德泽后人的连通南北的大动脉,所谓"岭南百州之物,滇黔巴蜀之产,齐鲁燕赵之货,东方渔盐之利,水陆相济,周流不息,莫不相通"。

众所周知,中国最古老的大运河,却是被称为"暴君"的隋炀帝下令开凿的,有如秦始皇修筑万里长城一样,中国最伟大的两项工程,皆为"暴君"所为,且隋炀帝之恶在传说中更甚于秦始皇,是颇令人深思之事。从历史看来,秦、隋皆短命的王朝,然而,两朝都先后统一了中国,结束了多年的争霸之乱,达到了空前的统一,这无疑是中华民族之福。隋结束了近三百年的南北分裂,且隋之后,中国的格局则是统一多、分裂少,也只有统一的大国,才能修筑万里长城和贯穿南北的大运河。秦重陆路车马,于是便有了著名的秦皇驰道,"道广五十步,三丈而树,厚筑其外,隐以金椎,树以青松。为驰道之丽至于此"(《汉书·贾山传》)。然而陆路成本极高,大批劳动力疲于运输,却成了"男子疾耕不足于粮饷,女子纺织不足于帷幕。百姓靡敝,孤寡老弱不能相养,道路死者相望,盖天下始畔秦也"(《史记·平津侯主父列传》)。此也成为秦亡的因素之一。与秦相较,隋开运河,则是一种必然的选择。

隋文帝灭陈到其驾崩,历十五年,已是经济复苏、国力富足。《隋书·高祖纪》称其时"人物殷阜,朝野欢娱","区宇之内宴如也"。据考证,周隋之际,有户三百五十九万九千六百,灭陈之后,则已有七百四十万户,至隋炀帝大业五年,全国已达八百九十万户,四千六百多万人。这时隋朝已储备了可供五六十年的物质,充足的人力,有了吃穿不完的粮布。文帝时耕地一千九百四十万顷,大兴城的太仓和并州、陕州、华州的国库及义仓充盈,《隋书·食货志》卷二十四称"京都及并州库,布帛各数千万"。同时,建筑、造船业、农业、手工业均有高度发展,继而又推动了商业的繁荣,应当说,当时已有了开凿一条贯通南北的大运河的雄厚物质基础。

公元六〇五年,三十六岁的隋炀帝登位。以"关河重阻,无由自达"为由,将都城从长安迁至洛阳,史称东都。其时隋炀帝下令,"每月役丁二百万人营建东京”。此次迁都，诏书中称为的是“听采舆颂，谋有庶民，故能审政刑之得失……朕故建立东京，躬亲存问。今将巡历淮海，观省风俗……其民下有知州县官人政治苛刻，侵害百姓，背公徇私，不便于民者，宜听诣朝堂封奏，庶乎四聪以达，天下无冤”(《隋书》卷三·隋炀帝纪)。在隋炀帝下诏始建东京的第四天，即大业元年(六〇五年)三月二十一日，隋炀帝命左丞相皇甫谊与大臣辛亥征调河南、淮北民工一百多万人，开凿通济渠。

总体来看，隋炀帝所开大运河是以东都洛阳为中心，分为南北二系。南运河即洛阳东南方向的通济渠，连通邗沟与江南运河；北运河则为永济渠，即自洛阳通向东北，达涿郡(今北京市)。

通济渠即后来唐宋时期的汴河，为隋炀帝开凿运河中最早的一段。通济渠分三段，西段自洛阳城西隋炀帝所造的一座豪华宫苑西苑，引谷、洛二水，东循汉代所建阳渠故道注入黄河。中段自洛口至板城渚口(今河南荥阳东北)，主要是利用黄河的自然通道。东段则自板渚引黄河水入汴渠，从大梁(今开封)注入淮水。

《广陵通典》卷六载，在开凿通济渠的同时，隋炀帝“又发淮南民工十余万开邗沟，自山阳至扬子入江。渠广四十步，渠旁皆筑御道，树以柳，自长安至江都置离宫四十余所”。隋炀帝修邗沟疏浚了邗沟西线，即东汉陈登所开的邗沟直道，进一步截弯取直，拓宽加深，水面宽度达七十米。白居易在《隋堤柳》中曾描绘出“大业年中炀天子，种柳成行夹流水，西自黄河东至淮，绿荫一千三百里”的诗句。

大业四年(六〇八年)正月初一，隋炀帝又“诏发河北诸郡男女百余万开水济渠，引沁水南达于河，北通涿郡”(《隋书·炀帝纪上》卷三)。永济渠的开通由阎毗负责。主要利用自然河道开凿连接而成。即从今河南武陟县西北的沁水北岸向东北开渠入卫水，再由卫水通淇水、渔水、漳河，接漯水(永定河)达今日的北京西南部。阎毗用断水之法，在淇水上修造分水入渠的淇门，加大白沟水量，使漕运由黄河入白沟而达天津附近入海。永济渠的修成，北段大运河既加强了对北部粮食的调运，又加强了对北方的军事控制，亦成为隋东征高丽运送甲兵粮草的主要渠道。永济渠“长三千里，广百步”，虽工程量大，但由于延用部分故道，完成的时间比通济渠还短。

江南河是永济渠完成两年之后，隋炀帝贯穿南北大运河的最南亦为最后一段，为沟通长江与钱塘江水系的重要运河。据《资治通鉴·隋纪五》载，大业六年(六一〇年)冬十二月，隋炀帝“敕穿江南河，自京口(镇江)至余杭(杭州)八百余里，广十余丈，使可通龙舟，并置驿宫草顿，欲东邂会稽”。江南运河基本上是在春秋吴国至六朝开凿的旧渠道上整治修建而成的，绕太湖之东，穿越了中国东南江浙最富庶的吴会地区。千百年来，北段的大运河时塞时通、时兴时废；可江南运河却始终川流不息，帆樯如林。

隋炀帝南北大运河的开凿，历时六年，可实际工期加起来只一年多时间，长三千零五十公里，亦有学者认为二千七百余公里，但仍是世界上最长的人工运河。但大运河的凿通也付出了极大代价，累计征发民役三百万之多，加上修长城、建洛阳城，总计征发民役上千万。隋总人口仅四千六百多万，如此，凡十五至五十岁男子都在征调之列，“如有隐匿者斩三族”，“男丁不供，始以妇人从役”，一些所役丁夫劳累而死，最终民怨日深。

隋代在不长的时间里开凿出世界上绝无仅有的如此浩大工程，堪称奇迹，为旷世之举。可这样繁复重大的工程，无疑将面对诸多的技术难题。诸如河道开挖、水源工程、运河与天然河道交叉、水位的调节等等。可以肯定，大运河的设计运筹、工程的具体实施，以及在引水、调水和过船等方面，均体现了当时世界的最高水准。李约瑟所著《中国科学技术史》中，提到了九项最为重要的原创性水工技术，其中七项是在大运河上创行的。大运河的贯通，充分体现了中国人的创造力和智慧。

一次设计、一次施工，则一次通航。如此的高速度与效率，是如何勘察测量、节制水量、平衡水位、巧妙利用天然与旧有水道的?我们只能说，其时已拥有了丰富且精湛的水利工程技术。因为具体的设计与施工史书并无记载。然而，据《隋书》卷六十八载，其中宇文恺、阎毗、何稠的经历描述及他们所担任的职务，看得出这些人均为具有丰富工程技术知识与才能的高级技术人才。被称为“多技艺”、“有巧思”的宇文恺，曾主持东都的营建与广通渠的开凿，先后任将作大匠、工部尚书。阎毗曾总领筑长城之役，并督役开凿了永济渠，后亦兼领将作少监。何稠"性绝巧、有智思"，曾主持烧制"绿瓷"为琉璃的工艺，建造了难度颇大的"辽水桥"，亦任过工部尚书。另外的一些将作大匠，"俱巧思绝人"、"直少府将作"的黄亘、黄衮兄弟等，都该是这项伟大工程的设计与组织者。他们的智思、绝巧、精明，正是大运河贯通的重要保证。

这些能工巧匠，是根据运河和自然河的地形、地貌进行了通盘的设计和规划，解决了运河的高程和水流等复杂的技术问题，因地制宜、就地取材，显示出非凡的聪明才智。

为了顺利通航，对河道拓宽加深，截弯取直，枯水期水浅运涩之时采取"狭岸束水"之法以提高水位。

邗沟与江南运河天然河流及湖泊多有交叉，形成水位落差；而长江、钱塘江、太湖尚有潮汐，因而运河水位很不稳定。为了调节水位落差，稳定水量，保证船只的航行，早在春秋时代就在运河上采用人工渠化的方法了。最早的设施叫"埭"或"堰"，实际上就是修筑拦河的蓄水坝。如邗沟入淮处，因运河水位高，淮河水位低，便筑有一道平水堰，名曰北神堰。堰埭在邗沟及江南运河中曾大量运用。史料载，邗沟上有五大名堰：茱萸、龙舟、邵伯、新兴、北神。与堰埭有关，至今仍留下诸多如梅堰、黄埭、堰桥、宝堰、钟埭等地名。

三国时，堰埭又被用来解决丘陵地带开挖运河所面临的地形落差难题。孙权下令开破渎岗时，共设十四处堰埭，形成梯级渠道，实现了运河翻山过岗，是世界上最早实现渠化的水运道。

堰埭解决了水位和水量的问题，可舟船过埭颇为艰难与麻烦。重载之船需反复装卸，用人力或畜力拖拉过坝。为拖拉船只省力，堰埭的两侧均建有平滑舒缓的斜坡，并在斜坡上敷以草土混合的泥浆，用其增加润滑度，减少摩擦力。或在堰顶设绞车。瓜州堰埭上便有过二十二头牛拉船只过埭驱动绞车之举。

为解决过堰埭之难，南北朝时就发明了"斗门"，实际上就是可以自由启闭的木头单门船闸。但单闸开时，急流凶险，很不安全，后来便有了于运河上连续开两道闸门，"随次开闭"，为通航复闸，可接纳江潮并节制内河之水的进出，潮平过船，水流不再凶险。大诗人李白见之，曾有诗赞曰："两桥对双阁，芳树有行列"，"吴关倚此固，天险自兹设。海水落斗门，湖平见沙汭。"诗中的"两桥对双阁"，即指二斗门上的辅助设施。

水是运河的载体，没有水，哪里还会有运河。而中国是个缺水国，运河在北方时枯时盈，并不能长年通航。于是缩窄河面，节水行舟，聚泉为流，尤其是在运河两岸规划天然塘泊为蓄水池，用以调节运河水量，修建拦水大坝蓄积河水等措施，亦体现了中国人高超的水源工程技术水平。

三下江都与三伐高丽

杨广与扬州有不解之缘。当年统兵灭陈他立下赫赫战功，他从并州调任扬州，任扬州总管，直至开皇二十年被立为皇太子归京，历时十年，才离开江都。

据《隋书·地理志》载，江都郡辖有江阳(今扬州邗江区)、江都(今扬州)、海陵(今泰州)、宁海(今如皋)、高邮、安宜(今宝应西南)、山阴(今淮安)、盱眙、盐城、清流(今滁县)、全椒、山阳(今六合)、永福(今天长北)、句容、延陵(今镇江)、曲阿(今丹阳)十六县，堪称其时跨越大江南北、区域阔大、山川秀丽、人口繁密、经济繁荣的雄藩大郡。在江都之时，杨广知道六朝在江南割据近四百年，且南北政治、文化差异巨大，而文帝推行的"关中本位政策"对江南人士采取了排斥鄙视态度，其地极不稳定，陈灭不足两年，规模巨大的反隋叛乱便接踵而至。当朝廷派宰相杨素与他统帅平叛时，杨广则与杨素血腥镇压不同，采取剿抚并重、攻心为上之策，招降纳叛，请吴郡世族名士四处游说，其间有十七城叛者纳城投降，不战而屈人之兵，其功不在杨素之下。

二十二岁的江都总管杨广广泛收纳江南人士，对江南文人优礼有加，尊崇宽大，并效法东晋宰相王导，学会一口流利的吴方言。开皇十一年，他在江都城内总管府金城殿设千僧会，隆重迎谒佛教天台宗创始人智𫖮，其礼遇之隆，不亚于陈朝君臣。此次盛典，杨广拜智𫖮为师，并在江都设立了四道场，亲临寂照寺听大师讲经说法。六年后，智𫖮圆寂，杨广"五体投地，悲泪顶受"，十分悲痛。他依大师遗愿，于天台山南麓建立大寺院，后来他登基为帝后，御赐这座寺庙为"国清寺"。由此可见其不凡的政治素养和手腕。

大业元年，隋炀帝建东都，打通通济渠与邗沟，与下诏准备亲自“巡历淮海，观省风俗”几乎是同时开始的。命黄门侍郎王弘、上仪同于士澄“往江南采木，造龙舟、凤艒、黄龙、赤舰、楼船等数万艘”，为巡幸江都做准备。

仪卫之备，由太府少卿何稠总其成。何稠是聪明的西域胡人的后代，精通古今文物典章制度，又颇多创新。他制作三万六千人的黄麾仪仗，恐已空前绝后。为制作豪华仪卫，何稠向各州县征收羽毛。百姓为捕捉鸟兽，水陆布满罗网，可用作羽毛装饰的鸟几乎一网打尽。

大业元年，通济渠、邗沟相通，长安至江都置离宫四十余所。《资治通鉴》卷一八〇《隋纪四》描述称：八月壬寅，上发显仁宫，行幸江都。所乘龙舟四层，高四十五尺，长二百丈。上层有正殿、内殿和东西朝堂，中两层有一百二十个房间，皆饰以金玉、丹粉，金碧珠翠，雕镂奇丽。缀以流苏、羽葆、朱丝网络。下一重，长秋内侍及乘舟水手，以青丝大绦绳六条，两岸引进。可见，船舟是按照宫殿形制建造的，将宫殿建筑运用于造船业中，隋时造船工人的聪明才智由此可见。其豪华更是前所鲜见。而皇后所乘“翔螭舟”，制度差小，而装饰无异。翔，为盘旋而飞；螭，为无角之龙也，是作为器物装饰的祥物，用来刻就皇后的船首，可谓名副其实。

这次首下江都的船队规模宏大，数量众多，所谓“舳舻相接二百余里，照耀川陆，骑兵翊两岸而行，旌旗蔽野”，从东都洛口起航，五十日乃发尽。据《隋书·炀帝纪》中称，王弘、于士澄大业元年三月督造的船队，有数万艘之多，送往东都的船只则有数千艘之多。隋人杜宝在《大业杂记》中，对这支龙舟船队作了较详细的记载，称这支船队共有船只五千一百九十一艘之多。

乘坐龙舟者亦君臣有别、等级森严。

据方亚光考证：位卑于皇后的妃嫔，船名“小水殿”或“浮景舟”，虽也朱丝网络，但却比龙舟、翔螭舟少一重；贵人、美人、十六夫人乘坐漾水彩舟，只有二重。随行的大臣官吏皆按官品高低分乘诸船。五楼船乘坐者为诸王、公主及三品以上重臣；三楼船乘坐者为四品官及僧尼、道士；五品官及各国来宾乘二楼船；六品以下九品以上的从官和五品以上官吏的家属，只能乘坐黄篾舫。

非但乘船者分为三六九等，挽引各类船只的船工亦分等级。挽引龙舟的船工称“殿脚”一千零八十人，分三番，每番三百六十人，皆“著杂锦采装子袄行，缠鞋袜”，人数多、待遇丰。挽引翔螭舟的船工有九百人，名“殿角”。挽引浮景舟、漾水彩的船工，每艘一百人，称“船脚”。至于挽引诸王、公主、大臣、僧尼、道士、诸国蕃客之船的船工，则以“黄夫人”称之，每艘配备四五十人不等。其他船不配船工，兵士自乘。从船只的名称来看，有朱鸟航、苍墩航、白虎航、玄武航，为四方宿名，各方船只皆二十四艘，该为行进中的方位。另有十二卫兵士乘船，并载兵器帐幕，内外百司所需供奉之物。船队仅挽船船工便有八万余人，可见其声势之浩，鼓乐之声亦闻之数里。凡所经州县，下令五百里内都要献食，山珍海味，多有剩余，则就地掩埋。

抵达江都后，隋炀帝又令吏部尚书牛弘等议定舆服、仪卫制度。而为制造这些舆服仪仗，役使人工十余万人，“用金银钱帛巨亿计”。故隋炀帝每出游幸，“羽仪填街溢路，亘二十余里”。

应当说，隋炀帝南巡，考虑的是安抚江南，加强对江南的控制。此行，特地带上陈后主遗孀沈婺华，显然是为联络南人感情。十月初二，又在江都宣布免除扬州租赋五年，旧总管内三年。次年初，又纳陈后主六女陈婤为贵人，并特诏灭陈时流放的陈皇室子弟，“尽还京师，随才叙用”。

诚然，如此浩大铺排的声势与仪仗，有皇帝唯我独尊、至高无上的尊严威慑江南的用意在，恐怕也有炫耀功业的心理。当年刘邦初见秦皇仪仗威仪出行，曾感叹大丈夫生当如此，可见帝王对此皆以为然。可像隋炀帝这般无所不用其极的骄奢荒唐之举，船队与两岸士兵总计二三十万众，沿途献食从役者每天都需十数万人，如此靡费而呈一时之兴，历史上恐也绝无仅有。这哪里是“观省风俗”，“躬亲存问”，使“天下无冤”，分明是鱼肉百姓、奢华游幸之举所带来的灾难。

王船山在《读通鉴论》卷十九中，曾言隋文帝为大俭者，其富有四海，求盈不厌，侈其多藏，甚至有盗边粮一升以上者便将其斩首。然“隋文帝之俭，非俭也，吝也”，“俭于德曰俭，俭于财曰吝，俭吝二者迹同而实异”。将金粟看得越重，则积金粟也越丰。隋积累的财富亦先所未有，隋灭后唐用二十年也没有用光，可见其财之富足。可在这种情境之下，其不肖子孙便以为天下皆可随心所欲，莫若财也。谚称“大俭之后，必生奢男”，隋太子杨勇之饰物玩，耽于声色，隋炀帝之建“离宫别馆，涂金堆碧，龙舟锦缆，翦彩铺池，裂缯衣树，皆取之有余”，到头来又资助了李密之狼戾，以丰盈自侈者，只是加速了自己的灭亡。

隋炀帝首次南巡江都，历八个月，大业二年三月十六日离开，“陈法驾，备千乘万骑，人于东京”。进入刚竣工的东都洛阳城。

大业六年(六一〇年)，隋炀帝第二次巡幸江都。《隋书》称“三月癸亥，幸江都官”。二下江都之盛况，史书未载，想来当与第一次相像吧。不过，大业五年便在扬州建了江都宫，其殿阁巍峨，装饰华丽，内有不同名号的宫室十多处。此外，另建有临江行宫等。此时隋炀帝威加四海，被突厥人尊为“圣人可汗”，东南各国远夷来朝，称藩臣服的高昌王及西域各国使者均在身边朝贡。于江都宫，隋炀帝接见了赤土国王子，以及从海路来的林邑、倭国、百济等国使者。

同年六月，隋炀帝又将江都的地位提高，“制江都太守秩同京尹”，令江都有了陪都地位，成为隋在南方统治的政治中心。据《隋书》载，“夏四月丁未，宴江淮以南父老，颁赐各有差”，次年，“十二月己未，上升钓台，临扬子津，大宴百僚，颁赐各有差……”。此次南巡，近一年时间。本欲东巡会稽，但因即将征伐高丽，于是，“乙亥，上自江都御龙舟入通济渠，遂幸于涿郡”，未回东都，直接巡视了征战准备情况。

为了这场战争，隋炀帝开凿了永济渠，于黄河向北直达涿郡，兵甲粮草皆从此渠运往战地。渠成两年后，又令天下富人出四十万钱买马，并派使官阅检器仗，务令精新，若有滥恶，则立即斩首示众。

大业八年(六一二年)正月，隋炀帝一意孤行地发动了这场战争。

这位皇帝是个真正的好大喜功者，似乎凡事都求极致，冠冕堂皇。他下令左右各十二军兵分二十四路，“骆驿引途，总集平壤”。每军统领骑兵四十队，步兵八十队，设大将、亚将各一人，下设各团偏将一人。另有辎重散兵等四团，由步卒夹道护送。每军又特置受降使者一人，直接听皇帝命令，不受大将制约。兵力总计一百一十三万三千八百人，而后勤供应的民夫比兵士加倍。二月九日后，每天发一军，前后相距四十里，连营渐进，四十日后才出发完毕。最后御林六军出发，长八十里。故史称其“首尾相继，鼓角相闻，旌旗亘九百六十里……近古出师之盛，未之有也”。

其实，征一小国，何须如此阵势。且兵在精而不在多。也许，隋炀帝此行也意在炫耀，以此声威，似闻者必降。故严令诸将凡进止都须奏闻待报，不得专擅，若高丽投降，必须安抚。结果误了战机，隋军渡辽水围辽东城时，守军遇危，即称欲降，隋军即停攻。驰奏朝廷，然命至，守军补充完毕，复又坚守拒战，如此反复，打打停停，无一城攻下。可隋炀帝仍迷信自己的声威执迷而不悟。直至大将来护儿从海路攻至平壤，被守军击得大败，精兵四万，仅数千人逃回船上。宇文述所率三十余万人马，除一军保全，其余仅有二千七百人逃回。加之资储器械亡失殆尽，隋炀帝只得撤军，败归洛阳。

大业九年(六一三年)。隋炀帝再次征发全国兵力集于涿郡，修辽东古城以贮军粮，再次以“拔山移海之势”亲临辽东，再次发动了与高丽的战争。此时，隋之境内已不安宁，时有揭竿而起的起义者，局面已呈乱相。可隋炀帝毫不顾及，仍大举兴兵。二征高丽隋炀帝吸收了上次教训，允许诸将便宜行事，双方攻守二十余日，均伤亡惨重。可这节骨眼儿上，传来负责督运粮草的杨素之子杨玄感在黎阳起兵反隋的消息。被委以重任的杨玄感扣住粮食不发，断了隋炀帝后路，又谎称大将来护儿造反，并打出“以救兆民之弊”的旗号，得下民支持，不久攻下洛阳，以大军十万，直逼关中。于是隋炀帝连夜下令撤军镇压。而杨玄感因战略失当，兵败自杀。

大业十年(六一四年)二月，隋炀帝再次下诏议征高丽。其时已是国政垂危、大厦将倾，人心惶惶，数日之议，百官竟无敢言者。然隋炀帝不顾一切，独断专行，似乎只是为出心头一口恶气，又出大手笔，复征天下之兵，“百道俱进”，再伐高丽。三月，隋炀帝至涿郡。可此时已成乱世，诏书似成一纸空文，应者寥寥，诸郡多留兵不发，所发之兵也相继逃亡。虽屡斩叛军者示众，怎奈大势已去，至七月，应召之兵仍失期不至，于是隋炀帝驻军辽西怀达(今辽宁北镇)，隔辽河相望，不敢贸进。还是大将来护儿率兵从海路至比奢城击破高丽，兵临平壤城下。如此看来，所谓“百道俱进”的铺天盖地的大军已成泡影，只一支精兵便能奏效。高丽王元亦久战疲惫，难以支撑，遣子乞降。隋炀帝大悦，令来护儿随即撤军，八月班师回朝。可当他回长安诏令高丽王元入朝时，对方竟不加理会。隋炀帝又怒，复敕将帅严装，拟四征高丽。可此时烽火已遍及隋境，有心而无力了，隋已至穷途末路。

大业十二年(六一六年)，隋炀帝于乱世之际，再巡江都。当年刀兵四起，隋之天下已摇摇欲坠，臣子上书极谏，皆不欲行。可隋炀帝一意孤行，将极谏的建节尉任宗于朝堂杖杀。奉信郎崔民象、王爱仁等上表谏阻，尽被处死。

因龙舟水殿于杨玄感起兵时被烧毁，隋炀帝复令江都造新船千艘，且更为阔大美观。巡行之前，他又下令"毗陵(今常州)通守路道德集十郡兵数万人，于郡东南起宫苑，周围十二里，内为十六离宫，大抵仿东都西苑之制，而奇丽过之，又欲筑宫于会稽"(《资治通鉴》卷一八三《隋纪七》)。

此次三巡江都，已今非昔比，有如逃难了。似有放弃两京，退保江都之意。

在江都，隋炀帝愈加昏庸，地方官谒见，他只问礼饷丰薄，"丰则超迁丞、守，薄则卒从停解"。江都郡丞王世充献上铜镜屏风，并"简阅江淮民间美女献之，由是益得宠"，旋即升为江都通守；历阳郡丞赵元楷献上异味，立即升为江都郡丞。于是乎，郡县官吏竞务刻剥，以充贡献争宠，黎民百姓则深受其害，乃至煮土为食或自相食之。为了稳定军心，支撑其糜烂的即将要倾覆的暴政皇权，隋炀帝还下令"括江都人女寡妇，以配从兵"。

然而，这一切都无法挽回其穷途末路的到来。四海之内，锋镝雨集，膏血川流，民怨沸腾，烽火烛天。尽管运河仍川流不息，可龙舟倾覆，甲兵星散，殿阁为墟，所谓"兵不足以为强，险不足以为固，天子之位不足以为尊"，新建的宫苑尚未筑成，隋炀帝来江都一年又八个月后，被缢死于此，结束了他的一生。

功与罪

一个活在一千四百余年前的人，纵然是皇帝，我们也只能在史书中去了解他了。可史书也是人写的，除了正史之外，野史、传说以及传奇小说也描绘出他的形象，众说纷纭。正史也难免偏颇之论，野史及小说的虚构流传甚广，有时却掩盖了其本来面目。而识其人，恐怕只能以可靠的史实为据。

据《隋书》零落的描绘，隋炀帝名杨广，又名英，小名阿麽，为杨坚次子。幼时便姿仪俊美，聪慧敏捷，极受隋文帝杨坚和其母独孤氏钟爱。隋朝开国时杨广十三岁，被封晋王，拜为柱国，并州总管。不久，拜武卫大将军，进上柱国，河北道行台尚书令。

杨广痴迷文学，能写出佳诗妙文。其举止端重，城府深沉，颇有王者之风，被朝野看好。据称，隋文帝曾请著名相师于暗中为诸皇子看相，相师来和言："晋王眉上双骨隆起，贵不可言。"或许，正是这句话打动了隋文帝，给其暗示，才有了废太子复立杨广的后事。

年幼的杨广颇收敛。打猎遇雨，他拒披油衣，与士卒同被雨淋。隋文帝去看他，见其乐器弦断蒙尘，则认定此儿不好声色，心中亦喜。其间杨广被称为有德之人，"尤自矫饰，当时称为仁孝"。如此情形，他羁束压抑自己，屈服于道德、文化的规范，若非胸有大志，阳奉阴违，便是为天降大任而克服私欲，严于律己。

杨广真正广受推重且名闻天下，是在平陈统天下于隋的战争中，他被隋文帝任命为三大行军元帅之一。他恩威并重，兵不血刃而受降十七城。下令将陈朝民愤极大的五奸臣正法。同时封存了陈之府库，丝毫不取。这使他名声大振，"天下称贤"。此后，陈之余属豪强再度造反割据，杨广再临江都，任扬州总管，负责剿抚，坐镇江都，由此，扬州成为他的"龙兴"之地。

杨广遭非议最多之处，是他对太子杨勇的取而代之。对此，杨广确竭尽心力，且不择手段。立太子自然以嫡长制为原则，然功勋制也是一种补偿原则。杨广既已"天下称贤"，且平陈功高，于是杨广对太子步步紧逼至绝地，最终取而代之。再则，杨勇性格放荡不羁，奢侈不改，张乐受贺越礼，又不听劝诫，无作为，已日益失宠。杨广则深谋远虑，派亲近宇文述带金宝入京，拉拢权臣杨素、杨约，多次与约饮酒"共搏"，每次皆故意将金宝输光，待言谢时则称为"晋王之赐"，说明夺嫡之意。由此，靠心腹联络更多权臣,“私赂东宫幸臣姬威”刺探太子情报,稳定江南,取南北名流支持,巧取人心,于宫内外形成一股“废勇立广”的较强的力量。

杨广知皇后之言,上无不用。他消息灵通,凡父母派人考察都能有效应付。他“姬妾但备员数,唯共萧妃居处”,“后庭有子皆不育”,使母后“由是薄勇,愈称晋王德行”。且父母派来晋王府的人,杨广无论贵贱,都与萧妃亲迎,并热情款待,“申以厚礼”。致使往来的仆婢,“无不称其仁孝”。而杨广每次上朝,“车马侍从,皆为俭素,敬接朝臣,礼极卑屈”,使其在父母、朝臣心中“声名籍甚,冠于诸王”。父母亲来考察,所见侍者是穿着俭朴的老丑,连屏帐亦为缣素,乐器亦仍弦断蒙尘,让吝啬俭朴的文帝留下了深刻印象。终在六〇〇年杨广再次取得北逐突厥的军功后,废勇立广,隋文帝亲宣杨勇“建春宫”、“近小人”、“迁奸佞”、“乱天下”的大罪,废为庶人。重立杨广为太子。

按韩隆福教授的说法:杨广夺嫡成功,凭借的是其“南平吴会,北却匈奴”,维护国家统一的实力和功劳。治理并州与江南的政绩,以及亲信集团的努力,利用了关陇集团的内部矛盾,取得了后宫和朝廷的支持,加上父母的钟爱和考察,杨素等的权谋,在政治、军事、舆论、策略的较量中,日益显出越来越大的优势,最后击败了杨勇,取代了东宫,坐上了太子宝座。我觉得此说合乎实际,是中肯之论。

杨广更不可饶恕的罪行是“弑父”。

关于隋文帝之死,唐初官修的《隋书》并未坐实,记载比较隐晦和极为简略。其中记载最详的《隋书·后妃·宣华夫人传》,并没有所传被张衡毒杀的记录。《隋书》中所有与文帝之死有关的传文,都没有隋炀帝弑君的明确记载,且疑点颇多,多重复了杨广调戏陈夫人的桃色信息。后来司马光撰《资治通鉴》时,综合了《隋书》各传的说法,仍说“中外颇有异议”。只是胡三省作注才将“异论”注为“此上叙帝所以见弑”,便真成了“弑父”了。可据《隋书·高祖纪下》记载:秋七月乙未(初一)日青无光,八日乃复。乙亥(初五),以大将军段文振为云州总管。甲辰(初十),以上疾甚,卧于仁寿宫,与百僚辞诀,并握手歔欷。丁未(十三日),崩于大宝殿,时年六十四”,下面是“遗诏曰”。这里已将隋文帝病死的事实说得颇为清楚。即使真有“弑君”之事,袁刚教授也认为:仁寿末年,“废勇立广”的斗争达到水火不容之时，“杨广被迫自卫，由卫宫走向夺位，在隋文帝态度发生转变的关键时刻，肆行弑逆，冒天下之大不韪，乃是势所必然之事。”仁寿宫变，被废为庶人而文帝死前又欲重立的前太子杨勇亦被杀。而拥有五十二州，几十万军队的汉王杨谅兵变。然而，“君臣位定，逆顺势殊，纵有士马精兵，人心已是劣势”。故杨谅所辖五十二州从者只有十九州，其中亦有反对者。杨谅从起兵叛乱之日起，三四十万军队“月余而散”。杨广仅用十余万部队胜之，开创了大业之治的时代。隋炀帝面对百官处死叛首杨谅的奏请，考虑到自己帝位已定，与杨谅终有兄弟之情，仍“屈法恕谅一死”，以示宽容，将其“除名为民，绝其属籍，竟以幽死”。

对此，韩隆福教授认为：仁寿宫变是杨广开创大业之治将隋朝推向极盛的关键，是国家之幸。他的任何兄弟为皇，都不可能有如此的才能和气魄。与任何帝王相比，隋炀帝的大业之治，都不比隋文帝的开皇之治或唐太宗的贞观之治逊色。其次，仁寿宫变既稳定了杨广的地位，又避免了统一国家的分裂，亦避免了人民再遭血雨腥风的灾难。再则，杨广宫变为皇，符合历史发展趋势，带有明显的进步倾向。

据史书载，隋疆域之阔超于秦汉；国之财富亦为历代所不能及；开运河更是史无前例，造万世之福；立刑律，施政法，简机构；创科举，选贤能……曾一度将隋推向极盛之巅。诚然二世短命，隋亡而法未亡，为整个封建社会制度打下了久远的根基。

就我看来，隋炀帝最大的功绩是开凿堪称旷世之举的大运河。或可称之为大业之治的具体实施。运河是隋之血脉，亦是后世王朝得以延续的血脉。如果说黄河、长江哺育了中华民族，那纵横交错的运河则是细密的血管，七经八脉，给了整个民族以生机和活力。这样世界难以逾越的伟大工程，和长城一样，成为中国的重要标志，并将继续造福中国人以千秋万代。

对隋而言，大运河可称得上是一条生命线。它解决了“关河悬远，兵不赴急”的问题；强化了以东都为中心的南北东西畅通无阻的有效控制，其政治与经济联系，是维护一个大帝国统一、国富兵强的有力保证。且河道的开通直接给农业带来灌溉之利。运河流经之处皆农业发达的地域，春秋时吴国常常是“禾稼登熟”，吴曾一次借给越国粮食达万石之多。古运河开凿的同时，两岸塘浦田的建设几乎是同步而行，即在平原低地开沟渠，筑成“横塘纵浦”，周高中低的稻田。于是，耕作技术逐步改进提高，塘中禽飞鱼跃。鸡陂、牛宫、鸭城、鱼城遍及两岸，且规模之大，养育之丰，令人叹为观止。

运河的开通，还促进了物资交流与商业的繁荣，同时促进了造船、纺织业及手工业的发展。一些港口由于水运的通达，成为繁荣的市镇，并逐渐孕育、生长、兴盛了一批沿河的重要城市。而南北文化的交流，对形成整个民族文化相互滋养、渗透与互补，亦起到了重要作用……

于是，春秋时百家争鸣的私学随着河流传遍了大江南北。孔子整理的《易》、《诗》、《书》、《礼》、《乐》、《春秋》等典籍，以及礼、乐、射、御、书、数的六艺，亦大有普及之势。有了吴人言偃跨江越河，至孔子门下受业。言子曾回故乡吴地传孔子之道，使儒学南渐。子贡、澹台灭明等人亦游历江南，后者后隐居江南吴都湖边，有弟子三百余人，授徒讲学，并终老于此。其时，道家之说也得到相应传播，范蠡就曾与越王详细讨论过“道”的问题。此外，墨子的“兼爱”、“尚贤”、“节用”，反对战争掠夺与铺张浪费，亦在吴越产生过重大影响。

齐人孙武曾在吴地著《孙子兵法》，其中关于吴国水战的实例，应与吴水运的开发有直接关系。其他诸如吴之天文学、吴地歌舞、音乐、气功、饮食、钢铁的冶炼技术等，亦流播全国各地。委婉、细腻的吴歌，吴发明的笙、箫、笛管，中原的青铜雕绘艺术、医药学等，亦相互交流，使中华文明于南来北往、纵横交错中浑然一体……

对于“开万世之利”的大运河的开凿，旧史家贬意居多。说隋炀帝开运河只是“为了游玩”，隋炀帝一登上皇位，就开始了穷奢极欲的腐化生活，开运河“导致生产停滞”，“严重破坏生产力”，“劳民伤财破坏生产”等等。这种论调不仅可笑，甚至违背了常识。

《隋书》主撰魏徵是隋炀帝同时代人，由于隋之基业短暂，因而，尽管修书目的是以隋为鉴，本有贬隋炀帝颂大唐的倾向，但还保存了不少史实，其内容应当是可信的。

据《隋书·炀帝纪》和《食货志》等记载，隋炀帝登基后曾几次大赦天下，免除妇女课税，“男子以二十二岁成丁”。通济渠开凿完工后，“赦江淮以南。扬州给复十年,旧总管内给复三年”。大业二年(六〇六年)又“大赦,免天下今年租税”。大业三年(六〇七年),又“大赦天下,关内给复三年”。大业四年(六〇八年)修永济渠、筑长城,又“大赦天下”,隋炀帝“车驾所经郡县,免一年租调”,“诏免长城役者一年租赋”。大业五年(六〇九年),“诏天下均田”,“陇右诸郡,给复一年”,隋炀帝“行经之所,给复三年”。从《隋书》记载中可以看出,从大业元年到五年,隋炀帝虽先后征丁三百余万人开凿运河,工程之大、费力之多可以想见,死伤恐也难免,但五年之中年年大赦、减免租赋,应当说还是充分考虑了民之生息、将养,并让耕者有其田,于那个年代,便已有了“土地改革”了。

也就是在大运河基本贯通之后的大业五年,隋炀帝降服西突厥、平定吐谷浑,在新疆、青海设置郡县,建立了远远超过秦汉的广大疆域,正如《隋书·地理志》所言:“东南皆至于海,西至且末,北至五原,隋氏之盛,极于此也。”正是大运河的开凿,使隋之人均耕地达一百二十亩,运河本身亦是隋极盛之年的重要内涵之一。至于中唐杜佑所撰的《通典》,言开凿运河的河丁“死伤大半”,连《隋书》也未记载,该是不实之词。司马光在《资治通鉴》中甚至将野史、笔记小说中的描述也纳入史实,便更不足为训了。

唐人小说《开河记》说隋炀帝开凿运河的初衷是为了“凿穿王气”。明清小说中的《隋炀帝艳史》、《隋唐演义》、《说唐》之中,亦将隋炀帝开运河说成是为了下扬州看琼花、玩美女。这种荒诞不经的虚构故事,类似如今“地摊文学”的“艳史”之类,在说书人的口中广泛流传,在黎民百姓中影响深远。其实,琼花在宋代才出现,隋炀帝时根本没有琼花。文学中的虚构、夸张与传说代替了正史,正如有论者指出的,一个人坏事做多了,就会将其所做的好事也完全抵消和抹杀了。唐、宋时,也有人对隋炀帝开河有公正评价。唐代诗人皮日休所作《汴河怀古》曾写道:“尽道隋亡为此河,至今千里赖通波。若无水殿龙舟事,共禹论功不较多。”虽也提及了龙舟豪奢之事,但治水之功可与大禹堪比,该是公允之论。唐代另一诗人许裳的《汴河十二韵》亦云:“昔年开汴水,元应别有由。或兼通楚塞,宁独为扬州!”亦为免除偏颇之论。而宋人卢襄也认为,隋炀帝开河之举“盖有害于一时,而利于千百载之下哉”。

文物保护专家罗哲文先生曾著文研究中国和世界古代最伟大工程长城与运河的价值。他说,对隋炀帝责骂的典型语句出自李密的檄文:“罄南山之竹,书罪无穷;决东海之波,流恶难尽。”而李密恰恰是一个先反隋,后瓦解瓦岗寨,再后又投降唐朝,最后又谋反被杀的反复无常的人,其评价人物的公正性可想而知。

从史实来看,隋炀帝的大业之治前五年所取得的秦汉亦无法匹敌的辉煌业绩,盛极一时,本身已证明了其并非只是个知玩乐的无道昏君。他曾开辟了中国的一个全盛时代,纵然只如历史中的流星闪烁,虽已寂灭,可光亮是深刻的,仍在人们的记忆之中。

然而,龙舟水殿所留下的豪奢确也惊人,从登基起便开始营造的离宫别馆及一处又一处华美的宫殿,直到死时尚未造完,不知浪费了多少人力与资财。大业六年之后的衰败,刚愎自用、一意孤行,大势已去的糜烂腐朽,以杀戮遮其过等,让他真正成了昏君与暴君。

隋炀帝气魄宏大,无论开河、兴兵、巡游、造宫殿之类,均无所不用其极,玩儿也玩得大且达极致之境。造显仁宫时,他下令全国贡献草木花果、奇禽异兽,搜罗各处的奇材异石,置于宫中。所筑西苑,于苑中开人工海,阔十余里,海中设蓬莱、方丈、瀛洲三神山,其上遍布亭台楼阁。海北有龙鳞渠注于海中,渠旁建十六院。苑内花木秋冬凋谢,便以绫彩剪叶装饰。池沼中也布满绫制的荷、芸、菱、芡。所建迷楼更是“千门万牖,上下金碧”,“工巧至极,自古无有也”。

大业五年之后,盛极的隋朝如充分利用运河贯通之后的有利条件,不折腾,轻徭薄赋,与民多休养之机,除奸佞、灭宵小,使上下内外同一,则必将成为政治稳定、经济繁荣、国力强健的大帝国。

可隋之亡,便亡在“兵甲屡动,徭役不息”。隋炀帝三征高丽,倾举国之兵,只为高丽王对其俯首称臣,既不掠城,也不灭国,似乎只为出一口恶气。如此轻率用兵,最终只得到一个口头诈降,却亡了自己。

百姓是反对征辽之役的。“转输不息,徭役无期”,已造成“耕稼失时,田畴多荒”,“人饥相食,邑落为墟”的荒凉败象,“黄河之北,则千里无烟,江淮之间,则鞠为茂草”。其时,太史令庾质曾力谏:“此岁伐辽,民实劳弊,陛下宜镇抚关内,使百姓尽力农桑,三五年间,四海稍丰实,然后巡省，于事为宜。”对此真言，隋炀帝竟全然不顾，致使“天下死于役，而家伤于财”。

大业七年首伐高丽时，山东、河南发大水，淹没三十余郡。大规模的反隋起义就此爆发，反徭役、兵役，称“譬如辽东死，斩头何所伤”，一些活不下去的农民纷纷投奔义军，烽火四起，渐成燎原之势。

隋炀帝不顾人民死活，三征高丽致使官逼民反，朝臣中怀有异志者遂乘机火中取栗，于是乎众叛亲离，隋炀帝陷入绝境。隋炀帝无视民之艰难，而“隋之富，汉唐之盛未逮也”，却未用之于民，最后倒成了李密反隋之资。大业十三年，李密策划瓦岗军攻占了隋最大粮仓兴洛仓，开仓济民，恣民所取，得到热烈拥护。隋用自己积累的几十年也用不完的资财助人灭了自己。正如王船山所言：“聚钱布金银于上者，其民贫，其国危；聚五谷与上者，其民死，其国速亡。”

隋之遗产

据胡如雷统计，隋末乱世之中农民起义共一百二十余起，而地主豪强起兵也达六十余起，为历代所罕见，可见隋之内部矛盾是何等突出。如此纷乱之际，水火难容，宫苑之内又分崩离析，各怀异志，隋安能不亡。

当李渊的关陇贵族集团于纷乱中潜结英俊、密招豪友，于静观中培植势力，攻克长安扶隋炀帝之孙杨侑为傀儡皇帝，隋炀帝死后，杨侑“禅让”，李渊继位，国号称唐，便顺理成章地当了皇帝。

唐朝建立，遂对官僚地主及农民起义武装采取了镇压和分化瓦解的方式，逐一加以铲除。此如王船山所言，斯时“白骨邱积于郊原，孤寡流离于林谷，天下之毒痛又不在独夫而在群盗矣。唐之为余民争生死以规取天下者，夺之于群盔，非夺之于隋也”。“隋已无君，关东无尺寸之地为隋所有，于是高祖名正义顺，荡夷群雄，以拯百姓于凶危，而人得主以宁其妇子，则其视杨玄感、李密之背君父以反戈者，顺逆之分，相去悬绝矣。”应当说，唐取天下固然靠自己的实力，但颇顾及名分，起兵的时机亦恰到好处，在舆论上做得“名正义顺”，而无大逆不道之嫌，即使继帝位亦为“让贤”，可见李渊的深思熟虑及其政治智慧。而“荡夷群雄”也确救民于水火生死之中，故唐之兴盛，亦在情理之中。

隋基业短暂，二世而亡，但隋却为历代的统治者及后人留下了丰厚的宝贵遗产。其最为丰厚的遗产，便是隋炀帝开凿的大运河。

新朝初始，百废待兴。《新唐书》卷五十三《食货志》云："关中号称沃野，然其土地狭，所出不足以给京师，备水旱，故常转漕东南之粟。"尽管隋末之乱江淮也曾遭战争洗劫，但与北方相较其害较轻。大运河这隋炀帝所奠定的基业，加以修整，令唐"渔翁得利"，给了其充足的实惠。故李吉甫在《元和郡县图志》中说："隋氏作之虽劳，后代实受其利"，"公家运漕，私行商旅，舳舻相继"。皮日休在《皮子文薮》卷四《汴河铭》中亦指出："隋之疏淇汴……在隋之民不胜其害也，在唐之民不胜其利也……北通涿郡之渔商，南运江都之转输，其为利也博哉！"亦如李敬方《汴河直进船》诗云："汴水通淮利最多，生人为害也相和；东南四十三州地，取尽脂膏是此河。"

其实，不仅唐朝前期，整个唐代基业，"军国大计，皆仰于江淮"(《权载之文集》卷四十七)。安史之乱后，"国之赋税，出自江南者什八九"，到韩愈时，"江南田赋已占全国田赋总数十分之九"(《历史年鉴》第四卷)。北宋以开封为都，"国之根本，仰给东南"(《宋史·范祖禹传》)。金兵入侵中原，大宋南迁定都杭州，靠江南之富庶，南宋的半壁江山竟维持了二百年。其时，大运河的舟楫灌溉之利充分发挥，致使南宋"中外府库，无不充衍"(《宋史·安焘传》)。工商贸易亦极为发达，杭州出现了世界上最早的纸币"交子"与国家银行"交子务"，杭州已成百万以上人口，名扬世界的大都市。其时江淮各地，十万以上人口的商贸城市就达四十多个。南宋的外贸收入已有二百万缗，指南针亦已用于航海，并与五十多个国家建立了友好的商贸关系。至元代，杭州到大都(北京)一千七百多公里的京杭大运河的开凿，对古运河进一步修改取直，亦是财政赋役"无不仰给于江南"的反映。至于明代的资本主义萌芽首在江南发展，郑和下西洋的壮举，以及清一百多年康乾盛世的出现，都和这条贯通南北的大运河有着千丝万缕的联系。故清初学者顾炎武著书时，亦引明人于慎行《谷山笔尘》评价杨广开河一事称："为后世开万世之利，可谓不仁而有功者矣。"

即使在今天，古运河尤其是江南运河，仍旧船来舟往，人们仍旧延续着承受古运河带来的福荫与便利。目前国家实施的南水北调工程，亦有江南之水滋泽着干旱的北方。水是生命的源头，是人类文明之母。临水而居的人类繁衍生息，人类社会的产生，文明的演进，皆沿江河湖海而展开。世界上的四大文明古国，古埃及的尼罗河文明，古巴比伦的幼发拉底河—底格里斯河文明，古印度的恒河文明，以及中国的黄河—长江文明，皆为河流文明。而古运河，成为连接黄河、长江文明的纽带，加快了其交流与融合，促进了伟大的中华文明的发展。而其连通的大海，亦使中华文明与世界文化的循环互利的交融，相互影响，起到了重要作用。文明是物质财富、思想文化和制度方式的综合体现，是各国、各民族之间相互交流、学习、逐步提高和不断进步的结果，是知识、经验的积累和延续。而交通运输，则是不同区域、不同民族间交流的重要前提。

就运河而言，其逐渐成为封建王朝的生命线，运河的“畅通与滞塞，都足以影响到国运的兴隆和衰替”，已是不争的事实。其经济作用，亦有目共睹。而在习俗、信仰、价值观念的逐渐趋同，人文荟萃，青史留名的名流大家，更是比比皆是。马可·波罗、利玛窦、普哈丁等均先后造访大运河；鉴真和尚七次东渡由此起步；《清明上河图》是汴京繁华及汴河风光的生动写照；乾隆六下江南多经此线路……大运河滔滔不息的流波，亦孕育、生长出一片丰富且独特的文化传统。

隋为后世所留丰厚遗产，除大运河之外，还留下了隋末触目惊心的起义兵乱，及二世而亡的深刻历史教训。正是目睹且经历了隋之覆亡的前朝之鉴，致使唐太宗悟得“水能载舟，亦能覆舟”的道理，才有了居安思危，以“先存百姓为本”，“去奢省费，轻徭薄赋”(《资治通鉴》)，与民养息的一系列政策，致使经济发展，四海升平，人民安居乐业，为唐的繁荣昌盛打下了坚实的社会基础。

隋为后世帝王所留下的遗产，还有“行之千年而不易”的皇帝之服色，所谓“定黄为上服之尊迄今不易”。这是历代史书所不载，孔、孟未言，独清代大学者王夫之所发现。隋之前的帝王，“夏尚玄、殷尚白、周尚赤”。“而周之冕服，上玄而下纁”，理无定。而“开皇元年，隋主服黄，定黄为上服之尊，建为永制”。黄色“明而不炫，韫而不幽，居青赤白黑之间而不过，尊之以为事天临民之服可矣，迄于今莫之能易”。“其行之千余年而不易者，民视之不疑，即可知其为天视矣”。由此看来，千年以来的历代帝王，身加黄袍，身上都留有隋文帝的影子。

从隋开始，施行千余年的法律，也始于隋代。船山云：“今之律，其大略皆隋裴政之所定也。政之泽远矣，千余年间，非无暴君酷吏，而不能逞其淫虐，法定故也。”汉文帝时，不复用肉刑，已见文帝之仁，然汉之刑亦多制约，故五胡以来，亦有惨烈的兽食之刑。后来亦有定死刑为“磬、绞、斩、枭、磔”五种，都因为汉代法之不定所致。至隋，则死刑只定为两种，绞或斩。“并改鞭为杖，改杖为笞。非谋反大逆无族刑。垂至于今，所承用者，皆隋之制也。”隋将死刑简化，除去极为残酷的“凌迟”等方式，并传之久远，确是“政之泽远矣”。刑极于死而止，所谓止恶、惩罪，不得已而为之。大恶者，不杀其恶不止，杀之以绝其恶，故此为生道杀人。而死法过于残酷，实无益于风化，恐怖施于人，于人无益。故夫之称，隋之律，“以启唐二百余年承平之运”，并承续于各代，此也可视为隋所遗的“德政”之一。

隋之政权体制，亦有自己的创建。周代设六卿各司其职，上由天子直管六卿。可当时治教政刑，虽颁典自王，但各诸侯国自行于内，不为六卿所管，故政简。可秦一统天下之后，面对诸多的繁难国事，揽九州于一握，六卿之上，必须有佐天子以总理之者，故增设宰相之职。可相臣一人而代天子，则权利过于集中，加之事务极其冗繁，不利于治。而多置宰相，又可能产生相互推诿，责不专一，以及意见不一相互阻挠、拆台的弊病。隋之立法，设二仆射，两人皆为相，以两省分宰相之权限，各统三卿，而天于统二仆射。六卿依旧统庶司。此有条不紊，由小而之大，由众而之寡，由繁而之简。用王夫之所言，称其为“亦太极生两仪，两仪生四象八卦，以尽天下之至赜”也。隋之独有的治法之善，以居要而治详，“不可以文帝非圣作之主而废之也”。事实上，设左、右丞相，亦为后世君王所沿用。

隋沿着运河之岸建诸多粮仓，及时递运，与运粮转漕，何者有利?恐怕要视具体情况而言，其因时因地而各宜，不能一概而论。所谓递运，即每年轮换上年所储之粮，徐徐递旧而补新，源源相因，对农民而言易粮入仓，而仓储无期会促迫之苦，按所需调运，从容不迫，虽无近功，却能经久而行远。故隋沿河置仓递运之法，唐、宋均沿用，所以船山云："隋无德而有政，故不能守天下而固可一天下。以立法而施及唐、宋，盖隋亡而法不亡也。"

隋代对中国历代皇朝影响尤为深远的举措，是隋炀帝首创的科举制度。隋文帝在位时就曾令各郡县举荐人才，委以责任。大业二年，"隋炀嗣兴，又变前法，置进士等科"(《唐会要·制举科》)。刘肃《大唐新语》称隋炀帝"置明(经)进(士)科"，开始了采用"试策"考试取仕的科举选官制。杜佑的《通典·选举典》亦言"炀帝始建进士科"，确立了逐级考试选拔人才的制度。从此做官不凭门第，不只再豪门世袭，全凭考试，以才德取人，打破了门阀家世对仕途的垄断，形成了较为公平的竞争机制，也给具有真才实学的下层知识分子及穷困书生，提供了一条求学、应试、做官的进取之路。隋文帝时，江南人才入仕为官者寥寥，隋炀帝的科举制则给江南士子铺出上进的台阶，举明经、进士科。"试策"以及试诗赋，使久习经学、偏重诗赋的江南才子有了得天独厚的优势。诸多学子通过应试而登堂入室，进入高层统治者的行列。据《新唐书·选举制上》载，"唐制，取进士之科，多因隋旧"。武则天首创密封卷，也只是隋炀帝科举制的完善。想来后世历代著书立说之辈，他们无视公允，只知斥骂隋炀帝，称其十恶不赦，不知想没想到，其进士及第之时，仍受隋炀帝首创的科举制之赐。而隋炀帝之注重人才的选拔，不止科举一途。他认为四海之内必有"奇秀"，且人才"不必全备"，只要"一艺可取"则予以"采录"，"随才升擢"，"惟有功勋乃得赐封"。这种不拘一格任人才的取仕任用方式，今天看来也有其意义。

隋炀帝亦是位十分注重教育、注重文化积累的帝王。隋炀帝即位后，统一了南北经学，作为其统治的教化之用。魏晋之际，南北经学"章句好尚，互有不同"，"大抵南人约简，得其英华，北学深芜，穷其枝叶"。隋之前便有南学超越北学之趋势。其原因，"南朝衣冠礼乐，文采风流"，受北人称羡，"以为正朔所在"。而北人笃守汉儒之学，"本近质朴"，而"南人善谈名理，增饰华词，表里可观，雅俗共赏"。加之王朝丧乱，南北儒者北去南来，南北之学已渐交融。隋炀帝为晋王时，曾在扬州十年，深受江南文化熏陶。他设立尊崇佛、道教的四道场，请名僧主持法事。他又“征辟儒生，远近毕至，使相与讲论得失于东都之下，纳言定其差次，一以闻奏焉”(上引均为《隋书·儒林传序》)。而隋盛行的《六经》皆原来江左所用南儒的注本，故“隋之官学大抵操诸南人或南方学者之手”(《中国经学史·隋唐之经学》)，形成了南学统一北学的隋代经学。隋炀帝并颁布“劝学诏”，令各州县兴学育才，国家亦有兴办的学府。六一五年，杨广又开始编纂经典，集一百二十位官员整理、编修各类著作，去伪存真、精心遴选，成集三十一部一万七千余卷。又令柳顾言等，依类别排列修订，删除杂乱、重复部分，将西京(长安)嘉则殿原有藏书三十七万卷精选为钦定本三万七千卷，藏于东都修文殿。并抄副本五十部，分三等，分置两都宫中及各院、部、署。正本依隋炀帝之好，装帧华贵精美。隋炀帝如此尊重知识与人才，与焚书坑儒的秦皇相比，可谓天渊之别。所存经典，亦为后世留下诸多的精神遗产。

据《中国医学史》论证，皇家的“太医署”亦始于隋朝。隋炀帝是继“六朝”时的经验创办了太医署，为中医的研究与发展奠定了基础。太医署开创时便有相当规模，如主药、医师、药园师、医博士、助教等有三百余人。第一次绘制了今天中医学界仍在引用的“经穴按摩略图”，并有医学博士巢元方撰著之《诸病源候论》五十卷。巢元方是颇有盛名的良医，他据前人的知识与自己的经验，对中国医学进行了总结并有开创性的论述。他的著作分六十七门，一千七百二十论，是疾病分类与鉴别诊断各种病因、病理、症候的医学名著，对后世医学有重要影响。太医署还编纂了《四海类聚方》二千六百卷，并择其要编制简本三百卷。在整理医学典籍上，《隋书·经籍志》言隋有医方二百五十六部，四千五百一十卷(含兽医、神仙房中)。《旧唐书·经籍志》言唐有医方本草一百一十部，三千七百八十九卷(含养生、食经)。可知隋三十八年整理搜集的医方，比唐二九〇年还多一百四十六部七百二十一卷。其实，唐初名医皆来自隋。唐代太医署大体因袭隋制，只取消了按摩和兽医两个专业。而这两个专业倒是不该取消。如今遍及中国城镇的无以计数的按摩者，上溯渊源，都该是隋炀帝开创的太医署的不知多少代的弟子了。

最后我要说及的，隋炀帝还是位十分出色的诗人。他的“千乘万骑动，饮马长城窟”，以及“寒鸦飞数点，流水绕孤村”，已成千古名句，那种边塞征战的壮阔场景与寂寥孤绝的意境营造堪称奇妙，至今在有关文章中常被引用。

隋炀帝诗作在《全隋诗》与《先秦汉魏南北朝诗》中仅存四十余首，但据《隋书·经籍志》载，他有集五十五卷，数量远在存诗之上。

其时的诗风南柔北刚，亦有浮艳绮靡、质实直白之弊。隋炀帝之诗却融合了南北诗风之精要，刚柔并济，独树一帜，开了一代诗风。这可能与他本有胡人血统，骨子里便因袭了刚毅勇猛的基因有关。而他又任江都总管十年，并娶后梁的名门闺秀为妻，深受江南文化的影响，喜浮华艳美、清词丽句有关。他《早渡淮》中的“晴霞转孤屿，锦帆出长圻。潮鱼时跃浪，沙禽鸣欲飞”，以及《夏日临江》中的“日落沧江静，云散远山空。鹭飞林外白，莲开水上红”，以及《春晚诗》中的“杨叶行将暗，桃花落未稀”，“唯当关塞者，溽露方沾衣”等句，皆为有独到感悟，意境深远，且意象鲜明，感觉敏锐、细微之作。诗将远与近、动与静，苍茫阔大与清丽婉约融于一起，写得情真意切，有声有色，大写意与工笔的描绘简略与精细并存，客观的境象凸显与主体意识的进入浑然一体。而叶片转暗、花落未稀，以及日落江静、云散山空之句，已是具有挽歌气质的沉思，是深化的感受力，既是外在的，也是内在的精神视野，所体现的场景本身即为诗的重要元素。而“唯当关塞者，溽露方沾衣”这样直接述说，且重细节的诗句，亦是当前中国新诗所青睐的常有的表达方式。看来，隋炀帝之诗不仅直接影响了唐诗的发展，还有着承前启后的文学史地位，即使在今天，也与中国新诗有相通之处。

从诗体着眼，隋炀帝的五言十句的(早渡淮)为典型的齐梁山水诗架构。《夏日临江》对仗之工整，已比五言律诗更甚，已近排律。而其所写的乐府诗，尤其是七言与五言交替运用的长短句《纪辽东》，已具有词的意味，已为词的产生准备了条件，故称隋炀帝之诗为词的产生起到了推波助澜的作用，亦非妄言。

从隋炀帝之诗可以看出，其诗的题材多与运河与征战有关。其《泛龙舟》，亦写出“舳舻千里”之豪奢的夸张之句。而他的《春江花月夜》，“暮江平不动，春花满正开。流波将月去，潮水带星来”，其诗之感觉，变幻的意象堪称绝唱，放在著名的唐诗之中也毫不逊色。也正是隋炀帝的《春江花月夜》给唐代诗人张若虚以启示，亦写下同题的著名诗作，以孤篇出神入化，传之千古。可就我看来，两首《春江花月夜》各有特色，难分高下，从精短易记、且具有诗名的版权而言，隋炀帝之诗恐要胜一筹。

写到这里，我又想到隋炀帝的大业之治及隋之覆亡。或许，隋炀帝作为诗人，有恢弘阔大之气度，有奇思异想。诗人的特征常抵极致之境，易走极端，且厌陈腐而日求新变。基于此，他才能做出开大运河及除旧布新、开创千古伟业前无古人的改革与创新，并一度使隋进入秦汉亦无法比拟的全盛时代。也同样基于此，他的三征高丽、不顾一切的极度用兵，被想象中的强大所囿，使众叛亲离，而葬送了江山和自己。看来，诗人的极端和随意很难当好一个政治家，隋炀帝的悲剧，或许也是必然。

一个王朝逝去了，隋炀帝亦死于非命。可诗却留了下来，一些名句直至今天仍旧活着，活在今人的摘引和口中。连同他开创的一切，亦留在史书里。而贯穿中国的大运河，是隋炀帝写在大地上的史诗，更是他的不朽之作，川流之水仍以不息的声韵，诉说着过去和未来……

李白的江油

第一次到江油已是二十年前的事情了。当时尾随师长静轩兄来拜谒诗仙,孤陋寡闻的我始知江油乃太白故里,便对此城顿生敬意。静心观览太白堂、粉竹楼,看书家墨迹,并与静轩在洗砚池旁合影一帧,得以为念。后来翻看相册,江油的印象多已模糊,只记得一个不常见的名字"圌山",再就是在相纸上留下印痕的洗砚池了。近日故地重游,一些记忆重被唤醒,可静轩兄亦已驾鹤西去,再见旧处,不免颇为伤感。池水依旧,物在人非,李白的衣冠冢只埋下一个名字,而诗兄静轩也成了一钵骨灰。可转念又想,人生虽如池水洗砚,最终将被冲洗得了无痕迹,可纸上的墨迹却留了下来,有伟大的诗篇在,诗人便不会死去。

江油声名远播,是因为李白的缘故。一座城市、一处建筑,因名家的诗文而名垂千古、家喻户晓,已屡见不鲜。如范仲淹的《岳阳楼记》,王勃的《滕王阁序》,崔颢的黄鹤楼题诗,均如是。而李白,和屈原一样被列为世界文化名人,其故里江油,无疑是天才的哺育地,光芒的源头。难怪明代李贽在评论李白时会说其"生之处亦荣,死之处亦荣,流之处亦荣,囚之处亦荣"了。

写到此,让我想起国外六个城市争夺诗人荷马的故事。远古的史诗是一个民族精神的凝聚,亦是哲学、宗教与道德伦理的来源,六个城市争夺荷马，亦是争夺一个民族精神的发祥地，荷马，是神圣的灵魂的象征。伟大的诗人是国宝，如同雨果之于法兰西，莎士比亚之于英格兰，普希金之于俄罗斯，李白之于中国的重要，是如何尊崇都不为过的。试想，帝王将相多矣，可有谁能让世人皆知，而李白的“床前明月光”，是牙牙学语的小儿都会背诵的。

对于李白的出生地，考证虽多，但众说纷纭，莫衷一是。但史传中所载李白的前世谪居地为“条支”、“碎叶”、“西域”，似并无疑议。史传碑序载，李白曾“为和蕃书”、“草答蕃书”、“草和蕃书”，他识突厥字该是事实，而李白的儿子名曰“明月奴”、“颇黎”，似都带有西域意味；魏颢《李翰林草堂集序》称李白的相貌“眸子炯然，哆如饿虎”；由此有人怀疑李白有胡人血统。自然，这只是猜测，但其受西域文化熏染，幼年受中西语言的双重教育，胡风厥语、好剑学道、饱读诗书而又纵酒长歌，是其生存的写照，故李白生于碎叶五岁入川也罢，生于蜀地也罢，其受两种地域文化的哺育该是不错的。

由此我想到，人的性格、性情和诗之风格虽由多种因素生成，其中地域文化的影响恐怕是重要因素之一。或许，其狂放、雄豪、嗜酒当属西域遗风，而其奇绝、飘逸之仙风道骨，其经学剑术、飘逸的诗思，应是蜀地所赐予。

在江油，你会感到这里的山川风物、民风习俗似乎都被李白的诗魂所浸透。青莲乡的陇西院被称为李白的出生地，这地处盘江边的平坝曾长满茂密的芭茅，传说诗人幼时曾在此放羊。而李白妹妹所居之粉竹楼，也因月圆每日梳妆后将脂粉水从楼上泼下，久而久之，楼下青竹敷了一层脂粉，此楼故称粉竹楼了。离其故居不远，则是李白的衣冠冢了，冢旁有状颇奇特的巨石相伴，传为天降陨石，想来传说中李白乃太白金星下界，以陨石为体，冢中只留衣冠，该是颇有意味的构想。

江油，关于李白的民间传说颇多，从其母食红鲤而生白，到老婆婆铁杵磨针，乃至诗镇石牛、井洗笔砚，勇斗白龙、匡山习剑等等，都和诗人的“谪仙”之名相符，亦充满了故乡人对李白的尊崇与热爱。析一些传说的渊源，胥洪泉先生曾指出：唐王朝立国之后，道教曾被尊奉为国教，取得了三教之首的地位。由此可见，李白之沉迷于道教，亦为盛唐意识所致。而李白出生的传说亦化用了老子出生的传说:老子之母“盛大流星而有娠”,李白之母则“惊姜之夕,长庚入梦”;老子受“天之精魂”,李白则得“太白之精”;老子指李树为姓,李白则是“复指李树”而出生。由此可见李白在传说中被神仙化的至圣心理。

匡山是李白读书学剑之地,少年李白曾在这里习居十年。匡山因其形如匡字而得名,隋唐时建有大明寺与匡山书院。据载,“大明寺和匡山书院原有建筑一百多间、八个天井、崇楼俊阁,峥嵘宏丽,尽隐于参天古木之中,寺内有泥塑和木雕太白像各一尊,姿态飘逸。”而今,匡山旧迹不再,但秀山灵泉依旧。在江油看山寻洞,既为远处云雾缭绕的苍翠山峦而神往,又为近处的浅碧清潭而倾倒。正如诗人少时所作《别匡山》所言,其晓峰如画,藤影风摇,野径犬吠,古树猿啼,其烟霭飘飞处,钵僧鹤池,山静林幽,想那诗仙李白,该是“只在此山中,云深不知处”了。

李白在匡山,曾拜道人东岩子为师,得见“蓬莱十丈花”;亦随隐士赵蕤读书习剑。紫云山系道教发源地之一,而东岩子、赵蕤皆为著名的道士。其时,李白学道,固和唐室对道教的推崇及其诗人之浪漫情性有关,而其读儒家诗书,亦受到积极入世、渴求建功立业的观念所支配,匡山所学,究其终,恐怕李白为的只是走一条获当政者擢用的“终南捷径”吧。

李白二十余岁时离蜀,去仗剑远游。但李白毕竟在蜀乡长大,蜀人之聪慧、蜀地的青山碧水、天梯栈道,都会给他心灵以滋泽,给其诗以奇幻的想象和超越的欲望。巴蜀多奇诡之才,多孤傲之士,锦官城又是销金纵酒重感官享乐之地,这个“尔来四万八千岁,不与秦塞通人烟”的所在,给了他充分张扬个性的空间,一个家无谱牒、漏于属籍,甚至连真实姓名都无法确认,后指天枝以复姓的人,读奇书、观百家、学游侠,杂儒、道、纵横等思想于一炉且专于豪侠使气的人,终成为“痛饮狂歌空度日,飞扬跋扈为谁雄”的狂客,“笔落惊风雨,诗成泣鬼神”的诗仙。

也许与诗人了无羁绊的狂放性格有关,也许与异域文化的精神陶冶和任侠、老庄、魏晋玄学的影响有关,或许与包容古今万物的盛唐时代有关,这位“凤歌笑孔丘”的诗人,活得潇洒自然,诗也奔放不羁,极少写受格律束缚的律诗,而擅乐府。古人论诗,多论比兴,并不倡诗中言事。可李白诗中的一个特点都是言事。目前当代诗人的新诗在厌烦了抒情、象征、意象的经营之后，也已回归了晓畅明白、喜叙述和细节的捕捉了。这让我想起了李白的“美人卷珠帘，深坐颦娥眉，但见泪痕湿，不知心恨谁”。看来，一千三百余年前的诗人在单纯、透彻以及细节的叙述中已为今天诗人的探索提供了典范。当然，李白的诗更多的是呈现豪迈洒脱、进取飘逸的积极浪漫主义作品。而其一些佳妙的作品，正如王国维所言：“太白纯以气象胜，‘西风残照，汉家陵阙’，寥寥八字，遂关千古登临之口。”

谈论李白，便不能离开诗、妇人与酒。这位飘逸且孤傲的诗人，存诗千余首，其中一百七十余首涉及饮酒，一百三十余首涉及女性，故诋毁李白者称“白识见污下，十首九说妇人与酒”。

就酒而言，人人皆知蜀地多美酒，中国十大名酒有五种产于四川，被称为“五朵金花”，皆产自四川盆地的边缘。我想，李白的嗜酒，当也和川地多美酒有关，而江油、绵阳一带，亦为名酒的产区之一。其实，酒的生成与诗的生成颇为相近，即皆为精华的提纯。当然，酒的诞生似乎并不美妙，那是由于果子腐烂之后流出的汁液醉倒了猿人，成为最早的果酒，饭馊了之后产生了酒白，遂诞生了米酒，正如阿赫玛托娃所言，“诗源于垃圾”，看来似乎是污下的，却是脱胎换骨的一次新质的生成。有人曾将散文比喻成饭，将诗比喻成酒，饭是充饥之物，而酒的作用是沉醉，而沉醉，恰恰是审美的最高境界。而唐代的酒应是米酒，因为白酒在元代才生成，故在米和酒之间的米酒，就被人喻为散文诗了。而诗的写作状态与醉酒者也颇为相似，正如歌德所言：“只有进入无意识中，天才方成其为天才”，而无意识是一种“半透明的精神之夜，隐藏着灵魂全部力量的根源”，其中智性的想象、欲望、爱和情感的力量共同参与这根本性活动，让诗人捕捉到比哲学梦想还要多的事物，是一种创造性精神的自由。至于诗中涉及妇人，就我看来，真正识见污下者并非李白，而是诋毁者。试问，没有妇人，如何能有你?况且诗作为情感最为浓烈的文学样式，不表达爱情、亲情、友情，倒是不可理解的事情。作品格调的高下，在于语言的运用之中，那种血与火铸就的诗篇和那些花拳绣腿的文字相较，则会让人看出庄重与佻薄的分野。刘熙载在《艺概》中指出：“太白诗言佳、言仙、言酒、言女，特借用乐府形体耳，读者或认作真身，岂非皮相。”我想，这话倒是对诋毁李白者的最好回答。

当然，纵酒携妓是盛唐繁华奢糜之风盛炽所致，其时，“无论是朝廷宰执，还是地方牧守，乃文人士子，观妓乐舞，狎妓冶游之风盛行”。明《青泥莲花记》谓：“妓者，技也。技丝竹讴舞及琴弈蹴鞠钩而已。”由此看来，唐之妓，即歌舞艺人的总称。据《唐会要》载，唐玄宗曾颁敕：五品以上官员家中即可蓄系竹养妓。妓乐艺人，在朝廷曰宫妓，军中称营妓，地方官署为官妓，私家所蓄为家妓。他们隶属乐籍，归教坊司管理。李白在盛唐之时那样的社会风气中难以免俗，也是自然。而诗人写这种题材的作品，亦为自然而然的事情。可重要的是不在于诗人写什么，而是如何写。

李白在蜀中长大，后来他去国远游，南经洞庭，东走吴越，寓居安陆；后又北上太原，东到齐鲁，移家任城，诗人时时思念故土，更与匡山的师友赵蕤诗书不断。安旗先生曾指出《蜀道难》一诗写于开元十八年至十九年李白第一次求仕长安将离去时，并认为李白“在前后将近一年时间中、步步艰难，处处碰壁，备受蹭蹬之苦，饱尝失意滋味”，“乃借蜀道之艰难写仕途之坎坷，抒胸中之愤懑”。但也有人认为，在此情感的深处，跳动的是李白的思归怀蜀之心。其诗触目而来的瑰幻奇谲的蜀地神话，便是以隐喻的途径表达了李白宦途坎坷、失意思归的潜在心理。而其思乡之切，在他晚年之作《宣城见杜鹃花》中，更是催人泪下：“蜀国成为子规鸟，宣城还见杜鹃花，一叫一回肠一断，三春三月忆三巴。”

李白42岁时，经道士吴筠和玉真公主所荐，被唐玄宗宣诏入京，三年后，终因恃才傲物，被帝王视为“非廊庙器”而“赐金放归”。其实，就本质而言，诗人非廊庙器，倒是唐玄宗的慧眼识真。让李白这般“御用”，写几首赞扬贵妃的诗，只供消遣取乐，与那些“宫妓”又有何区别?或许，李白的仕途放归，恰恰成就了诗人，所谓“诗穷而后工”，“国家不幸诗家幸”，若没有仕途坎坷，安能有《蜀道难》等伟大诗篇?

写到这里，我又想起了李白“青莲居士”的由来。人们多以为诗人因其家乡名青莲而自号青莲居士。其实，青莲乡原本作清廉乡，《宗书》言清廉乡因古昌明境内的廉泉而得名。青莲花出西竺，梵语谓之优钵罗花,清净香洁,不染纤尘。太白自号,疑取此意。李白中年后学佛参禅,大概是仕途失意后的精神寄托。而清廉乡改为青莲乡,该是明清以后的事了,该是故土为纪念诗人所致吧。

李白逝世已经一千三百多年了,今天,人们不仅仍能在诗中感受那不竭的艺术魅力、盛唐精神与诗人的人性追求,在李白的故里,人们还能看到哺养这位天才诗人的灵山秀水及其独有的地域文化, 也能领略至今尚存的一些诗的语境。在江油,人们仰望环宇,追思诗魂,月球上有用他的名字命名的山脉,地球上有用他的名字命名的“太白号”旅游列车;而李白纪念馆、太白碑林、太白公园、大匡亭、太白大厦等,亦已建成或在规划待建之中。江油这一小城,到处都有李白的遗迹,到处都有李白的诗文,到处都有李白的传说,看来江油,应当称之为李白的江油。

在江油,拜谒李白时,我曾写古体诗一首《李白衣冠冢》,现抄录如下,为此文作结——

诗藏傲骨酒含仙,蜀乡方识蜀道难,
居士已踏青莲去,冢中只有旧衣衫。

雕像背后

立于庙堂中的人物雕塑，是供人瞻仰、膜拜的，故都塑得高大、雄伟，有慑心夺魄之势，令人感到自身的渺小。那俯视万物的神佛、帝王，由于没有血肉而不朽，也由于跪拜者伏于足下而愈显高大。可在汤阴的岳飞庙，我却领略了两种不同的雕像。

其一是塑于正殿的岳武穆像，虽然像高三点三米，称得上魁伟、壮硕，但其平视、远眺的目光，以及他与平民的血肉之情却让人有了距离丧失的亲近感。只见他挺胸端坐，头戴兜鍪，目光炯炯，紫袍金甲，左手握剑柄，右手扶膝，似乎仍旧在大气凛然之中指挥若定，收复破败的江山，拯救黎民于水火。

其二是施全祠下所铸的秦桧、王氏、万俟卨、张俊、王俊长跪于岳飞庙前的铁像，那是让人俯视、唾弃，承受污秽和击打的形象。像为铁铸，该象征着铁定的民意，让奸邪长跪并频遭千百年的敲打和蔑视而不解万民之恨。这是世俗化并饱含着人们强烈的憎爱之情的雕像，让人生出“青山有幸埋忠骨，白铁无辜铸佞臣”的慨叹。

在汤阴古称瞻淇门里的岳庙街，我是胸怀虔敬之心来拜谒这位民族英雄的。在我的意念里，岳飞该是高大俊朗、浓眉大眼、玉树临风、英气逼人的伟男子，庙里的塑像，大抵也印证了我的想象。可当我看到宋人刘松年的岳飞画像，却是另一种模样——中等身材，和身旁的侍卫相比，岳飞的头颅有他两个之大，前额突出，方面大耳，眉宇开阔，眉毛细短，双目小而有神，生得颇为壮实，躯体蓄满力量，自然，并不失神勇的气概。

就宋人所绘画像而言，岳飞颇具憨实、忠勇之态。诚然，他不是我想象中的美男子，却不愧为伟丈夫，他那“文官不爱钱，武官不惜命，天下当太平”的名言，镌刻在碑石之上，堪称整个岳飞庙的灵魂，至今有着醒世的振聋发聩的意义。

为英雄树碑立传、塑身建庙，是中国的传统，与岳飞相关的遗址纪念地，在全国各地，包括台湾宜兰在内，计有四十三处，可见其影响之众，被爱戴之广。

汤阴岳飞故里的岳飞庙，始建于明代景泰元年十一月，为勅建“精忠庙”。五十一年后，明孝宗朱祐堂又赐额“宋岳忠武王庙”，建起碧瓦覆盖、飞檐翠角的庑殿式屋顶的牌楼，并有墨线大点金法彩绘于翘翅式斗栱、屋梁之上。现已移为庙前右侧，称“棂星门”。

与百姓自发兴建的寒酸的岳庙相比，勅建的庙堂金碧辉煌，瑰丽壮观，牌楼两侧的护壁阳镌左“忠”右“孝”两个大字，自有其深意。自然，无论是黎民百姓或是帝王，对岳飞英勇抗金，收复失地，百战无一败的战功，均感佩之至，可百姓盼的是免于生灵涂炭，而皇家为的是偏安一隅的一己之私。

历代帝王对岳飞的尊崇，为顺应民意，所谓得民心者得天下；更为巩固自己的统治，树“愚忠”的典范；另则边境不宁，需骁勇忠心的武将镇守。想明代后金的国势日益强大，满族作为女真人的后裔虎视中原，因而建抗金英雄岳飞庙，也是必然。

对岳飞“愚忠”的渲染和虚构，莫过于清乾隆皇帝了。他称赞岳飞“知有君而不知有身，知有君命而不知惜己命，知班师必为秦桧所构，而君命在身，不敢久握重权于封疆之外”。据《精忠庙志》载，清乾隆十五年秋，弘历南巡返京途中，停辇祭庙，曾写下《七律》一首。而今读这庙中的诗碑，看其“两言臣则师千古，百战兵威震一时”的诗句，不知这位女真的后人盛赞之下是否会有更为复杂的心绪。

诚然，在宋代，对国家、民族与朝廷之忠诚恐怕很难分开。金兵抢掠烧杀，屠城之惨，逼宋人为奴之众，靖康徽、钦二帝被掳之耻，以及高宗向金俯首称臣、割地赔银之辱等，稍有血性者都难以抑制悲愤之情，会与之断拼。只言岳飞对皇帝的所谓“愚忠”，见于艺术虚构，如《说岳全传》中，描写岳飞死到临头，仍对宋高宗感恩戴德，忠心不二，他亲自捆缚企图造反的岳云和张宪，并引颈受戮，却是杜撰。

宋人肯定岳飞，并未将其视为忠君道德的楷模。正如朱熹所言，其“骄横”，“若论数将之才，则岳飞为胜，然飞亦横”。他又称岳飞“恃才不自晦”，锋芒毕露，不行韬晦保身之计。

其实，岳飞曾是宋高宗最为赏识、器重的爱将，为保皇位，他屡屡破格升迁岳飞，并曾授予全宋大部分兵力的指挥权。在为岳飞加官晋爵的诏书中，曾赞扬他“料敌出奇，洞识韬钤之奥；摧锋决胜，身先矢石之危”。“千里行师，见秋毫之无犯；百城接堵，闻犬吠之不惊”。“江湖之间，尤所欣赖，儿童识其姓字，草木闻其威声”。

邓州大捷之后，岳飞以三十二岁的年龄升为清远军节度使，与已建节的大将刘光世、韩世宗、张俊和吴玠骤然平列，其时绝无仅有。当龙虎红缯门旗两面，白虎红缯旌一面，红丝作旄的节一杆，麾枪两支，豹尾两支，全套旌节共五类八件授予岳飞，他已获得武人升迁中最重要、最为荣耀的虚衔。也正在建节之后不久，岳飞写下了仰天长啸、壮怀激烈的《满江红》。

正如朱熹所言，岳飞有激进冒犯之处，无韬晦保身之心。绍兴七年，当高宗取消兼统淮西行营左护军的成命，岳飞即愤而辞职，未经高宗许可，便径自回江州庐山东林寺，给亡母“持余服”守孝。这种近于惊世骇俗的“抗上”行为，令高宗十分恼怒，称岳飞骄横跋扈。岳飞遂成为皇帝最为猜忌、深怀戒备之心的武人，而高宗于谈话之中，已隐隐露出杀机。更有甚者，岳飞无所顾忌地上密奏，请高宗确定赵瑗的皇储地位，致使皇帝更为疑忌，称“卿虽忠，然握重兵于外，此事非卿所当与也”。闻此言，岳飞神情颓丧，面如死灰。

宋代颇重视知识分子。宋太祖曾勒石立碑，“誓不杀士人”，并传为家规。赵宋以文制武，由文官枢密使统管军政，并视武将为粗人，常常严加防范。南宋初年,迫于形势,高宗不得不让将帅居高位、掌重兵,但且用且疑。待以战促和、稍得偏安,便思将各支大军分割、缩编,使其兵分势弱,他方能高枕无忧。于是,便有了后来仿效太祖的第二次"杯酒释兵权"。

秦桧独相后,曾向高宗"乘间密奏",说各行营护军目前号称张家军、韩家军等,表明"诸军但知有将军,不知有天子,跋扈有盟,不可不虑"。而岳飞的仁义之师深得民心,家家户户悬挂岳飞的画像,奉若神明,尚有建生祠跪拜,闻之名皆感泣不已者。军民如此爱戴,正如王夫之在《宋论》中所言,其"历数战不折之威,又为敌惮,则天下且忘临其上者之有天子"。而在廷在野,岳飞又以恤民下士之大美被竞相推诩,军务之暇,"峨冠褒衣",修儒者之容。并"垂意文艺",以诗文抒其悲壮,极喜延揽文士,所谓"食客所至常满,商论古今"。"于是浮华之士,闻声而附,诗歌咏叹,洋溢中外,流风所被,里巷亦竞起而播为歌谣"。这般受群言赞颂,军归之,民归之,游士、墨客、清流、名宿莫不归之,遂使"主忌益深","其定交盛矣,而徒不能定天子之交",故王船山称,誉岳侯者杀岳侯也,"悠悠之歌颂,毒于谤讻",因而岳飞之死,是"进无以效成劳于国,而退不自保其身。遇秦桧之奸而不免,即不遇秦桧之奸而抑难乎其免矣"。

岳飞是被王俊、秦桧诬为谋反而被赵构所杀。曾在狱中任狱卒百般拷问,他始终沉默不语,也决不呻吟呐喊,最后则拒进饮食,惟求速死,他对高宗已不抱任何幻想。其时,一名狱子的高论对其死说得甚为透彻,使其感慨万端。狱子言——

"君臣不可疑,疑则为乱,故君疑臣则诛,臣疑君则反。若臣疑于君而不反,复为君疑而诛之;若君疑于臣而不诛,则复疑于君而必反。君今疑臣矣,故送下棘寺,岂有复出之理!死固无疑矣。"

岳飞从遇害到平反,历时二十一年。宋孝宗为岳飞昭雪后,其三子岳霖着手整理父亲的传记,可因故将遗卒丧亡殆尽,幕僚故人亦多逝世,尽管如此,岳飞孙岳珂最后整理的《鄂国金佗稡编、续编》一书,仍然是研究、理解岳飞的重要史籍,恢复了一些历史真相。由于岳飞是在赵宋政权之下恢复名誉的,岳珂只能说宋高宗与岳飞的亲密无间,只因秦桧从中作祟,才发生了悲剧。岳珂本看过高宗亲批杀岳飞,并将岳云从徒刑改为死刑的狱案文本，却仍引用《野史》，说秦桧写一纸条交付狱官，就轻易地杀害了岳飞。这种苦心掩饰，却成为后世戏剧、小说虚构岳飞的"愚忠"之源。

岳飞数次北伐，满腔热血，然壮志难酬。论神勇，他不满二十岁时已经挽弓三百斤，用腰部开弩八石。宋时"弓射一石五斗"已算武艺超群，可见岳飞武功已达登峰造极之境。另外，岳飞又深懂兵法、严于治军，屡战屡胜，即使孤军深入仍建奇功。然而，他毕竟孤掌难鸣，南宋几支大军皆各自为营，张俊、刘光世从中阻挠，韩世忠等又岂能折节归其麾下？如此，即使志逸、气柔的高宗无疑畏之私，岳飞直捣黄龙府的志向恐也难以实现。难怪患有眼病的岳侯常常头疼。且岳家军扩军后兵力已达十万，连同随军家眷计几十万人，"月用钱五十六万缗，米七万余石"，兵食事常使岳飞"乱其方寸"，若孤军北伐，战线拉长，粮草亦难支撑。

岳飞被害前，已遭闲废，退隐山林，已感美梦破碎，处境凄凉。其间所写《小重山》词"旧山松竹老，阻归程。欲将心事付瑶琴，知音少，弦断有谁听"，是其心境真实的写照，与"怒发冲冠"、"踏破贺兰山阙"的豪情壮志相较，已是曲终人散，无可奈何了，而"弦断"，恐已预示了这场悲剧的结局。

写到此，我忽然想起了数年前去哈尔滨参加冰雪节的一幕——在晚会上，当幕布拉开，映入眼帘的是金兵装束、挥舞刀片的舞蹈，令我的心一动，继而想起了岳飞。随后，参观阿城市的"金故都博物馆"，看那头插雉翎、戴兽皮帽的几代帝王的塑像，锐利的兵器，出土的陶罐、箭镞等，亦让我若有所思。那让徽、钦二帝坐井观天的依兰古井，是宋人之耻，却是金人之荣，想来看历史的角度不同，想法亦不同。今天看来，或许宋、金之争只是中华民族的内战，而元、明之后，作为金人后裔的满清入主中原，又经历了不同民族文化的交融与化合。而以一家之私统治天下的帝王，谁也难以千秋万代。随之，我又想起了自己。我的母亲是满人，父亲是汉人，而宋、金之争，该是父亲的先祖和母亲的先祖在打仗吧。想到此，我有些抑郁。

可无论作何想，岳飞毕竟是伟大的。他收复大片失地，连结河朔，缔建一支严纪律、明号令的铁军，以及"尽忠报国"的一生，对后人的影响之大，在中国历史上颇为罕见。

在岳飞庙，刻于壁上的书诸葛武侯《前后出师表》，以及“还我河山”等，经考证，并非岳飞真迹，是别人假其名所书。岳珂曾在《金佗稡编》中提到其先祖书为“仿苏体”，从上海图书馆所藏《凤墅帖》中亦可看出，岳飞的笔迹确为浑厚端庄，韧力分明的东坡体，从中亦能看出有王羲之的影响。其假托冒名之书仍得以流传，亦看得出后人对岳飞的景仰与爱戴。

鼓浪飞花

在我多年前的印象里，厦门只是个蕞尔小岛、弹丸之地。在常人眼里，小大抵是难以入眼的称谓，可以忽略不计、零头碎脑之类。鼓浪屿更小，可为小中之微。可大有大的难处，小有小的精微，事物恐难以大小来体现其价值的。而厦门最引人入胜处恰恰是鼓浪屿。

这是个绿荫、藤萝与花树遮覆的岛屿，日光岩于岛上突兀而起，像钢琴的高音，在珠子般滚动的清亮的声音里攀升到极致，超拔且明丽。绿荫丛中，在随岛势起伏蜿蜒的小路漫步，你会看到高大的榕树垂下的丝丝缕缕的气根，路边的老藤盘络纠结，如同这小岛数不清、理还乱的历史。是啊，那白色的教堂，八瓣花朵般的圆形窗和三角状尖顶上的十字架，那橘红色的洋葱头般的屋顶，那雕刻着狮头和卷形花叶的大门，那铁锈红色的撑开的伞状的瓦盖，形形色色，鳞次栉比，曾是十二国的领事馆，商人、华侨以及官人名流所建造的楼房别墅，里面，曾藏着多么动人心魄抑或令人心酸的故事。这些凝固的音乐，华美、斑驳，颇具沧桑之感。这让我想起那些等待下南洋的丈夫归来的女人，纵然锦衣玉食，处于雕梁画栋之间，可如同蒙尘的钢琴，即使有满腹曼妙的音乐，也只能空守着孤独与落寞。想及此，我已失去观赏别墅的兴致，倒是风中翻卷的几片落叶触动了我抑郁的萧疏感。

可鼓浪屿实在是个令人神清气爽的地方。明亮的阳光下，海上的风吹过来，让人有一种强劲和阔大来临的感觉，让你吐出胸中的沉郁污浊之气，尽情吸纳澄澈而又新鲜的气息。天是蓝的，海水是蓝的，沙滩是黄的，屋顶是红的，而葱郁且浓密的树是碧绿的，油亮并有一种通透感，漾着水意。这小岛，简直就是一块极品的翡翠，令人赞叹，令人心仪。

说起岛上的花树，确令人大开眼界。元月，正是北方滴水成冰的季节，而这里，仍旧有鲜花开放，绿浪接天。棕榈、槟榔的阔叶如张开的手掌，轻抚着微风；相思树细窄穗状的叶片在轻轻摇摆；扶桑清瘦，榕树强壮，三角梅柔美；而爆竹花一挂一挂地悬在篱墙上带着除旧布新的喜气。这些著名或我尚不知名的花树，令人惊异的是其萌生的新叶，淡绿中含着娇嫩。看来这里没有冬天，叶芽一年四季都在萌发，树叶则时时更新，花树没有冬眠，充满了活力。

鼓浪屿尤可称道的是它的钢琴博物馆、管风琴博物馆。博物馆收藏的七十台世界名古钢琴和百盏古钢琴灯台，让人领略了这些罕见的稀世珍品。给我印象深刻的是一架无人弹奏的钢琴，说是由一张纸卡上的孔控制风的大小使琴键起落而奏响音乐，没有手指，没有弹琴人，好像有个幽灵在演奏。还有让我略感震撼的就是那架巨大的管风琴了，这古老的庞然大物矗立在博物馆入门的厅堂，直抵高大屋顶的横梁，简直就是一座小山。站在这架琴前，突然会觉得自己矮了许多。厚重的木质的琴箱，那一排排竖立的金属管呈新月形由一端凹下又从另一端升起，那金属的清亮该是由此生成，而那浑厚、低沉的声音当是木质的音箱所给予的。当金属、木材与踏动的脚及弹动的手指相遇，不知奏出的是人籁之音呢还是天籁之音？或者是两者兼而有之吧。听那声音，让人顿感庄严、肃穆，仿佛置身于教堂之中，让我感知出音乐的力量。

在我看来，厦门的美是以鼓浪屿为核心的。音乐是鼓浪屿的灵魂，而白鹭则是其跃动的音符。这鼓浪屿之波越过海水，起伏跌宕的旋律在升腾、伸延，凝固成厦门的环岛公路和跨岛大桥，以及无数新笋般飞长的楼群；这旋律跨海而过，又激越于海沧、集美、同安和翔安，于是，一片又一片新区又在崛起。这古典的、印象式的继而走向现代的音乐，已合成宏大、雄浑且激荡回环的交响的旋律，奏响在如今已是一千五百多平方公里的土地之上。

是的,音乐已浸透了这座城市的总体和细部。它优雅、干净而又纯粹。它的白鹭洲是小夜曲,它的大桥是咏叹调,它的楼群和厂房是交响乐,它的园林是民谣,而它隆隆轰响的马达是进行曲。当几只白鹭落在伞尾葵的浓绿之上,多像大海在鼓浪飞花。而一栋栋竖起的新楼,多为白色、淡色的,甚至路旁的护栏,立交桥的背底,也是白色的,那是鹭的颜色。而所有的建筑物多有弧线,委婉而亮丽,如同旋律的延展。即使是一家小店,也称“嘀嗒嘀”,带着音响……

我知道,厦门的沧桑之变是厦门人创造的,真正了解厦门的,该是他们自己。

在归程的路上,我又回头望了望那把钥匙的雕塑。是的,厦门称“门”,必有一把打开门锁的钥匙。这把钥匙将厦门打开,使之成为开放的特区,并使之有了翻天覆地的变化。可我知道,这把钥匙真正开启的,该是心智之门。

细雨中的前童古镇

雨落下来了。我撑开伞,便听到雨丝在伞面折断、遭遇挫折的声音,领略雨滴随伞骨滑落散发的凉气。这是宁海的五月,我们应邀来前童古镇,看江南明清时期的原版民居。

据称,前童这名始于南宋绍定六年。以耕读传家的童潢从黄岩迁居于此,大抵是以家族之姓命名的村落。至今仍遗存悬有"正学遗风"匾额的石镜精舍。它坐落于宁海城区西南两山两水的平坦腹地之间,四周群山葱翠,白溪、梁皇溪萦绕南北,清流汇聚,确是个山清水秀、精通堪舆之学者所精选的佳妙所在。村中八卦状的水系,似密集的蛛网,交织于家家户户的门前,清溪活水,给古旧的街巷带来一股清新洁净之气。尚存的1300余间明清时代的民居素朴且儒雅,或许为纪念宋代开创居地的前人童潢吧,小镇才名曰前童。

沿着卵石铺就的道路前行,亦即随着街旁溪水的流向游走。在细雨迷蒙之中,阴凉的天光与古旧的墙垣、青瓦、门楼、苍苔,以及风雨剥蚀的痕迹浑然一体,昏暗的色调,虫蛀的门板,有如一种冷峻、事实的,灰色的语言,确认一个小镇的古老,被蠹虫穿越的历史。只有被鞋底磨得光滑的卵石和溪水间的平板石桥是油亮的,透着雨洗的色泽。而墙角石缝里钻出的野生植物,伸展的叶片,鲜亮得蕴满生机,让古镇更为苍凉。

雨落着，淅淅沥沥地落着，在伞面发出空洞的声音，落在身旁的溪水里，却是一种悄然的融入，在水中泛起淡乳色的烟雾，仿佛雾气和水也能相融。溪中放养的肥硕红鲤，逆水而游，在平板石桥下聚集，我诧异它为何不顺水而下，仿佛它也依恋这溪旁的家门，身有所属吧。我站在溪水边观赏红鲤的鲜亮，我不走，鲤鱼不走，只有雨滴随着溪水流去，如同消逝的岁月，不知不觉间鬓边增生的白发，一个旧人，此时已与这古旧的村落融在一起了。

民居皆为四合院，只不过有的大些，有的小些。这些四合院与北京的略有不同，灰暗老旧的大门多为木质门楼，上有倾斜的门檐，间或有石雕立于门前，为石兽，亦有石柱。门旁的墙上常见红砂岩雕就的石花窗，石质淡红、粗糙，虽简约，但也有精细卓绝者，令人赞叹。入门，只见四围皆为房屋，对着大门处则是中堂，举架颇高，悬有匾额，置老式桌椅，为待客间。正堂左右及两侧构筑二层楼房，木质楼梯，辟为卧室、书房、厨房、库房、餐室等。青瓦铺就的屋顶由上而下斜闪出屋檐防雨，以便于在方形门廊下自由来往。方形院落的四角置有水缸，承接着四个檐角流下的雨水。四合院的中空处，亦为卵石铺地，精选黑色石子于中院构铺出梅花鹿、狮子滚绣球等图案。

古民居多有雕花木窗。繁复精细的镂空木雕，于花叶状的图案连结中雕有蝙蝠、鹿、鹤等物，形态逼真，细密工巧，寓有福禄寿之意，只不过由于时光的浸染，已失去楞角和色泽，呈灰白色的磨蚀状。在雕花木窗下，青瓦灰墙之间，木质的门框窗框都露出干涩枯瘦的纹理，以及局部的朽败，暗绿的苔藓，厅堂里字迹模糊的遗迹间，倏忽有燕子飞出，让我忍不住去看那梁上泥黑的燕巢，唤起我儿时久远的记忆。一时间竟恍如隔世。

令我惊异的，是一处深院内的厅堂，满是雕梁刻栋，几根立柱梁檐雕满了凸起错落的花草异物，那不是浅显的浮雕，也非雕虫小技，刀法的大开大阖显现的鬼斧神工，虽看上去灰暗，却仍令人神往。厅堂之内悬挂的书法，笔法精到，笔势飞扬，与雕刻相得益彰，让我慨叹，这浙东古老的小村镇中，深厚的文化意蕴与鲜有的能工巧匠，其中，该有颇具功力的艺术家，让那混迹于艺坛的浪得虚名者汗颜。难怪作家们在小镇选购木雕时,会对状似朽木的木雕人像大为赞叹,那生动颇具个性精雕的脸庞之下,须眉衣纹皆为朽木自然的纹理,状取天然,颇有意味,令人心仪。

在灰暗的木雕群落之旁,有一小片荒芜的土地,花树疏落,荒草离离,却在细雨的滋泽之中鲜嫩欲滴,一两朵花的娇艳,半缸水中静谧的浮萍和一缕绿丝般的水草,与这木雕的梁栋相反相成,既有历史陈迹的呈现,又有着草枯花落、生生不息的生命轮回。让我想起世间万物的新陈代谢,一切,都将陈旧,一切,都将成为历史的陈迹,大千世界,概莫能外。

歇息时,我坐在一把竹凳上,看一处四合院中的戏台,早已成为空壳。我想象着当年观看古旧戏剧的人也已成了古旧的人物。一切都在老去。新嫁娘出嫁的花轿进了博物馆,那些为夫家准备的嫁妆,为一家人一生准备的嫁妆被喻为十里红妆,曾那么耀眼,令人叹为观止。而今,那涂抹着朱砂的柜子依旧鲜红,漆器依然光亮如新,可雕花木床已经古旧,竹编的食盒已经残破,梳妆镜也已模糊不清。如今,它们摆放在这衰朽的四合院里,在房屋的案台上黯然无语。在闷热的夏季,当年的新人只能抱着竹编的如夫人纳凉安睡了。

可我知道,这古老的小镇该盛极多年,也该上演过惊心动魄的活剧。荣耀、光环、苦读求仕、酒话桑麻,欲望、爱与仇恨、人性的善恶、生老病死,都曾在这四合院里,在这古老的小镇发生、存在并消逝。刀兵水火,五风十雨,也曾让这里历尽沧桑。而儒家的诗书礼教、浩然正气、杀身成仁,千百年来也在这里代代相传。这古民居,是肉身的居所,也是精神的庇所。

我知道,这短暂的“来此一游”,我看到的只是浮光掠影的表象,我甚至无法深入其中,洞悉小镇丰富且深厚的内涵。纵然这里依山傍水,有清新的空气,久违的泥土气息,纯净的溪水,有四周青山的浓绿,有古人理想的以天地为栋寓的天人合一的境界,可这残旧的古民居已成为历史的遗存。小镇1300余间房屋只有200余老弱病残留守。人们寻找新生活去了。人总是喜新厌旧的,总是期待舒适、富裕、贪婪的。人奔波于红尘之中,在城市污浊的苦苦挣扎中,在欲望的张扬中,承受着身心的毒害。可人不该忘记大自然的赐予,山野里的阳光,清净的空气和水,才是生命得以存在的最平常、也最可贵的需要。

在前童古镇,我慨叹人世的命运和小镇的沧桑,慨叹任何事物也逃脱不了时间的剥蚀和损毁,也无法超越时间铁律的制约。可人,不能没有家族,不能割断历史。或许,那些萍踪浪迹的漂泊者,这里还保留着那刻骨铭心的爱与童年,这里仍是其生命之根与心灵的家园。小镇在山水之间存在着,也在浪游者的心里存在着,那细密的雨丝,似乎也是游子洒下的思乡泪……

离开小镇时,我带走了一块小小的木雕——一只木质的赤足上刻着微小的蜘蛛。其引申的该是"知足"之意。诚然,我相信"知足者常乐"这句俗语,在知足中也领略了难得的惬意。可我更愿意将其视为另一种寓意——即知道脚的重要。没有脚,人如何在这世界立足?也只有让脚走遍天下,行万里路,才能增长见识。尽管栉风沐雨,行路艰难。可最好的风景,都在未曾见过的地方。

东莞没有冬天

有时候，不同季节的距离并不久长，只间隔着两小时40分钟。当我离开枯枝白雪、昏灰清冷的北方，踏上东莞的地面，由于飞行器下降的不适，耳朵还在肿胀的感觉中嗡鸣，眼前却是连绵的青绿，花团锦簇，有如北方的春天。

哦，这就是12月的东莞，下车伊始的第一件事便是赶快脱去紧身裹腿的棉毛丝麻，消消汗。换上衬衫和单裤，感觉便轻盈起来。吸几口清新的空气，嗅着若有若无的花香，看石壁倾泻的瀑布清流喷珠吐玉，顿觉心旷神怡，仿佛眼睛清亮了许多，呼吸也格外顺畅。

其实，东莞我曾来过多次。我在长安开过诗会，在石碣研讨散文，在观音山由陈铎主持与诸多的诗人、作家对话，皆为公事。匆匆来去的日子虽也领略了虎门的炮台、袁崇焕的故里，但似擦肩而过的路人，并没有看清她的容貌。只记得一个小镇就有多家五星级酒店，透露出其经济的强威和富足。再就是同来的男人与女士大量购置衣物鞋袜，因为这里是诸多世界名牌的生产制造地，货真价实，价格也颇便宜。

这次来此却与往日不同，是一次松弛的带有疗养性质的观光，没有任务，为中国作协东莞东城区创作基地的入住者。如上，便有了闲情逸致，有了赏景的心情。这个时日北方正冷，海南过热，东莞却是温度适中最舒适的时候。如此的良辰胜景，如此的柔暖惬意，没有杂事缠身，无忧无虑，小住十日，在此散心散步，尤益于养眼、养身且养心。

在东莞散步，我不是来看高楼大厦的。尽管这个地级市有近千万人口在这里拼搏、打工；尽管除了北京、上海，东莞是星级酒店最多的城市；尽管它的制造业拥有诸多的中国和世界的第一。在我眼中，留给我印象最深的，却是它的现代工业与大自然和谐相处，植物园与花园一样的城市景观。

我曾无数次地到过南方，认识芭蕉、棕榈、荔枝、龙眼，也分辨得出榕树、广玉兰、剑麻、木麻黄、槟榔树之别。然而，由于这里的植物过多，我只能以询问弥补自己的无知。于是，我第一次认识了高高的树干光滑的大王椰；用手指捻碎似阔柳叶般的小叶桉树叶，嗅其独有的气味；捡拾落于树下的乳白的鸡蛋花；认知早已闻名花开正盛的紫荆花树……还有吐着火舌的扶桑，艳丽的三角梅，以及不知名的星星点点微小的花朵。12月的东莞，仍旧是枝繁叶茂、花开次第的季节。

在我这个北佬的眼睛里，这里有颇多的叶片阔大肥硕的植物，芭蕉由于无力支撑蕉叶的重量而任其悬垂、开裂，也只有这般宽大的叶子才能生出雨打芭蕉天籁般的声音。油棕在丝缕缠裹中挺立，其间寄生着不知名的青蔓与蕨草，而那一蓬斜逸而出的青枝有如绿色的羽箭，在微风中摇曳，那么惹眼。于楼隙之中，我看到济公手中的蒲扇还在树上青绿着，蕴含着一树清凉的风。而铁扇公主的芭蕉扇，我也找到了它的母体，神话故事中的器物，原也在自然中生成。或许，正是这里的空气湿润、雨水多多，才有了那么多的植物生成，而天气的温热，阳光的充沛，得天独厚，才使得这里的叶肥果硕，四季皆为花季吧。在我的视野里，这里一般的树叶都比北方的树叶宽大。当然，这里也有小叶的灌木与乔木，与北方的树同类同种。可在北方盆栽的花木，在花店高价出售，在这里却是司空见惯，杜鹃花、米兰之类竟在东莞被栽植成树墙，令人慨叹。在12月，树墙的杜鹃中仍偶有粉红的花苞探出，有米兰微小细碎的花朵，让人猜度花泛之时该是何等的绚烂明丽、流香溢彩啊。

在东莞东城的一条林带中行走，我领略了诸多树木于空间生长的气根，从老枝中探出，垂向地面，粗细相间，看来空气之中也能生长根须，一株树便能生长出一片树林，可见这空气中也有养料与滋泽，也看得出生命的环境是如此适宜与美好，其萌发且生长的顽强。树隙的草地之上，有枯黄凋萎的落叶，枯叶之上又有暗绿的落叶与凋残的花朵。而树上，老叶黛青暗绿，老绿之上又生出新绿，嫩嫩的带着微黄的鲜绿惹人喜爱，在暗绿之上更为鲜明。看来，东莞的树是边落叶边生长的，在一株树上，落叶是秋天，深绿是夏天，新叶是春天，它们同时存活于一株树上。东莞没有花殒香消、只留干硬枯萎枝叶的冬天。

前几年，我曾在一次诗歌研讨会上赞赏杨克写的“在东莞的某处发现一小块稻田”的诗。认为这是小山村的农耕文明向工业文明转变的独有的发现。而如今看来，诚然如是，但我也将并未熟识的东莞只看做钢筋水泥的城市，恐也是一种偏见。在人行道上，我意外地发现了一只扭曲的蚯蚓，已在与泥土隔离的水泥砖块中死去。其实，路旁便是一片花草，如果它活着，我会将它送回松软的土地之中。因为在一个花园般的城市里，水泥钢筋与茂林修竹并非对立并怀着敌意地存在，而是浑然一体，工业和植物都是蓬蓬勃勃的生命，都有着最适宜生长的环境，并永不停滞地萌发、长叶、开花、结实……

在东莞，我还发现看不到泥土，凡有泥土之处都被绿叶和花朵所遮蔽，于枯萎之中再现新芽嫩叶，丰林茂草都在这里植根。而那诸多的草根一族，几乎生遍了所有可立足之地，顽强地生长，给了东莞春日长在的新绿和清鲜的气息，因为这里没有冬天。

在林中流连，我看见一个小小的孩子正手持一枝上有飘浮的绒毛般的植物，张开小嘴轻轻地吹着。这不知名的类似蒲公英的植物的绒球在空中飘散，让我想到一个年轻的城市与它放飞的理想，以及它可预见的美好的未来。

天籁之音

去过贵州多次，可熟识的朋友告诉我，没有去过黔东南，还不能说了解了贵州，那里才是真正值得一去的地方。近几年，应邀参加了黎平侗族鼓楼文化艺术节和百名作家走黔东南活动，才让我遂了心愿，饱了眼福。尤其是聆听了被誉为“清泉闪光的音乐”的侗族大歌，更觉得不枉此行。这多声部、无指挥、无伴奏的合唱音乐，一人领唱、众人应合，有着旋律优美的多声部自然和声。这是模仿自然音响和鸟兽鸣叫而得来的天籁之音，它那天人合一的气韵、雄大浑厚的氛围、自然和谐的音色，不只是给人悦耳的美的享受，简直是一种心灵的震撼。

这是一片神奇的土地，时时给人以惊异与意外。车行山中，抬眼可见的青山绿水、飞瀑深峡、环山泛绿的梯田、依山而建的杉木青瓦的吊脚楼、民居间拔地而起的锥形鼓楼，以及三座塔状的风雨桥，或临河兀立，或随山势逶迤，让人的心绪也随之起伏跌宕。而倏然而至的雨像邻居一样，打个照面又匆匆而过，却将山洗得青翠，将空气洗得新鲜，滋泽得草木葱茏、花朵娇艳，处处都蕴含着勃勃生机。或许，正是这得天独厚的自然环境，养育了一个能歌善舞的民族，而兽吟鸟啼、水流云在、五风十雨、日丽月明，与侗族古老的歌谣融于一体，让这个没有文字、以歌传史、传情的农耕稻作民族，创造出如此动人心魄的侗族大歌。

在黔东南游走、流连，一路都有歌舞相伴。美酒、美景、美妙的歌音，打开了所有的感觉器官，令人目迷五色，心开窍于耳，心醉神怡，进入一种高远通透的境界。因着这原生态的环境和独特的民族文化资源，黔东南成为“最具诱惑力”的地方之一。

侗寨的寨门宽阔、高大，门楣的三重檐之上，是中间高、两端低的带有尖顶的塔状建筑，并镶有匾额，整个寨门雕饰得繁复壮丽，颇引人注目。未及寨门，路两旁列队相迎的小伙子已吹起芦笙，边吹边跳迎接客人。20多个着彩衣、戴着全套银饰的姑娘拦在门前，手擎牛角杯，唱起一曲又一曲拦路歌，向客人敬献拦门酒。随着银冠上薄银花穗的轻颤，银帘环佩叮当，歌声清澈亮丽，酒香四溢中那酒已到了唇边，盛情之下已不喝酒的我也饮了一杯。随后，手织彩带、坠着熟鸡蛋的彩绳便环绕于脖颈。这让我想起侗族史诗中人最早是卵生的传说，或许这待客的最高礼节，亦有着亲情与尊重生命的意味吧。

在侗寨鳞次栉比的吊脚木楼之中，最惹眼的是挺拔雄壮的鼓楼了。据称，侗族乃“骆越”支系，居楚越交界之地。《晃州厅志》载：“厅治东接龙标，西驰骆越。”经专家考证，这恰是今天的侗族地区。而鼓楼建于何时，没有自己文字的侗族无史书可考，侗家世代相传，有村寨时候起，就有鼓楼了。或许，鼓楼的起源可追溯至古越僚人的巢居，从一株树上筑巢直到相邻的几棵树上架棚，再发展到由桩、柱构成空架的杆栏式民居，该是最早的鼓楼。侗族的鼓楼为木结构多层重檐塔式建筑，集塔、亭、阁建筑特点于一体，下部基座立面为四方体或六方体，围壁为下壁上窗，亦有栏杆坐凳式。而围壁围起的底层是两层楼面高的宽敞空间，中心置一口火塘，可容纳一二百人活动。上部是层距很矮的重檐，一重紧叠一重，层层收缩，呈锥形兀立，只在顶层设一个小阁楼置鼓并用于瞭望。鼓楼也称“堂卡”、“堂瓦”，意为众人说话的地方，众人议事的场所。

传统的侗族大歌，主要是在鼓楼里演唱的，故侗族大歌也称“鼓楼大歌”。鼓楼是侗族男女对歌择偶之地，他们以歌为媒，谈情说爱。不同村寨的男女互邀，在对歌中相识、相知、相爱，最后结为夫妻。有资料称，侗族大歌除少量的“伦理大歌”和“叙事大歌”是以劝教为主，其他百分之九十以上的大歌表达的都是男女之间的情爱，即使是以演示声音为主的《蝉之歌》，也是“送给情人听”的音乐。传统的侗族大歌与侗族社会的婚姻制度密切相关。据吴兴文所言，在侗寨中，如果说祭萨活动是女性崇拜，萨坛是母性的象征；鼓楼则是男性崇拜的标志，楼中竖立的中柱亦是生殖崇拜的符号。而鼓楼造型取数的意蕴，也暗含阴阳之道。两性关系中，男为阳，女为阴，数字关系中，单数为阳，双数为阴，故鼓楼的平面形状取双数为边，为方形或六边八边形，其立面重檐则取单数，为三、五、七、九重。这种阴阳和谐，与侗族大歌表达情爱的主题该是天作之合，鼓楼顶板正中所画的太极图，其中两条阴阳鱼，也预示着阴阳相生，生生不息，这就难怪兴旺的部族竖起的鼓楼又高又大。他们的建筑讲究阴阳两气的不断交合、不断创生，体现他们对生殖充满崇拜，对生命也充满着敬畏。

侗族大歌源于何时，也是无法考证的事情了。有语言但没有文字的侗族依靠口耳相传的大歌，延续了一个民族的文化血脉。据汉族典籍的零星记载；春秋时期，在楚国王子的舟游盛会中，一位乘船的越人便演唱了一首《越人歌》。明代《赤雅》中亦记载了侗人“长歌闭目，顿首摇足”的歌唱情景。想来，该是有相互交流的语言始，便有模仿自然音响的歌唱的雏形了。而侗族古歌《丈良丈美》，唱的是兄妹成亲生下圆团的“人生卵”，这“卵是生命之源”的本民族起源的古歌和神话，恐怕只能源于远古侗族的先人，是后人想也想不出来的。或许，侗族的大歌至少也有数千年的历史了。

写到此，我又想起了侗族民间流传的伟大史诗《创世歌》，如“天地起始于雾”、“生命起源于蛋”、“人兽分离”、“天地人合为世界之本源”、“和谐共生，失谐全忘”等思想观念，这种古老先民的宇宙观、人类史观、民族史观，该是侗族大歌雄厚的哲学基础与独特的文化元素。所谓“侗家无字传歌声”、“饭养身，歌养心”，侗族人的灵魂、精神、气质、性格等都是由歌声塑造的。侗人的节令风俗、婚丧嫁娶、相互交往、上山劳作、迎送客人，甚至打官司，都以歌为主要传媒。大歌成为民族心理的微妙表达，整个民族文化集大成的体现，迸发着心灵的活力，蕴含着真纯的情感与强大的信念。

传统大歌“嘎索”(即声音歌,亮嗓子的歌)中,那些模仿自然音响和动物鸣叫的音乐,皆绝妙优美、动情动心。例如“嘎吉哟”——蝉之歌、“嘎拉姆亮”——杨梅虫之歌、“嘎年”——哭娘虫之歌、“嘎灭”——山羊歌、“嘎尼阿”——河水之歌,以及“白雕”、“吊榔果”、“情人”、“橘之王”、“苦涩梨”等,仅从曲目便可看出这出自原生态的天籁之音的独有特征,让我想到海德格尔所言的诗意栖居、天地人神共舞的高妙境界。

我有幸在黎平、凯里聆听了众人在舞台上演唱的“众低独高”的侗族大歌,这类大歌的主要旋律在低音声部,但歌头往往是加花变化而成的高音声部。我也曾围坐在火塘边,听歌师弹琵琶,几对男女对唱《丢久不见长相思》等婉转悠长、清丽天然的曲目。一个不懂侗语的人,已被这美妙的声音征服。从译为汉语的歌词大意看来,词句语义皆单纯、真挚,没有繁复花哨的装饰,却有着返璞归真的清新之感。然而,或许是大歌的曲调音乐太好听了,词已被音乐同化,成为音乐的一部分,成为“乐思”。在这里,歌词只是一种灵魂状态,主要体现的是其中的音乐感受,因而即使没有词句的翻译,仍会让我听得如痴如醉。

可始终让我无法理解的是, 这些生存于闭塞的侗寨大山之中的山民,并没有高深的音乐理论素养,甚至也不识乐谱,在没有指挥的状态下,何以能将如此复杂的音乐演唱得这么精湛?是其独有的天分,还是哪个世纪出现的音乐天才的创造得以世代流传?可我相信,这样的演唱需要对音乐要素有深入的洞悉和理解:包括和声、旋律、音色的变化,节奏、力度的要求,以及音量大小的调整。或许这是歌者对音乐本身具有天然的感受力, 能够将那些为感觉而创造的虚幻的可听却不可见的东西把握住。自然,这运动不是物理学的位移,乐音的绵延是“活的”、“经验的”意象,是无可替代的生命片段在音乐的独有结构里创造的声音意象,它被现实中抽象出来,进而成为自由的、可塑的艺术,使时间变得可听可感。

侗族大歌源远流长,但真正让世人领略的时间并不长久。上世纪50年代初,贵州老一辈音乐家萧家驹、薛良等最早发现了这独具特色的音乐,组织音乐工作者收集整理,并搬上舞台。1958年贵州人民出版社出版了集有50余首乐歌的《侗族大歌》一书,1959年侗族民间合唱团进省公演，才打破了大歌与世隔绝的封闭状态。可由于种种条件的限制，尚未引起足够的重视。后来，歌师带领的民间合唱团把多个歌班组合于一体，将传统二声部的复调式结构发展为多声部的合唱，最终在1986年法国巴黎金秋艺术节上轰动了世界，并于2009年9月30日列入世界非物质文化遗产名录，才使这惊心动魄的大歌名震天下。

是啊，只有这黔东南的灵山秀水、依山傍水的侗寨古老习俗和源远流长的文化，才诞生了这侗族大歌。人们发现，唱大歌的人神色都从容安详、性情温良。他们满面笑容，眼睛像澄澈的泉水，没有杂质，透着天真和善良。据说，侗族人收的粮食从不放在家中，都储在禾仓的粮仓群里，侗族词语中并没有“锁”的概念。山上吃草的耕牛也不回栏，任由其在山上过冬。这是一个何等干净、淳朴的环境，让人能够回归自然、返璞归真！那些烦恼焦虑、思绪过于复杂以及身心已被污染的人应当去那里走走，那佳妙的风景养眼，清纯的空气洗肺，那“人间能有几回闻”的大歌不仅悦耳，也能洗脑、洗心。

横琴岛的味道

我曾去过两次珠海,都是参加会议。还有一次从澳门归来小停。几次来此,都是在局部的点线之间匆匆来去。对于这个城市,印象深刻的是花树掩映中的居所,海滨的情侣大道,新建的大学城,以及夜晚的灯红酒绿。其实会议在哪里都是一样,无非是从小房子走到大房子里,团团围坐,畅谈或倾听同一个话题,甚至屋子里的冷气处处都是相同的温度,来一个未曾来过的地方等于没来。饭后出去散步,一股热风吹来,或往返机场的路上左顾右盼,肌肤和眼睛才告诉我,这里是南方,是珠海。这次来珠海采风,登横琴岛,孤陋寡闻的我竟第一次知道这个岛的名字。

横琴岛与珠海的南湾只隔着一条窄窄的马骝洲水道,乘车过桥只在倏忽之间。岛的东端与澳门氹仔也只一水之隔,会游泳的人划动十余次手臂便会游到对岸。其岛西接磨刀门水域,南面则是烟波浩渺的南海了。这总面积达一百零六点四六平方公里的海岛,坐落着大横琴、小横琴两座横贯东西的山峰。山不高,但植被繁盛、草木葱郁,已占据了大半个岛屿。登上山顶,于山势逶迤之间放眼望去,是珠海高低错落的城市景观和澳门密集的楼盘,充满着钢筋铁骨与水泥撑持的大千世界与人世的气息,或许还有那座赌城的奥秘,在阳光下,有着看不透的城市的魂魄。而面朝大海，在天风海韵之间，我感到被海风吹鼓的衣衫和纷乱的毛发，阳光的温热与风微微的凉意。无边无际的南海苍茫、辽阔，扑面而来，那湛蓝的海水仿佛立了起来，上接天际，那般遥远，又这么临近，令人心胸也开阔、湛蓝。

人总是在无知中一点点认识这个世界的。在横琴岛十字门古战场，只有竖起的一块碑石兀立着，荒芜的野草，粗砺的沙石，海水风平浪静，谁也看不出这里曾是南宋的数十万大军与元军拼死相搏、血染碧海黄沙之处。一个王朝在这里终结，新的王朝在这里诞生。对于横琴岛而言，这著名的战役是历史的标志，是永留于史册的最为重要的地域之一。或许，在这沙石之下还埋藏着锈蚀的箭镞和残刀断剑与将士的白骨，海底还残存着古老的沉船与铁锚。在这一片海域之中，南宋左丞相陆秀夫与他年幼的小主公赵昺素带缠身，投身入海，溅起的声音也只是历史的一声叹息。

让横琴岛天下闻名的，还有此地特产横琴蚝。在横琴品蚝，看食苑门前竖起的刻有“横琴蚝”三个大字的石碑，碑身四周围满硕大的蚝壳，颇为惹眼。这蚝壳异常坚固，我曾在岛内见过一堵蚝壳砌筑的墙埂，据称为老墙，不知多少年了，依然稳固坚实，蚝墙也被称之为“千年如故”。蚝在北方的海域称海蛎子，可生食，但其肉微小，做汤食用，味鲜。可横琴蚝硕大肉肥，白白嫩嫩，入口柔嫩中又有鲜脆之感，令人满口生津，在口腔的满足感中鲜香四溢，让敏感的味蕾轻颤，忍不住吃了一只还想着另一只。难怪“鲍汁扣横琴蚝”被列为广东十大名菜之首，而“芝士蚝”、“酥炸黄金蚝”等名菜，被称为“蚝门贵族”，令食者惊讶，百食不厌了。说起来，横门蚝天下驰名，还在于它得天独厚的生存环境。在四面环海、淡咸水交界处，水质干净，温度适宜，微生物丰富，是理想的天然蚝场。据史记载，当地蚝民在宋代就开始用插竿的方式养蚝，可见其养蚝历史之久，而淡咸水交界处，历来产不可多得的海味，如北方海域的毛蚶、绒螯蟹等，皆异常鲜美，横琴蚝之巧夺天工的真味，恐也在此理之中。

横琴岛更令人关注的，是其特殊的地理位置，这里将成为与粤港澳紧密合作、产业升级发展的先行区。据介绍，在不久的未来，横琴将成为魅力四射的开放岛、活力岛、智能岛、生态岛，是国内又一处令人瞩目的地方。在岛上参观、行走，我发现这里是充满勃勃生机的动起来的岛屿。道路四通八达，车流潮动汹涌，打桩机的声音此起彼伏，钢筋已编织起大厦的骨骼，隧道穿行于海底，大桥如拉紧的手臂，千姿百态，无中生有，横琴人，正在建造真实的梦境，在一张白纸上描绘着最新最美的图画。

在横琴发展总体规划示意图前，我发现那绿色的山地、森林、湿地仍旧是这岛屿的主体，只在小横琴山的边角以及大小横琴山之间，辟出高新技术产业区、国际居住新区、中心商务区、口岸服务区、教学区，以及科技研发区、文化创意区与综合服务区。而大横琴山这岛屿的主要部分，仍在保护之列，只在东西两侧设有休闲度假区。

是啊，经济发展是重要的，层楼广厦是巍峨壮观、财富多多益善，高新技术引领的新产业突飞猛进，公寓是宽阔舒适的，商城是富丽华美的，文化是千姿百态的……可这一切都是为人而存在的，建设、发展其根本还是为了人生活得更好，因而，生态的保护无疑是首要的问题。阳光、空气和水这看来最普通的东西，恰恰是最宝贵的致命的物质。可喜的是，横琴岛的开发充分考虑了生态的保护，全岛五十七点九平方公里的森林、湿地划为禁建区，这为新区留下了吐故纳新的肺叶；而海水里大面积的红树林保护区，净洁的海水，在潮汐的涌动里如颤动的琴弦；山头成排的风力发电机，那旋转的白色叶片，让风变为火焰，变为摧枯拉朽的伟力与光的宁静与温馨；这里人与自然的和谐相处，一种多功能的、复合型的自然生态系统正在保护中生成。

写这篇文章之前，我浏览报刊，看到世博会法国馆设有“嗅觉漫画”，观画时能嗅到凡尔赛的玫瑰花香，甜甜的面包奶香以及巴黎雨后清新空气中的青草味。这是一种城市的味道，生活与自然的气息，其实它体现了一个城市的生存环境和质量。由此，我想到了横琴岛，那蓝色海风的清新，草树的浓郁与花的香气，以及蚝的那种沁人心脾的滋味，该就是横琴岛的味道。有朋友称岛的开发成功与否要看蚝是否还能存在。美味尽失，恐怕该是污染的缘故了。主人言之凿凿，称数年之后还欢迎我们来观光、品蚝。我相信，这令人难忘的横琴味道不会消失。因为今天已不是为了经济利益而不顾一切的年代了。

丝丝缕缕的情热

我第一次品尝过桥米线，是二十多年前初到昆明的时候。只记得汤热，碗烫，米线韧滑，不黏不断，颇为适口，尤其那汤有滋有味，留下深刻的印象。一个喜食北方粳米和面食的人，不喜欢籼米缺少油性的干涩，可这籼稻制作的米线却很爽口。当然，初食米线吃的是它的名气，对未曾吃过的食物，我是带有探秘的心情来品尝的。例如野芭蕉花、鸡枞、牛肝菌、羊肚菌、石榴花，以及诸多不知其名的野菜，无论味道如何，都照吃不误。可对竹虫、蝗虫等无骨或骨头长在体外的小动物却有一种心理拒斥，尝都不敢尝的。

如果说初食米线只是尝新、尝鲜，并没有非食不可的嗜好；可后来去南昌吃过炒米线，或许是米粉易入味的缘故，早餐时我便只选米线，不选面条了。这次来到蒙自，吃过正宗的过桥米线，没想到竟食欲顿增，每天必食，成了一个过桥米线的嗜好者，米线两个字常挂在嘴上，也吃进了心里。

蒙自的第一碗米线是在桥香园品尝的。“桥香园”的命名自然和“过桥”与“米线”紧密相连，当一碗米线跨越时间与空间，仍藏有沁人心脾的香气，滚烫的热力，蕴含着佳妙的滋味，确是诱人的美食了。因为再美妙的食物如果成了残汤冷饭，也难以适口暖胃，既乏食欲，也失了诱惑，索然无味了。

桥香阏门前陈列着一只锡质的大碗，重量是以吨来计算的，可见这中空之碗的大与重，难怪称之为“天下一碗”。碗的周围铭刻着过桥米线传说的文字与图画。这大碗因厚实而保温，因硕大而汤宽，因鸡汤的油膜而阻住了热气外溢，故书生的妻子提罐而行，过桥之后那汤汁与米线仍旧滚热如初，不只是味鲜适口，营养丰富，该是一种发自心底的体贴与挚爱，内中承载的是烫人的丝丝缕缕的情热，是既暖身也暖心的食物。

食米线之前，我们先参观了桥香园内的米线博物馆。据称，蒙自的过桥米线为云南名膳之一，源自明末清初，至今已有三百余年的历史。看那古老的石磨、石槽，陈旧油亮的将米粑压制成线的木榨，以及木桶和硕大的灶头汤锅等等，让人领略了米线的由来和逐渐演变的制作方法与形态。作为稻米精加工的米线，该是南方水稻文化的产物。据考古学家对出土稻谷的测定，水稻的栽培在南方已有六千余年甚至更为久远的历史，云南目前仍有多种野生稻。在多水的南方，最初的像耕鸟耘，由于注重鸟报农时而有了凤鸟的图腾；而北方多旱地作物，靠天吃饭的祈雨形成了对龙的崇拜；或许，米线和面条该是南北文化相异的象征，不同的作物亦是龙飞凤舞的中国古老农耕文明的来源吧。

坐在圆桌前待食，首先端上来的是大盘摞着若干小碟的配料与餐后小菜及一碗碗莹白的米线。小碟中是一枚去壳的生鹌鹑蛋、甜藠头、榨菜丝、鸡枞、腰果、腌制的小菜等，稍大的盘中则是切削得薄薄的半透明的余脊肉片、生鱼片、猪腰花片、鸡肉片、鸭片等，以及火烧酥猪肉、鸡杂肉块、油炸猪肉、瘦肉等生肉与熟食。蔬菜则有韭菜、豌豆尖、豆芽、芫荽、葱、姜末、草芽、油辣椒、胡椒面等等。这么多五花八门、色泽养眼、生熟兼备，于每人面前摞叠得状如楼台的食物，已令人眼花缭乱。随后，则是每人一只硕大如盆的厚实阔碗，碗内宽汤由大铜锅熬成，系鸡肉、猪筒子骨、排骨、扇子骨、脊骨熬制，不放味精，以保证汤汁的纯正原味，鲜香而不腻。所谓“无鸡不甜，无鸭不香，无肘不浓，无肚不白”，可见这汤才是过桥米线的精髓。而这大碗是由蒸汽加热过的，汤上的一层油膜让这滚汤热碗并没有俗常的热气腾腾的景象，似蒙自人并不外露却深藏内心的热情，以及“有容乃大”的心胸与宽厚诚实的气度。

按照朋友的指点，我们先将鹌鹑蛋及一碟碟生肉片纳入碗中，将薄肉烫熟，再放入熟肉及菜蔬，然后将那碗米线倾入其中。放蔬菜的时候，亦将一小盘被称为“懒梳妆”的花瓣卷曲的菊花泻入汤中，令人想起屈原的“餐秋菊之落英”，食“花馔”之清香，不只食米线，亦在品诗。

这是我品尝的正宗的蒙自过桥米线。那汤的味道堪称美妙，高汤的原汁原味已位于美食超拔的高度，它绝不寡淡，于貌似清白中却有着鲜香与恰到好处的浓郁。诸多的生熟配料纳入汤中，在内在的热力中浑然一体，像一首妙曼的诗，在动态的诗学结构中，让一切俗常的事物化为神奇，看似单纯而实则丰富，有着韵外之意与味中之味。所谓美食亦是有意味的形式，那深入肚腹与内心的深刻，内在与外在事物在体验与理解中浑然一体，在超越时间的动词结构里，它的主题已生成为广阔的空间。它是什么，也不是什么，成为一种再造的现实，它是一碗过桥的米线，又是一切的象征。那只阔大的碗里，容纳着飞禽、走兽、山珍、海味，大地上五彩的菜蔬、艳丽的花朵，人生的五味，汇聚出相互渗透舍此无他的蒙自人独有的创造。这“天下一碗”装着天下，又吸引天下人来品尝，足以让被米线泡大的蒙自人自豪。

我细细地品尝汤的滋味，深感语言表达的笨拙，想起“妙不可言”这个词。一大碗平时看起来会眼晕的食物，竟在滑润、适口的进食中不知不觉吞食净尽，汤也喝了大半，食后竟无腹胀感，似已进入充实光辉、大而化的境界。故此餐后每每被问起早餐的选择，我也和云南人一样，直呼“米线”了。

如同海纳百川一样，蒙自过桥米线的海碗有着诸多的容纳，同是一碗热汤，并非只有鸡鸭猪鱼这一类汤锅，所谓“肥羊瘦狗”、“飞禽莫如鸪，走兽莫如兔”，色泽明亮，酥红鲜嫩，具有拿擅技术的汤四羊肉米线；由砂锅、铜锅熬制的鸿泰狗肉过桥米线；味甘、性凉、肉质细嫩的土罐兔肉米线、洋鸭米线；性味甘凉、补气养血的驴肉米线；以及牛肉、鸽肉、鳝鱼、乌鱼，豆汁、花生汤米线等等，异常丰富，各有特色，适合不同口味与嗜好者挑选。可惜在蒙自时间短暂，未能一一品尝，也是憾事。

从蒙自回来，带回两包米线。妻子说她要去买一只鸡来，再切点儿生熟肉片，置办菜蔬青叶，自己试做一下过桥米线，让全家尝尝鲜。而我又想起离家不远的云南驻京办事处，那里有米线，朋友聚会时可去品食。可我知道，要想吃正宗的过桥米线，只能再去蒙自了，不踏上蒙自南湖岛上的那座桥，米线便不会有那股纯正的蕴含着丝丝缕缕情热的独有味道。

真　宣

近几年迷恋书法，稍有空闲便捧读碑拓字帖，猜识笔法，揣度笔意，在虚空或腿上用食指描画字形，为古人潇洒流落、翰逸神飞之笔墨动心、赞叹。偶有半日之闲，则备砚铺纸，临帖摹字，或全无顾忌，酣畅淋漓地胡写一回，虽多不如意，亦偶有小成，聊以自慰。

学书之初，始知宣纸的妙处。墨的金贵、笔的精良不必细说，好笔佳墨在人的心智驱动下，在便稳轻健的指使间落于纸上。让我领略，宣纸才是书法的最终载体，是书写艺术的集大成者。诚然，笔须佳笔，若笔毫含水腰部膨胀而失锋，如我这样的"书者"只能写出"墨猪"，大书法家恐怕也会力不从心。笔毫圆正秀丽，所谓万毫齐力，笔力由毫根至毫尖，让"气势生乎流变，精魄出于锋芒"，只有在宣纸上才能体现出来。而墨分五色，焦、干、湿、浓、淡，其明暗阴阳、枯膏秀润，或计白当黑之妙境，也只有在宣纸上方能呈现。

记得初学运笔，双钩回腕，指实掌虚，心正笔正，笔笔中锋，只有落于宣纸上才能看出效果。中锋的圆润，侧锋的奇崛，一个字书写中的擒、纵、收、放，悬针垂露，笔势的牵引跌宕，笔画的重拙轻灵，疏可走马、密不透风之类，这些细微之处的把握，只有滑涩适度，能吸水、吸墨，松而不弛，紧而不实，淡而不浑，光而不滑的宣纸才是最佳选择。史载王铎饱蘸浓墨,一次可写十一个字,其浓淡之间,笔下所现的游丝,若隐若现的暗度,牵引,只有宣纸才能体味其妙奥。有人称书法大家的笔画有毛,该是涩笔生成,我想,那也是宣纸渗水、渗墨的晕染特性所致,在其他纸上是看不出来的。

前年,在北京朝阳区文化馆为朋友题字,由于纸笔俱佳,虽未能得心应手,倒也不致出丑。其间友人拿出我十多年前出版的一本书让我题签,自认为已写得手熟的我一落笔便感觉不对,那笔似已把握不住,不听使唤,好像不是我在写字,而是光滑的纸页在抵制笔墨,那字写得实在让人不敢恭维。而数年前,我作为中国作家代表团的成员访问日本,曾下榻古窑宾馆,临行前在两块瓷坯题字,我欲题的"天涯若比邻"拟用草书书写,可那笔、釉彩和坯盘都和我的意趣相悖,坚硬、滞涩以及拉不开的笔让我沮丧,给我的想象以痛击,处处都阻碍着我的任意挥洒,留下的只是力不从心的败笔,令人郁闷。看来,那柔软的毫尖只有在柔软而又渗墨的宣纸上才能写出好字来,失去了宣纸,便没有真正意义上的书法。柔软而具弹性的毛笔,只有在宣纸上才能轻盈地起落、飞旋,抵达一种至极至美的境界。

我们不能设想没有宣纸的书法艺术。先人结绳记事的时候,尚不知世上会有纸与笔。说中国文化的发展应当感谢树皮、苇草、麻绳和烂鞋之类,即说明纸的诞生使文化传媒方式发生了巨变,这些平平常常的事物,经中国汉代一个叫蔡伦的人之手生成了第一张纸,这对人类文明的进展产生了何等巨大的推动力。一张薄纸的诞生,该和蒸汽机与整个工业社会,电脑与整个信息社会的意义一样,让人类文化的发展产生了飞跃。如果没有纸,远古的史诗要记录下来,需要镕铸多少青铜,杀多少乌龟,才能在铭文和甲骨文中再现;又需要砍多少竹子、树木,才能记之于竹简、木牍?即使刻于石碑之上,载于帛书之中,又需打烂多少石头,磨秃多少斧錾,累死多少拼命吐丝的蚕?

史载,至魏晋南北朝时,纸开始进入书写领域,用量渐大于帛简,或许,正因为纸的诞生才会产生钟繇、王羲之等书法大家。所谓"锥划沙"、"屋漏痕"者,那毛笔也不能在沙上书写,在墙上留墨。只有毫笔与能吸墨的纸相遇,才诞生了书法。实乃可遇而不可求。《世说新语》称:"王羲之书兰亭序用蚕茧纸，纸似革而修也。”所谓蚕茧纸，并非蚕茧所造的纸，而是楮树皮加工制成，其纸色浅黄类似茧丝。晋代蚕茧纸已无从查考，但从宋、明两代留存的蚕茧纸观之，坚实平整，薄且光滑，为百分之百楮树皮所造，实为纸中上品，其性能已趋近后来所造的宣纸。故蔡希综言：“陶隐居云：‘右军此数帖，皆笔力鲜媚，纸墨精新，不可复得。’”而历代书画家所用之纸，晋陆机的《平复帖》所用为麻纸，浙江图书馆古籍部存有一幅经卷，系北朝抄经纸，亦为麻纸，系百分之百苎麻纤维所造。南唐后主李煜令宫廷监造的澄心堂纸，实为歙州、池州所产之楮树皮加工纸，纸料与王羲之所用蚕茧纸相同。北宋苏轼喜用竹纸，现存北京故宫博物院米芾《珊瑚帖》亦为竹纸所书。

“宣纸”作为纸张名词的出现，始于唐代。其时嗜画成癖的大理寺卿张彦远在他所著的《历代名画记》中第一次提及，所指应是宣州宣城郡所产的贡纸。这是以产地为名的宣纸由来说。

宣纸的制造始于何时，众说纷纭，莫衷一是，东晋说、唐代说、宋代说、清代说各不相同。《中国宣纸史》著者曹天生认为，宣纸创始于元明之际，成熟于明代中期。曹天生先生的依据，出于《小岭曹氏宗谱》对宣纸生产的记载，以及明宣德年间所制造的皇室监制的加工纸——陈清款宣纸，即为青檀皮所制的真正的宣纸，其质量为其他种类纸所难以比拟，与宣德炉、宣德窑一样，被称之为“宣德纸”，这是宣纸的另一种命名方式。

宣纸与其他种类纸张之别，首在用料，即以青檀皮为主要原料，沙田稻草为主要配料，在特定的地理环境，用特定的水质、药料，并使用特殊手工技艺而造出的宣纸，方能成为真宣。我相信曹天生先生有据可查的推论有其道理，但我也有疑问。如果说晋代便有楮皮纸、麻纸、竹纸等类似于宣纸的纸张诞生，其时所造之纸尚有新疆楼兰出土的“罗布淖尔纸”，甘肃武威出土的“旱滩坡纸”，以及敦煌悬泉置遗址出土的“魏晋时纸”，当然还有西汉早期的放马滩纸，中期的灞桥纸、马圈湾纸、居延纸等等，这些用不同原料造就的纸可谓年代久远，而最适于造纸并造出上好宣纸的青檀皮是久已有之的植物，为什么到明代才有人用来造纸？如果说宣纸是唯一以青檀皮为原料作为标志，那么，唐代的宣州贡纸是否均为楮皮所造?其中是否有檀皮纸?若有,则该是早年的真宣了。如果以小岭制造宣纸的曹大三写于宋元之交的《曹氏宗谱》作为宣纸创始的依据,恐怕有割断历史之嫌,或许我们可以称之为最佳宣纸即曹氏宣纸的创始期,而未见记载的或已难以查考的事物,并不等于不存在。在我看来,宣纸的创始期只能存疑,尚难以有令人信服的定论。

然而,檀皮真宣确是纸中的上品。清人邹炳泰所撰《午风堂丛谈》中云:“宣纸至薄能坚,至厚能腻,笺色古光,文藻精细。”“白笺,坚厚如板面,面砑光如玉,洒金笺、洒五色粉笺、金花五色笺、五色大帘纸,磁青纸,坚韧如缎素,可用书泥金。宣纸陈清款为第一。薛涛蜀笺、高丽笺、新安仿宋藏金笺、松江潭笺,皆非近制所及。”

宣纸造纸所用为青檀的韧皮纤维,纤维长度在1.7至3.7毫米之间,且百分之八十的纤维长度十分接近,因而成纸匀度好。电子显微镜下,人们发现其纤维细胞壁分布诸多细密且均匀的皱纹,与纤维长轴向平行,故宣纸着墨时,易留住笔痕、墨迹,淡墨与水会沿着皱纹沟漕向外逐步渗扩,形成不同层次;重笔时又自然分界,互不溶混,造成主体感;再加上规整的檀皮长纤维与草浆短纤维均匀交织,使水墨扩散均匀,无锯齿形辐射状态,正是这样的特征,决定了宣纸为中国书画的最佳用纸。在观赏一些中国画时,我常常为那种浓淡相宜、满纸云烟水气所动,这是宣纸留住了水墨,渍渗晕染,生成空濛缥缈、淋漓尽致的气韵与妙境。

在泾县,我领略了真正宣纸的手工制造过程。

满目葱翠、碧水弯环的青山小岭之间,九岭十三坑的坡地、山崂,便是真宣的诞生地。所谓“山棱棱而秀簇,水汩汩而清驰。弥天谷树,阴连铜室之云;匝地杵声,响人宣曹之里”,这清人储在文的描绘,与今天似并无二致。

从资料中得知,真宣所用青檀,以泾县的皮质最好,且生在山石崎岖倾仄之间者,方为佳料。这种野生青檀,榆科,开淡绿色花朵的植物,雌雄同株,古人误认为楮树,今人以为是桑树。这又让我想到,古人视青檀为楮,那早期的宣纸,该也有以檀皮为料的真宣吧。

宣纸所用的青檀皮以两年生嫩枝的韧皮为最佳;所用的稻草以泾县安吴地区的沙田稻草为最佳。纤维长而韧的皮料与纤维短而粗的棉料按不同配比制浆，皮料为骨，草料为肉，取长补短，兼坚韧柔软于一身，方制成最佳的真宣。宣纸分生宣与熟宣。生宣为手工制作未进一步加工的宣纸，是书法与写意画的主要用纸，其渗透力强，润墨扩散快，易得水墨淋漓、生气蓬勃、颇多意味的艺术效果。而熟宣则是生宣经过施矾、加蜡、填粉、染色、洒金、研光、施胶、印花等复制加工的宣纸，阻塞了纸面纤维间的毛细孔，致使运笔时不致走墨而晕染，其适宜于大焦墨或淡枯墨作画与书写，尤适用于工笔画。

说起来，宣纸的制造是十分繁复的，分4个阶段55道工序，细分之下，纸工称又有工序72道、108道之说。其中制料阶段，制皮料工序24道，制草料工序22道，配料工序3道，制纸工序6道。

无论是皮料和草料，其制作都是去粗取精，去杂芜留纯白，由生硬而达熟软的过程。这些青檀之皮，稻草之茎，皆被利刀砍割，在石灰里浸过，在碱水里煮过，在铁锅里蒸过，在阳光下晒过，在足下踏过，在流水里洗过，被鞭子抽打过，被压榨过，被木杵击打过……看来，想抵达洁净和纯粹之境何等艰难。所谓燎皮和燎草，除去污秽和杂质，经历的烧灼和蒸煮，多是火与水的作用，变得骨软筋麻，清纯白净，耐住了多少煎熬，又遭受了多少蹂躏。

而这一切，多由手工制作，在缓慢的时间里完成的。所谓慢工出细活，千锤百炼，适度把握时间与分寸感，是艺术，也是一切创造性事物的必由之路。譬如檀皮，两年之内的太嫩，超过三年的变老，其蒸煮、浸泡、石灰的腌渍等等，却需要24小时以上或数天的时间。而稻草的埋浸、堆积腌灰、常压碱煮、石滩铺晒、高浓碓碾等，传统的燎草生产需六至八个月。这让我想到笨鸡与野生的鱼类，以及未施化肥农药的粮食及天然食品，其滋味与豢养、催生的食物绝不会相同，那也是适度的“慢”所留存的意味吧。

宣纸的制造，于青檀皮和稻草的纸浆中，还需掺入杨桃藤(即猕猴桃)的汁液，俗称为纸药、滑水。杨桃藤汁是纸浆中的悬浮剂，能使纤维均匀地悬浮于水中，让捞出的纸厚薄一致，结构紧密。另外，使纸浆的黏度增强，便于操作，还能让纸浆在竹帘上滑动的速度增加，并能让捞出的湿纸一张张叠放，像一板厚厚的水豆腐，经沥干再加浸润后再分张焙晒。

自然，宣纸的抄造是离不开水的。泾县的泉水清纯净洁，浑浊度为零，四季长流，水的硬度低，水温低，故能使宣纸不惹尘埃，洁白度高，并能延长纸的寿命。所谓纸之"似玉雪者，水色所为也"。看来，真宣之所以在泾县的制造达到极致，是因其得天独厚。皖南山区特有的最佳青檀和稻草，纯净的泉水，适宜的气候，吸纳天地之灵气，承受日月之精华，加之人的聪明才智，安能不出绝无仅有的真宣!

在泾县的纸厂，我曾目睹纸工捞纸——在纸槽的两端，常常是夫妻和兄弟的两个人面对面，双手各执苦竹做成的竹帘两端，当竹帘从槽中捞取纸浆，在浆水滴答与倾斜、平整的滑动间，一张薄薄的宣纸便在瞬间生成了，继而被揭下，一张张摞叠于木板之上。我惊异于两个纸工的默契与心领神会，四只手如同长在一个人的身上，那般协调、一致。据称，捞纸的技艺性很强，全凭手感掌握纸的厚薄与均匀度。而纸的捞取，与光亮的明暗、人的心情等多种因素有关，纸里也蕴含着人的灵性。我想，一对心心相印的恋人，精力充沛、弥满，心情愉悦，或许，他们捞出的纸会更为明洁、光亮，心底无尘，宣纸会更白。

上述捞纸只是一般规格宣纸的抄造。近来泾县宣纸厂生产的宣纸极品，俗称"丈六宣"的露皇宣，为特净宣，据介绍，需30多个技术精湛的工人密切配合、协调一致才能成功，需要14个抄纸工同时在一个纸槽中操作，使纸一面平整，一面起毛，质地细密坚韧。其造价十分昂贵，恐主要供大艺术家书法绘画之用。

宣纸是中华文化中的瑰宝。其特性与中国书画艺术相得益彰，可谓天作之合。与其他纸张相比，其抗黑皮蠹及花斑皮蠹虫蚀蛀的能力强，据有关方面检测，其生存寿命超过1050年，被称之为千年寿纸。

有生命的液体

1

我对葡萄酒有了感觉，是在卡斯特酒庄。在秋末冬初的烟台，那一天天气晴好，阳光明亮，当我来到那座近于欧洲城堡似的建筑前，在林木葱郁的园间驻足，踏上淡黄色的楼梯，继而在落地窗前张望，便有了一种异乎寻常的宁静感。干净、舒适、清澈，神清气爽，连这城堡都是明丽的，让我慨叹，只有这样的建筑，这样的洁净，如此清爽的天气和如此鲜明的阳光，才能和极品的葡萄酒相配。是的，我无法相信一瓶高贵、典雅，带着红宝石般的色泽，以及淡金色的有生命活力的液体，会在阴晦、沉郁、肮脏的环境里生成。卡斯特酒庄，正如一瓶开启的葡萄酒，散发着浓郁的香气，待人品尝，令人沉醉。

我静静地观赏墙壁上枝蔓凌乱、叶片纷披的油画，以及赤霞珠、黑皮诺等酿酒葡萄的图片。在落地窗前，看窗外三尺高的树桩上藤蔓缠绕、等距离间隔，井然有序地围绕城堡的葡萄园，没有一丝杂草、半点儿荒芜。这就是酒庄，在最适宜栽植的土壤、气候之中，选取最宜于酿酒的葡萄品种，培育、摘取、酿制，顺其自然，精心制作，便有了具有自己的独特风味、位居极品的葡萄酒浆。

酿酒的过程似乎是简单的——葡萄的选取、压榨，在特制的橡木桶内发酵、储存于酒窖，在特定的时日后装瓶，将酒瓶倒悬或横卧瓶储之后才算酿制成功。在酒庄玻璃罩中酿酒模型的末端的装置里，投入硬币，酒便会自动流出，供人品尝。我擎着高脚杯的细部，避免手温影响酒的质量，看琥珀色的酒浆在杯中轻轻漾动，透明的光亮里那般鲜丽、明媚。当我张开鼻翼，深嗅鲜果以及橡木的香味，随即轻轻地纳入口中，用舌头搅动这美妙的汁液，这色泽、这香气，这微感涩苦的味，感知的是华丽、精致，不可抗拒的芳香，甘醇、细腻和不竭的活力，令人惊叹。我知道，这纳入肺腑的酒浆，已经让我和大自然，和千百年来酿酒人的劳作和智慧，和这绝无仅有的佳酿浑然一体了。在沉醉中，我就是酒，酒就是我，已无酒我之分。

在酒庄的酒品陈列室，我被琳琅满目的葡萄酒样品吸引。解百纳干红、干白，经蒸馏提纯的白兰地，冰甜，颜色各异，在浑圆的，长长扁扁的玻璃酒瓶内，纯粹着，内敛且含蓄，在灯光的辉映下或艳丽多姿，或晶莹剔透，这些独具品格的酒浆，获得国际金奖的酒浆，让人无法怀疑其品质。在我看来，品酒如同恋爱，当你真正理解了其品质，领略了其明丽纯净和独有的气味，才能被其牢牢地吸引，占领你的身心，是这一个，而不是其外的任何一个。看来，我对葡萄酒情有独钟了。在卡斯特酒庄，主人为我拍了一张照片，随后短短的十几分钟里，我的影像便被制成一张特殊的标识，贴在一瓶解百纳红葡萄酒瓶之上，送我作为纪念。看来这是个预言，预示着我与葡萄酒的互相依存，不弃不离。

离开酒庄前，主人让我题字。我用毫笔饱蘸浓墨，写了“半醺”两个大字相赠。半醺斋是我书房的名字，源于我为一张诗酒报写关于酒的专栏时所命名的“半醺斋随笔”。对于我而言，微醺不够痛快，而烂醉如泥也非我的本意，人已成了酒囊，无知无觉，还有什么意思。只有半醺才是恰到好处，方可领略酒的奥妙，在似醉非醉之中，才有飘然欲飞的感觉，不是醉生梦死，而是飘飘欲仙，轻盈剔透，人酒合一的妙境。

2

这甘露般美妙的汁液，能一亲芳泽便久久难忘的汁液，究竟诞生于何时何地，又于何时传到中国，恐难以考证，由于年代过于久远，只能留在传说里和虚拟的人物身上了。可我相信,葡萄酒不是谁的发明和创造,它久已有之,只不过是谁先发现了它。据有关资料称,人类采摘葡萄的历史已有200多万年以上,而在格鲁吉亚发现的葡萄籽,通过碳定年方法被认为是世界上最早的人工种植葡萄的遗存,时在公元前6000年左右的石器时代末期。由此看来,这攀缘性木质藤木植物,有种种迹象表明,它甜美的果实被酿成酒已有7000多年的历史。葡萄酒最早诞生于高加索山。

由此,我想到获帆先生的诗《醉猿》,写的是洪泽湖地区发现的醉猿化石,大抵是猿人采摘的野果在石头的凹陷处霉烂、发酵,透出酒香,被猿人喝掉。醉态的猿人手舞足蹈之时,地震爆发了,被埋没的猿人及其醉态经历了亿万斯年的时间成为化石。诚然,醉猿连同腹中的酒都已成为石头,那姿态却证实了酒自然生成的存在,天生的酒,自然是果酒,只不过人们无法想象是否为葡萄生成的酒了。

是的,这玉液琼浆就这样在大自然的化育中生成,在果实的腐烂、溃败里转化为新的生命,死去活来,成为芳香醉人的液体,却仍有着果的魂魄。难怪它活在神话传说与史诗之中,活在诸多的诗文里。

《圣经·创世纪》称诺亚走出方舟落脚阿勒山,在此"开始耕种土地,并种植了一个葡萄园"。最古老的巴比伦史诗《吉尔伽美什》中,视葡萄酒为能令人永生的灵药。耶稣称自己是真葡萄,葡萄酒被画家描绘成在周身滴落的殷红的耶稣的血。埃及法老的陵墓里,曾有36瓶葡萄酒陪葬。时至今日,意大利一款著名的高品质五星级葡萄酒,仍被命名为"基督之泪"……

据称,对葡萄酒的追根溯源,流传最广的传说来自波斯。半人半仙的国王詹姆希德喜食葡萄,命人摘熟透的葡萄置于罐中,待过季享用。可葡萄是最易腐烂的鲜果,坛罐中时有发酵冒泡并散发异味者,已无法食用,疑为毒品,便另行放置。当时一宫女头痛欲裂,痛不欲生,便饮下这毒汁想了结生命。结果,酒醉复醒之后,疼痛尽去,精神健旺。国王得知,大为称奇,便下令大批酿造葡萄酒。这该是自然生成的酒浆被发现的又一种说法吧。

在中国,有文字可考的历史,葡萄酒的引进来自波斯,那是公元前128年,张骞通西域时,从萨马尔罕以东的费尔干纳带回了葡萄的种子和紫花苜蓿,他向皇帝奏称,费尔干纳造的葡萄酒,存放几十年也不会腐坏变质。于是,时隔不久,外国使节便在中国的皇宫附近发现了大量的葡萄和紫花苜蓿的种植园。

或许从那时起,中国便开启了葡萄酒饮用的先河。汉唐之际,该是葡萄酒颇受青睐的时候。据记载,公元7世纪,孟深曾写下两种葡萄酒的制法,一是发酵而成,口感柔和;另一种则蒸馏而成,酒性较烈,该是与今日葡萄酿成的白兰地相仿吧。而唐代诗人王翰的著名诗篇《凉州曲》,首句便是"葡萄美酒夜光杯",不仅称葡萄酒为美酒,连与美酒相配的夜光杯亦一并入诗,美酒的品尝,其色泽与夜光杯的光亮交相辉映,可见唐代饮用葡萄酒已到了外在的形式与内容的蕴藏品位同等重要的地步,若葡萄酒并非风靡当时,恐难以达到饮用时堪称完美的境界。

13世纪晚期的《马可·波罗游记》中,亦记载了中国的山西栽植的葡萄甚好,酿出了大量好酒,被称为当时中国唯一产葡萄酒的地方,并被运往全国各地。这让我想起了山西著名的老陈醋,葡萄酒容器密封不好便会变为酸醋,或许节俭的山西人连酸掉的葡萄酒都不忍倒掉,反而在品尝中喝上了瘾,才有了离不开醋的饮食习惯吧。自然这是我的臆想,玩笑话。

然而,这一鳞半爪的记载恐难以说明中国酿制的葡萄酒始于汉唐,或许应当更早。如果说天然的果酒曾醉倒了中国猿人,在亿万年之后的历史延续中,怎么会再没有这天然酒的发现者?中国有自己的野生葡萄,对农作物的栽培种植亦历史久远。有人称中国的烈性白酒的生产始于元代,可米酒与果酒的诞生却长久得多。陶渊明《述酒》诗序中曾言"仪狄造,杜康润色之"。仪狄是大禹时人,杜康是大禹的七世孙,故酒的历史、起码可以追溯到夏代。中国古代的记载,米酒与果酒之间并无区别,而葡萄这种甜度甚高、最适于造酒的果品怎能不在远古被用来酿造?在青铜器时代,商周出土的甲骨文上便描绘了那个时代的祭祀仪式,均与酒有关,或许,在青铜制作的酒樽里,会有葡萄酒的色泽与光亮吧,也未可知。

中国近现代高品质葡萄酒的酿造始于烟台。

1871年,华侨张弼士先生在法国驻雅加达领事馆赴宴,第一次领略了产自世界著名葡萄酒产地法国波尔多的三星斧头牌白兰地。席间品味佳酿，情热酒酣之际，法国领事对张弼士说，这种酒如果用中国烟台的葡萄酿造，酒质也不会逊色。张问其因；原来他曾是英法联军入侵中国的一员，曾到烟台采集了大批野生葡萄回营，用随军携带的小型压榨机压汁酿酒，味道鲜美，可与波尔多酒媲美。

这位广东华侨由此记住了烟台。20年后的1892年，张弼士用300万两白银买下了烟台东、西部两座荒山，开辟出1200亩葡萄园，引进120多个优质酿酒葡萄品种，购买25万株苗木。同时他重金聘请欧洲一流酿酒师，买进先进设备，建造大酒窖，至此时，中国葡萄酒业开始进入工业化和科技酿酒的新阶段。

经历艰难繁复的22年之久的创业、发展，这个以“张裕”命名的葡萄酿酒公司大获成功，其高品质的酒液色泽金黄透明，酒质甘醇幽香，风行全国，远销海外，在获得国内诸多大奖的同时，于1915年，在美国旧金山举行的万国博览会上，张裕公司的(可雅)白兰地、红玫瑰葡萄酒、琼瑶浆和雷司令白葡萄酒分别获得甲等大奖章和丁等金牌奖章，并获得最优等奖状。

而今，已有百余年酿造史的张裕仍旧是中国葡萄酒业执牛耳的企业与高档葡萄酒的象征。这在于其得天独厚的地理气候优势，同任何艺术创造一样，也在于其经验丰富的酿酒师对葡萄酒直觉的敏感和过人的天赋，它是原料、储存、调配以及一丝不苟的酿造工艺等诸多因素化合的结果。它2%的葡萄酒已具大师级的品格。

3

卡斯特酒庄到张裕酒博物馆，我仿佛也成了一串葡萄，被发酵、酿造，由表及里，体会葡萄酒的化育、生成，灵魂里也飘出了酒香。

面对烟台这北方的海、港口和山地，明媚的阳光和凉爽的气候，我知道，它和法国的波尔多极其相似，是酿制葡萄酒最佳的区域。有人告诉我，好葡萄酒都产在北纬三十七度线上，烟台如此，世界上诸多的高品位葡萄酒亦如此。

是啊，波尔多亦是海港与山地，酿酒曾获很大成就的意大利之皮埃蒙特也在海边，地形呈陡坡状。或许，正是这海与山的独特依存，造就出沙砾土最粗糙、排水最顺畅、气候最温暖、凉爽、温差大、易于糖分聚集的坡地吧。

这也让我想起11世纪的酿酒专家，勃艮第的西多会修士们。这些将内心对宗教的狂热和完美主义信仰全部都倾注到种葡萄与酿葡萄酒上的修士们，用舌头品尝土壤，分辨土壤中的成分，寻找适合种葡萄的地方。难怪当时的一位地质学教授称他们是“能用嗅觉和味觉来判断某一地区土壤甚至下层土结构的地质学家”。

正如英国著名葡萄酒类作家休·约翰逊所言：“‘水土’是勃艮第人心中最富有神秘色彩的词汇，这个很难确切翻译的词包含着特定地区的土壤特性，降雨、日照、风向、气温等所有能够影响葡萄风味的因素，法国人认为黑皮诺的杰出只能用‘水土’来解释，或者说正是黑皮诺诠释了‘水土’两字的内在含义，两者紧密相关，也是波多尔葡萄酒名扬四海的原因。”

葡萄是基因最易变异的植物，在中国的南方种植多不成功。而水土几乎相同的地方栽植的葡萄会有相同的品质，这就难怪烟台引入的赤霞珠、黑皮诺、雷司令等品种，能酿出高品质的葡萄酒了。

如果说品酒的感受只能是一种幻觉，一种心理状态，可酿酒的葡萄却是实实在在的，是葡萄酒舍此无他的成因。酿酒葡萄多为籽粒小、紧密而结实、状如松果、含糖量高的品种。据称，世界各地流传下来的优良葡萄至今已达到数千种之多，最好的酿酒葡萄亦有百余种。

从根本上说，葡萄酒只是“新鲜葡萄经过自然发酵而成的汁液”。是乙醇水溶液，内含多种糖、酸、酯、醋酸盐以及其他物质。而溶液中起主要作用的还是乙醇，即由糖发酵后产生的酒精，不然，怎能称其为酒呢?因而，葡萄含糖量为自身体积的三分之一以上，用其酿出的酒才更爽口、提神。

早年的葡萄酒多以甜香著称，甚至被简称为甜酒。为了增加糖分，罗马人故意推迟葡萄的收获期。诗人维吉尔和马提雅尔曾建议最好等到11月。希腊人虽然不等熟透就将葡萄摘下来，却将葡萄在阳光下晾晒数天，让其失水，糖分浓缩。克里特人则在收获前将葡萄串的藤茎扭上几圈，使葡萄不再吸收水分而自然萎缩。而匈牙利的蜜酿托卡伊之极品托卡伊爱真霞，酿造时葡萄已经干萎，半腐烂半受霉，不必手工挤压就能滴出稠密的糖汁。这汁液由于甜度非常高，不会发酵。在低温环境中，它保有了原汁原味的甜度与纯度，散发出令人难以抗拒的芳香，浓稠得像不透明的蜂蜜。难怪它会被视为极负盛名的奢侈品，被称为“酒中之王，王室之酒”了。

与匈牙利托卡伊爱真霞齐名的，最珍贵、甜美的酒浆，是希腊的普拉姆尼亚葡萄酒。人们将成熟的葡萄摘下来，铺在稻草垫上，经历一个星期的晾晒，使糖分得以浓缩。一位作家对由此果酿就的葡萄酒曾有这样的描绘：“甜美的汁液深锁在层叠的白色花朵之下。”所谓白色的花朵大抵是葡萄发酵之后浮在酒液上面的白色酵母。

写到此，我想起新疆吐鲁番出产的无核葡萄，籽粒微小可甜度惊人，一次只吃数粒便甜得你无法再纳入口中，据我揣度它含有的糖分远超那些著名的酿酒葡萄，该有80%以上。只不过我初尝时是在二十余年前，前两年去新疆时再度寻觅，可能是产地不同，已再无那种抵达极致的味道了。当时我品尝的原汁葡萄酒，也是甜香之至，让我不知不觉间喝了两大瓶，步履蹒跚，想迈过一个窄小的水沟时，只感到脚往前迈，腿实往后缩，怎么也迈不过去。我也想，如果用张裕公司的酿酒工艺，或许这吐鲁番红柳河的白葡萄也能酿出葡萄酒的极品吧。

我流连在酒庄和博物馆里，看墙上的浮雕和诸多有关葡萄酒酿造历史的图片，想起了荷马史诗《伊里亚特》中的描述，当果园罩着金秋的薄雾；结满果实的葡萄园仿佛以耀眼的黄金打造而成。“快活的小伙子和姑娘们正将甜美的葡萄摘下来放进他们的筐子里，一个小伙子弹着悦耳的里拉琴，高声歌唱着，歌声美妙动听。园子里的人们合着他的节拍，随着他的歌声翩翩起舞。”这丰收的景象，欢快的场景令人难忘。

初期葡萄酒的酿造，是将葡萄置于水槽中，由人赤脚踩踏成汁的。我看着浮雕中踩踏葡萄的少女，一脸清新曼妙之气，面目姣好，体态娴丽，仿佛果品的甜香都从她的周身散发出来，在空气中弥漫。而压榨机是罗马人最先发明的，至今仍在沿用，形态几乎没有改动：大横梁用来施加重力，绞盘用来增加压力，围绳用来固定挤压后不成型的葡萄。

已知的最早用来酿酒的容器称“奎乎瑞”，是一种土质的坛子，外形矮粗圆鼓，如今它静静地摆在格鲁吉亚第比利斯的博物馆里。据称奎孚瑞灌满被踩踏成汁的果浆，用橡木塞封住坛口，埋在凉爽的地下，让其慢慢自然发酵而成酒。

而今，我目睹张裕偌大的地下酒窖，是一排排横着摞起的法国橡木酒桶，白色的橡木桶大小适中，桶的一端有文字记录着产地、品种、年代之类的文字。这种法国密林里生长的白橡木，有一种特殊的香味，在酒的发酵、陈酿中，与汁液浑然一体，这种法国橡木味你一旦识别，会觉得你品尝的每一种酒都有着非凡的品质。

人们品饮葡萄酒的口味是不断变化的。一位罗马皇帝的御医在描述葡萄酒时频繁地使用“干涩，微酸”之类的词汇，认为“醇厚滑润、口感酸涩适度”的白葡萄酒才是上品，而不再一味追捧那种曾最负盛名的浓稠型甜葡萄酒。18世纪的美国人也开始崇尚集优雅质朴于一体，和谐自然的品味，至今为人所称道。而与这种优雅质朴、和谐自然的品味相对应的酒，只有在老橡木桶里存放多年之后，才会呈现微酸和浓郁的香味。且老橡木桶还能使酒的品质保持不变，酿出的酒醇厚、强劲、渗透力强，虽不再有新鲜的水果味，却能深入肺腑，爽口怡情。

据称，葡萄酒里能分析出来的天然有机复合物接近500种，含有如此丰富的变化，堪称一部“化学交响曲”。而这些化学反应的规律是温度越低，反应越慢，因而寒冷的酒窖便成为优势。另外，葡萄酒的酒精含量高，亦不易变质发酸。

对于葡萄酒而言，酒瓶和软木塞的使用无异于一场革命，是人类在17世纪最伟大的贡献。密封于玻璃瓶中的葡萄酒与空气隔绝，没有氧气进入而不致败坏，会存放得更久。橡木树皮制成的软木塞常规的瓶塞直径是24毫米，被压进直径18毫米的瓶颈中，由于其光滑，有独特的弹性，具有不渗透性，不会腐烂变质，在半个世纪的时间里，既不碎也不脆，成为玻璃酒瓶的绝配。当然，与此相匹配的还有开塞钻，也是一个重要的发明。1681年，有人把其描述成“一个用来把软木塞从酒瓶里拔出来的钢虫”。而软木塞与玻璃酒瓶的搭配使用始于17世纪上半叶的英格兰。

如今，随着不锈钢设备和电力的应用，温度控制发酵和压力控制发酵的方法被广泛应用，古老传统的酿酒经验与现代科技相结合，出现了新的酿酒工艺,有的甚至不用橡木桶存放,酒的酸度可以调整,法国丛林橡木的香草味,抑或美国橡木的甜味,都可以加进去,并酿出高品质的葡萄酒。可科学却阻止了偶然性的发生。有人讲,如果能重新找到同样的葡萄,用先进的技术种植,用空调控制酒窖的温度,或许也不一定能造出原来的葡萄酒了。

随着世界各地不同品质与口味葡萄酒的出现,精加工成为业界的新时尚,不同风格和魅力深深吸引着各地的人们。而中国,逐渐增多的中产阶级品饮葡萄酒已成为一种新的生活方式,喝烈性酒的人似已变得越来越少。

4

说酒是有生命的液体,则在于它的鲜活可感。鲜的活的是生命的特征,比葡萄更为浓郁的色泽与光亮,醇厚、香甜,沁人心脾的单宁的滋味,橡木的气息,优雅且纯净。若一瓶葡萄酒死去,则色香味俱失,会散发出腐臭的味道。据称,世人有幸品尝的最老的葡萄酒,为1961年在伦敦开启的一瓶足有421岁的斯泰因葡萄酒。品尝者体味这棕色液体所蕴涵的活力和炽热的阳光的气味,让其在酒杯中绽放了最后的瑰丽。

是的,这蕴涵着葡萄魂魄的精灵。渗入血管之中,便与人的精魄融于一体,让一个人变成了另一个人。

酒魂附体之时,我曾看到半醺的艺术家挣脱了羁绊,笔走龙蛇,进入灵境,墨彩里都漾着酒意;而诗人与酒的关系就更为密切了,因为诗本身便如同酒浆,是浓缩、升华的象征。中国诗人的作品没有与酒绝缘的,李白为酒仙,所写诗作三分之一都涉及妇人与酒。波斯诗人奥玛尔·贾亚姆,更将葡萄酒当成是自己整个世界的中枢,吟唱着"让葡萄藤蔓的女儿成为我的新婚嫁娘","不去理会那四月缠绵的泪水,举起酒杯开怀畅饮,那红红的,温暖如阳光的葡萄酒"……而莎士比亚笔下的福斯塔夫,谈到葡萄酒的作用时曾说:"首先,酒气进入你的大脑,将所有愚蠢和肮脏全部蒸发掉。使你聪敏、迅速,富于想象力,热情如火并能用声音表达出来。其次,可以使你的血液迅速升温,驱逐掉你体内的懦弱和胆小,它从里到外温暖你的全身,使你红光满面。你全身上下勇气倍增。"

或许,正是来自酒的勇气,让羞涩者变得大胆,懦弱者变得果敢,温文尔雅者变得简单粗放,疏懒者也变得活蹦乱跳。于是乎,板结的面孔慢慢松动,内心的隐情也表露于外,阴谋显露,沉渣泛起,酒壮尿人胆者有之,酒后吐真言者有之,明修栈道暗度陈仓者有之;至于借酒撒疯、假凤虚凰、以酒浇愁、酒后失德、酒宴鸿门等等,千姿百态,不一而足,所谓"座上客常满,樽中酒不空",不知是人利用了酒,还是酒控制了人。

在我的饮酒史中,曾两次饮葡萄酒过量而沉醉。除了在新疆吐鲁番之外,另一次和老友徐刚一同喝醉,骑着的两辆自行车不断相撞,并奋起追赶一辆公共汽车,未滚到车轮底下,算是幸事。而徐刚归家,从一楼吐到五楼,我则一头倒在床上,昏迷不醒。

近年,由于身体原因,我已戒了白酒,酒宴之上,只是喝点儿葡萄酒佐餐,由初始的不习惯,已慢慢喝出点儿味来了。自然,还难称得上真正的善饮者。有老者曾说过法国人准备用高档葡萄酒宴请宾客,当看到来宾吸烟时,便调换了用酒,因为宾客破坏了味蕾,大抵是品不出酒的妙处的。我这个烟鬼恐怕此生也难以分出酒的好坏和佳妙之处了。

一个不懂葡萄酒的人,只能以酒的昂贵与否认定酒的品质。可在烟台回来的飞机上,偶尔翻阅杂志,看到一款法国名酒竟高达10万美元一瓶,令我晕眩。此酒配有印度所制黄金标牌,以及巴西海底所产水晶樽座,卖的已不仅是酒了。近日读报,又得一信息——美国加州理工学院有关研究者做一实验,将葡萄酒的标价高低档酒互换,一般饮酒者喝标有昂贵价值的一般酒浆时,其主管愉悦的"大脑内侧眶额页皮质层"的活动程度远高于其他。看来,一般的饮葡萄酒者品饮的都是品牌和价格,和酒本身关系不大。当然,这骗不了行家。真正懂酒者是不会上当的。

饮葡萄酒对身体有好处,甚至曾被视为治病的良药。但饮酒须有度,饮酒过度,成为酒鬼,则有害无益了。酒带给人的并非都是愉悦和快乐。酒池肉林、声色犬马,每日在醉醺醺中度日,正如有人所言:它会使人变成一只野兽,它会把一个有用的、健康的、聪明的、令人尊敬的人变成一个卑劣的、易老的、缺乏智慧的无用的人。它是一种既蛊惑人心而又容易传染的恶习。

肖像与背影

酷爱"三美"的诗人

——蔡其矫先生印象

想起蔡其矫，就想起那张被太阳晒得紫红、带着油润光亮，总是洋溢着微笑的面孔，晶亮的眼神，一头卷曲的波浪形的毛发。这是个生命力强健、精神劲烁、心理年龄异常年轻，富有创造力的诗人。记得他近80岁的时候，从宁夏穿越腾格里沙漠归来，曾到编辑部小坐，和我谈起他雇了两头骆驼、一个导游、一个女模特儿，随身携带帐篷，中途迷路，来回两天考察大沙漠的故事，令我惊异、钦佩。一个80岁的老人，仍旧有如此的生命活力，堪称奇迹。也就在那期间，我在北京的一家报纸上读到一篇采访他的文章，诗人公开声称他一生酷爱"三美"——即美景、美女、美文。也正如他多次说过的——"诗歌的灵魂是爱与美"；"我的诗歌有两个支撑点，一是旅游，二是爱情"。他认为，人的感情是丰富而繁杂的，从生到死都要有感情生活，这是人性的自然。因而"虽然已经年过八十，我却从未感到自己已衰老，被感情滋润的心灵是不会枯竭的"。或许，正是这样的意念和感受，对美的不懈追求，对情感生活的礼赞，对美景、美女的酷爱，才成就了他美妙的文字，所谓"诗人的一生都在恋爱"，才有了他没有心灵的褶皱、永远年轻的诗行。

我最初知道蔡其矫这个名字，也是始于他的诗。1973年，我在刚复刊半年多的《解放军文艺》帮助工作，曾通读了"文革"前出版的五大柜诗集。我依稀记得,在《解放军文艺百期诗歌选》中,我读到他写于1942年的《肉搏》一诗,令我震撼了。如此真实地写出战争的酷烈,如此惊心动魄,至今已近40年仍能给我留下深刻印象。他的《肉搏》、《兵车在急雨中行进》,应当是中国战争诗的典范。其实,诗人蔡其矫是"老革命",1991年被确认为福建省屈指可数的"老红军"之一。他1938年年仅21岁时,离开印尼泗水侨居之家,一路上读着斯诺的《西行漫记》,辗转投奔延安的。在抗日军政大学短暂的学习后,他要求上前线,便被派往河南确山新四军第四支队工作。可这年夏天豫西平原疟疾流行,蔡其矫染病发烧到不省人事,部队转移时,他又被当病号送往延安。随后他考入鲁迅艺术学院文学系第二期学习。次年便调入教务处实习科工作。是啊,那是经历过战争洗礼的蔡其矫;曾历时三个月,跋山涉水,赤脚蹚过冰冷的河流,参与挺进敌后三千里行军的蔡其矫;作为华北联合大学文艺学院教员,在"反扫荡"中带领一队病号,在荒凉的大山中与日寇周旋的蔡其矫……

我第一次见到蔡其矫,是上世纪七十年代末在艾青暂住的北纬饭店里。精神健旺的老蔡来看望艾青,一脸生动笑得眯缝着眼睛的艾青振臂高呼"少女万岁"!这是老蔡写于1957年2月的《红豆》诗中的名句,曾引起异议。在劫后余生的二十多年后老友见面被艾青呼喊出来,似乎是玩笑,却另有意味,而老蔡回应的也是一脸欢悦之情。其时,在此之前我就听说老蔡年轻时曾因与部队某部首长之妻两情相悦而有了一夜情,并由此被重判两年,女方虽一再上告为诗人解脱,仍无法改判,直至20年后的1985年,才被撤销原判平反。对此,老蔡并不忌讳,也曾对人讲过除蹲牛棚外,亦被劳改过。诗人是"真人",不藏不掖,和那种道貌岸然、一肚子男盗女娼者相比,要可爱得多。蔡先生是位情种,早在21岁从印尼奔赴延安时,便曾想从云南入境,顺便凭吊追慕他的那位缅甸姑娘。1942年3月,他曾徒步往来近200华里,去看望一位福建籍华北联大文艺学院患肺痨的女学生,由萌生爱心到无可奈何地到她去世,心情异常难过。后来,蔡先生与这位女生的生前好友、哭得最为悲伤的徐竞辞结婚,双方都因对死者的怀念而联系在一起成为终身的伴侣。

胸藏大爱之心的蔡其矫,给人印象更为深刻的,是他走遍祖国山山水水的宏大志向。且不说他奔赴延安的数月奔走以及所参与的三千里行军,新中国成立后,他主动要求去体验海军生活,多次深入舟山群岛、西沙群岛,成为中国现代诗坛第一位“大海诗人”。福建的诗人告诉我,蔡老晋江园坂的家中庭院种满了鲜花,室内收藏则是世界各地诸多珍奇的螺贝,可见其对生活、对海洋的热爱之深。或许,是他的血液中流动着其曾祖父航海家探险、开阔的激质,他的曾祖父拥有13条帆船,为泉州的航海商人。而他的祖母是波斯人的后代,故他的父亲、六个兄弟中五个是鬈发。用他的话说:“也许是阿拉伯人的血统和蔚蓝色的海风海浪雕塑了我独特的性格。”生长在海滨、异域色彩造就了他的文化氛围和气质,海洋的蓝色文化成为其生命基色的诗人,写出那么多漂亮且动人的海洋抒情诗便是顺理成章的事情了。

新时期以来,老蔡每年都要进行一次或多次超过三个月的孤身漫游。他认为,三人结伴,就是团队旅游,常常会意见不统一;二人同行,也会有矛盾和依赖性;只有独自漫游,才能调动自己的潜能,并能按照自己的计划实施到底。用他的诗句描绘则是“风景都在未曾去过的地方”。这种孤身的远程考察和壮游,初始6年之中,几乎走遍了大半个中国——1981年8月始,路线为河南、陕西、甘肃、青海、新疆,直到伊犁和喀什。1982年6月始,由湖南、湖北、河南、山西至内蒙古。1983年春,应邀参加“牡丹诗会”后,走访华北战争岁月旧地,从河北西部穿过山西到陕西延安等地。1984年春,由福建入云南、贵州,访石林和滇西北,直至丽江;随后又于滇桂一线几次客游。1985年春,诗人突发奇想,“踏李白晚年的足迹”,走贵池、秋浦、泾县,再经九华山到宣城及马鞍山一带。是年冬至翌年春,应联合国教科文组织邀请,赴菲律宾参加“马尼拉第一届国际诗歌节”,会毕经香港返大陆。1986年夏,年近七十的蔡其矫又孤身访问西藏,走遍了前藏、东藏、藏北,后藏,两个多月的时间,他历尽艰辛,曾坐在装满砖头的载重货车上,沿着雅鲁藏布江边的山路上颠簸,下面是深不可测的峡谷,他仍抓住车上的绳索,观赏裸露如铁的山峰及雄立的千年古松,领略江边奇异的风景;并去中印边境考察那里的森林,去中尼边境看珠穆朗玛峰。此次壮游,诗人写出了《在西藏》、《拉萨》等诗篇,被牛汉称为“他写了一些很有分量的大诗。对蔡其矫来说‘大’

并不是指题材重要，结构庞大而言，他写出属于大自然那种神奇而浑朴的大境界。”而其矫先生仅六年之中的15个月的旅行，公木先生曾说：“这才是在中国诗史上空前的壮游，论其行踪广袤，远远超过徐霞客倍数的倍数。”

或许，老蔡这一生，是半是命运、半是自己选择的颠沛流离。他作为“漏网右派”被批斗、蹲牛棚，他的文艺观遭到极“左”的批判，是自己无法把握的命运；而在批斗同类时他躲在后排不言不语，自己请求离京回乡从事写作，是一个求真、求善、求美的诗人从不伤害他人的干净灵魂的体现。在那样严酷的年代，多少我曾崇敬的诗人刚批判了别人自己又被批判，令人叹息。像蔡其矫这样不说违心的话，真实地面对别人、面对自己的人实在是少之又少的珍稀人物了。

1957年，残酷的政治运动似乎并没有进入诗人的思维，他在所有斗争会上都从不表态，仍写着自以为是的诗。他写《红豆》中的尾句，高呼“星辰万岁！少女万岁！爱情和青春万岁！”用谢冕先生的话说：“在当时，别说写了，就是读到这样的诗句，也会让人紧张得心惊肉跳。”同年写的《相思树梦见石榴花》，说那无声的梦，“为的是怕花早谢，怕树悲伤”，如此的柔情蜜意似与那年代的气氛颇不相合。而发表于《收获》杂志的《雾中汉水》与《川江号子》，于“大跃进”的狂热年代，他诗中却是“碎裂人心的呼号”，是“悲歌的回声在震荡”，是几千年无人倾听的静默，亦如谢冕所言：“在那样的年代写这样的诗，也许需要的不再是才华，更重要的是良知。”或许，诗人正是以美好的一切抵御着丑恶，以呼号的痛楚衬托那种发高烧的岁月吧。

其实，蔡其矫先生的一些诗作亦是现实感极强的作品，只不过他是理解诗之真谛的诗人，在非诗盛行的年代他仍旧写着真正的诗。他写于1975年的《玉华洞》，曾让我钦佩。那不移动的雨云，不闪射的阳光，被封固的暴风雨，僵化的瀑布，凝止的雪崩，死寂的浪峰，不发光的圆月，是没有经历过大压抑、大痛苦的人所体验不到的，是真正的诗人才能有的让玉华洞死了的嘴说出“那扇通往真实的门”的痛切感受。同时写于1975年的《祈求》，具有那个时代的鲜明特征，是亿万人想说没有说出来的话，容量宽阔，写出了一个时代人们的心声。在“假大空”文字盛行的年代，真正的诗不被相容、难见天日，可随着时间的推移，那些鼓噪的泡沫破灭了，真正的诗却如陈年老酒，越放越醇。这是诗人纯正品质的体现，“一手举剑，一手举着玫瑰”的诗人一意孤行，却“赢得了历时愈久愈确定的诗名，他是中国诗坛屈指可数的没被污染、心灵纯净的诗人。记得我曾与一位资深老编辑交谈，他颇有感慨地说起一位著名的老批评家想出一本文集，可挑来选去，可用的文章没有几篇，大多都是批判诸多诗人、作家的阶级斗争文字，真说不清是那个时代的悲哀呢还是批评家个人的悲哀。相形之下，蔡其矫这样的诗人则更为可贵。

蔡其矫先生是诗歌大家。这是诸多的诗人和文学史家的共识。曾任中央文学讲习所所长的公木先生在北京、上海多次谈诗时，是将蔡其矫与艾青、聂鲁达并列论及的，并称这“非出私谊，确由实感”。谢冕称蔡其矫“无疑是保持了纯粹性最多的一位诗人”，“是一位当代创作丰盛、成就巨大，而个性又十分突出的诗人”。牛汉则说蔡其矫的诗和他的生命之中，有一种“飘逸的风骨”，“是极难达到的境界”，他“写得那么自在、自然，所有的词语都在流动，是透亮的……写出心灵的一次次搏动和生命一明一灭的闪光”……

蔡先生所达到的这种境界，亦源于他深厚的文学修养。他钟情于唐诗、宋词，并将其译成白话，从中学习古典诗词的结构、谋篇手法；在牛棚里，还语译过司空图的《诗品》。他年轻时曾当过英语教师，对欧风美语早有领略。蔡先生四十年代就译过惠特曼的《草叶集》，作为华北联合大学的教材；五十年代任教于中央文学讲习所时主讲外国文学，讲肖洛霍夫、普希金、马雅可夫斯基、惠特曼；此后，他还译过聂鲁达的作品，以及帕斯的《太阳石》等，他的译诗，也曾给初始写作的朦胧诗人以影响，北岛主编的《今天》创刊号上，开篇便是蔡其矫的诗作，或许因为年龄的关系，北岛便替蔡老用了个化名“乔加”发表的。或许，正是这种“中西合一”的修为，造就了老蔡入心入脑的固执的艺术观念，正如公木所言：“蔡其矫是以诗为生命的，因而便确是以生命为诗。他一生生活在诗的灵光里，同时也把一生化为诗的灵光。一个有血有肉的真正的诗人。”

记得蔡老去世的时候，报刊的沉默曾让文学史家洪子诚教授、王光明教授感到惊诧，亦让诸多的诗人感到愤怒。好在还有那么多诗人，如舒婷等纷纷撰文在福建予以真诚的悼念,受过蔡老指点、推举以及真正理解、尊敬他的诗人生前便写出事无巨细皆列其中的《诗人蔡其矫年表》,使"深沉的,透入心底的孤寂的诗人"得到巨大的补偿,亦使我们感受到"人间的友情多于无情,希望多于失望,这正是诗人蔡其矫所要告诉世人的"。

是啊,想起蔡其矫,我便想起这位酷爱"三美"的诗人的美妙的诗篇;想起他"多血质的面孔上泛着一抹温厚文静的微笑";想起他在诗会上八十多岁仍旧灵动的双腿,举着相机对着灵山秀水以及年轻的女诗人频频按动的快门……一个真正的诗人已逝去多年,可他的诗却留了下来,成为中国新诗优秀的文化遗产。世上必朽的肉体,却能留下不朽的诗篇。

彭燕郊现象

我和彭燕郊先生只有一面之缘。2006年，我应邀参加在长沙举办的一次诗歌活动，一天晚上在田汉大剧院看演出时见到了他。对于自己敬重的诗人，会面时却不知说什么好，只能紧紧地握手，问候一下身体状况，加之演出之前时间短暂，未及深谈。只记得八十余岁的诗人清癯消瘦，但精神状态还好，透出一种深沉凝重的气质。看戏时我们坐在一起，虽话语不多，却已有心灵相通之感。

当时我读过的彭燕郊先生的诗并不多，但印象都颇为深刻，让我感到这是一位似被忽略、却对诗有着深入、精到理解、卓尔不群的真正的诗人，却没有得到重视和应有的评价。这就如同马拉松赛跑，人们相互看到的都是挤挤挨挨前后左右的人，而跑得快的出众者由于跑得太远而看不见他，甚至被忽略。诗歌史中曾经走红一时、声名显赫的诗人未必是当时最好的诗人。杜甫的诗在唐人选的诗选集《才调集》《极玄集》《又玄集》等十种选本中，只有两种选了他的诗。布莱克，几乎隔了一个世纪才在人心上唤起反响。初期的勃朗宁、史文朋，绝不为世间所知，其声望甚至不及当时的众多小诗人。而文学史上的一些名著，初现时大都没被世人普遍接受。真正的诗人不是那种妙作自己、出尽风头的“诗歌活动家”，也不是那种蝇营狗苟的世俗名利之徒，因为他们确实和诗没有什么关系。或许,只有时间是无情的,大浪淘沙,能经得起时间检验的诗才能留得下来。

其实,我最早关注彭燕郊这个名字,并不是他的诗,而是他参与或主编的几套书。八十年代初开始,湖南人民出版社陆续出版了60余本以"诗苑译林"为名目的译诗集,旨在翻译外国诗歌名作,各国各时代、各流派代表性诗人的选集、合集,包括早年出版重印、未结集的译诗及并没有译本的重要诗人的重要作品。译文编辑室在"出版前言"中明确指出——"特别要感谢湘潭大学彭燕郊教授,他在这套丛书的规划、组稿、审校等工作上,都曾付出过辛勤的劳动"。如此看来,这套新时期以来最早介绍、出版的高质量的域外译诗,给中国新诗变革、发展输送营养的丛书,实际上称之为"彭燕郊主编"也并不为过。从版权页上看,此套书的印数大都较多,《戴望舒译诗集》第一版便印了42200册,《梁宗岱译诗集》印了27500册,冰心译的《先知·沙与沫》至第二版第二次印刷亦达27700册。其余各部,亦印数多在两万册左右。这套书,曾是我常去书店光顾的重要理由,是见到就买的。有的书一直搜寻不到,如《先知·沙与沫》,竟请我的领导周明直接向冰心老人讨要了一册,自己手头也没有几本的冰心先生慨然应允, 签名并写上我的名字送我, 成为永久的纪念,使我后来捧读时,常生感念。这些译诗,都是我国著名的翻译家及重要诗人所译,他们对原诗理解之深邃,对两种不同语言把握之精到、恰到好处,令人慨叹。作者与译者心灵的融洽,那种以无上的热忱、挚爱和虔诚去竭力追摩和活现原作的神采,体会个中奥义、领略个中韵味的神来之笔,是变其形而得其神的,或者说,是用汉字的形体复活了一个又一个伟大的灵魂,是作者与译者共同参与的再创造。这些译诗集,不仅诗本身吸引我如饥似渴地阅读,其序言及后记,亦给我以颇多的教益。卞之琳先生为《徐志摩译诗集》所写的序言,对译诗及中国新诗的体察和洞见,对中外诗歌不同流派的解析,以及徐诗写作的源起,可谓见微知著,体现了大家的识见与气度。而施蛰存《戴望舒译诗集》的序文,亦指出戴望舒一边创作诗,一边译诗,其译道生、魏尔伦的时候,正是写《雨巷》的时候;译果而蒙、耶麦的时候,正是他放弃韵律,转向自由诗体的时候。后来,在四十年代译《恶之花》的时候,他的创作诗也用起韵脚来了……这样从独有的角度体味诗人的写作，对诗人的研究者也是一种启示。

对中国新诗而言，拉近与现当代整个世界诗歌的距离，打破多年的锁闭窘境、为新诗的发展准备成熟的条件，"诗苑译林"中的译诗虽起到了作用，但多为古典、近代浪漫主义时期的作品。面对与世界现当代、尤其是当代诗的脱节，漓江出版社于1987年1月出版的《国际诗坛》，湖南人民出版社于1988年10月出版的《现代世界诗坛》，以其独到的眼光、宽阔的视野，对现代、同代世界上诸多大师、优秀诗人富于开创性的名篇佳构的精良译介，无疑填补了空白，展示出整个世界诗之创造的最新成果，成为中国新诗变革、日近成熟的催化剂，在短短的时间内，让勇于探索、敏于吸收新观念的一些中国诗人对诗的理解和鉴赏力迅速提升，打破陈腐观念，大胆的试验、突破和创新，种种具有艺术新质的写作和探究，让中国新诗一下子向前推进了至少一个世纪，可谓功莫大焉。而这两套丛书，恰恰都由彭燕郊先生主编，由罗洛、或由罗洛北岛为副主编，并分别由30位左右的著名翻译家、诗人为编委编辑而成。我书橱中珍存的八本书，大都精读、细读过，在艺术观念上曾给过我脱胎换骨般的改变，开阔了我的眼界。诸多的诺贝尔文学奖获奖诗人作品的及时译介，世界诗歌史中的名篇如瓦雷里的《年轻的命运女神》等曾读得我如醉如痴，而博尔赫斯、金斯伯格、帕斯捷尔纳克、休斯、素德朗格、茨维塔耶娃、博纳富瓦、狄兰·托马斯、里尔克、布勒东、兰波、艾吕雅等声名卓著、动人心魄的作品，都曾给我留下深刻的印象。去年获诺贝尔文学奖的瑞典诗人特朗斯特罗姆，早在1988年7月出版的《国际诗坛》第2期上，就刊有他的九首诗作。德国表现主义、美国自白派、纽约派，北欧现代诗歌：后现代派等不同诗歌流派的诗观、诗选，都有权威的介绍与颇具功力的翻译。应当说，彭燕郊先生主编的这两套书，对中国新诗吸收新的营养、开拓新的精神疆域，有着不可低估的作用。先生是对中国新诗的发展有着重大贡献的人，那些真正爱诗、写诗者，不会忘记他。

或许，正是因为他几乎与整个世界诗坛同步，与诸多的大师、巨匠倾心笔谈，对诗之理解的逐步深入，对艺术创造无所顾忌的冒险，才厚积薄发，不断地否定自己，将诗笔总是探入新的向度，才有了他64岁又开始的"衰年变法",80岁又重写了十年前的旧作《生生:多位一体》,这四百余行的重要作品,无一丝老迈之气,仍蕴含着勃勃生机,凸现了不可遏止的生命丰富而强大的力量,亦让人领略了诗人生生不息的创造力。

说起来,我深入了解、结识彭燕郊这位诗人,还是在长沙会面之后的事。收到他2007年3月24日赠寄的四卷本《彭燕郊诗文集》,阅读之下,更坚定了我早年的认知。虽然他在短笺中自称这为"一堆杂七杂八的东西,惭愧!惭愧!希望以原谅的心情,耐心给以指点",那实在是一种自谦。这套诗文集,该是我书橱中收藏可时常翻阅、认真揣摩、学习的珍品。

翻看诗文集中的一些黑白照片,我发现少年时的他浓密的乌发下清纯的眼睛、禁闭的嘴唇和尖尖的下颏,没有丝毫笑意的严肃,和老年的彭燕郊相较,似乎是另一个人。而1950年与妻子张兰欣的合影,似乎更为瘦弱,与后来方阔的面颊相异。看来时间对人的塑造,即使在形体上也会留下较大的变化和深深的印痕。

彭燕郊出生于1920年。他的一生是颠沛流离、屡遭磨难的一生。1938—1940年诗人曾是新四军中的一员,在政治部机关工作时开始写诗,并于18岁在胡风主编的《七月》发表作品。当时新四军司令部有个图书室,他狼吞虎咽地读一些世界名著,对文学、对诗,发狂似的入迷,在行军宿营时,在战地不停地写诗。用他自己的话说,他最初的写作便"开始追求文学素质,追求诗美。发现入迷得有些过分,但遏制不住,一味地入迷"。我读着这位不到20岁的诗人所写的作品,深感少年诗人早慧的诗才、诗笔的老成和诗风的纯正,为之惊异。《秋天是我的季节》是这期间诗人的佳作,与那些曾大名鼎鼎的诗人"见不得人的东西"之少作相较,不可同日而语。诗是抗战期间的作品,没有正面描写战争,表达的却是对季节、对乡民、对"血和奶水都没有枯竭,也不会枯竭"的"土地母亲"真挚的爱。诗之色彩明丽、情绪饱满,于松弛、开阔的诉说中充溢着动感和有意趣的细节,而农人"抓起一把谷粒/赞赏着,痛苦地盘算着/能有多少留给自己",以及不足百里之外隆隆的炮声,成为秋天的伴奏,则以极少的笔墨,点明了战争的背景,由意象综合出的主题。这样的诗,是那个年代鲜见的作品。而《村庄被朔风虐待着》这距今六十余年前的诗作,已有了明显的象征意味,朔风凛冽中村庄的肃杀、苦难、凄凉和萧条,在诗人营造的悲壮情境里惊心动魄,而诗尾对朔风的驯服,让其成为号角,加入子弹悠长的啸声,仍让我们感知时代的脉跳。难怪此诗发表之时就得到诗人阿垅的激赏。彭燕郊最初的写作便起点颇高,卓尔不群,让人领略了一位真正的诗人的素质以及蓬勃的创造力。

诗人1940年6月从战地转移至金华。在那里, 他结识了聂绀弩、辛劳、邵荃麟、葛琴,以及心仪已久的雪峰,得到这些前辈的帮助与教诲,并由此下决心将 “一生献给文学——人类争取美好生存条件的崇高事业的一部分”。这期间,他写出了《路毙》这伤兵惨死,散文诗《萎绝》这难民惨死,以及《雨后》、《殡仪》、《半裸的村庄》、《陌生的女客》等一批与诸多诗人相异、特立独行般的诗篇。这是民族战争的深刻背景下,人的生存状态、灵魂和心理状态的发掘,正如聂绀弩所言,是“潜伏在人民的生活底层,心的底层,为一般人所不能看见的东西”,“倾心吐胆地说出他们的朴质的希望”。诗对民众淳朴笃实,以及沉于底层的精神上的麻木、消沉,都有着独有方式的揭示,体现了胡风所说的“从精神奴役的创伤下突围出来,解放出来,挣扎出来,夺取生路的求生愿望”。用彭燕郊自己的话说,则是“从战地回来大后方见到的自私、腐败和麻木,叫人痛心、愤恨,于是愤懑而又愉快地把自己摆到反抗社会黑暗的前哨。厌恶夸大、空洞的‘口号标语’”,“开始对错综纷纭的现实提出‘为什么这样’和‘应该怎样’的不断思考,写了一些似是田园牧歌然而沉痛的篇什”。彭燕郊早期的诗作,没有被当时空泛的激情与直陋的呼喊所同化,他的精神内省、纯正的诗风,独有的艺术个性,有着不可多得的审美价值,因而与大多数诗人相较,因其诗的纯粹从主流时尚中走到了边缘位置,然而,这却是难得的边缘。而1947—1948年诗人被捕入狱,面对沉重的镣铐、生死磨砺,锤炼了他坚韧不屈的人格和意志力。他的狱中诗,其写作自我概括为“已经不愿意让传统的形式上的装饰玷污诗美,而一头栽进泼辣傲兀、不怕粗暴凶猛的风格里,如果说这也是一种罗曼蒂克,想达到的就是喷火和洒血的罗曼蒂克”。在狭小的牢门、难友的呻吟里,他写《早霞》,那是信念和对光明的渴望;他写《人》,铁砧一样经受锤打、用意志的帆驾驭风暴,时刻都不忘记捍卫人性尊严,堂堂正正地活着,坦荡地笑着的人;他写《尤加利树》铁铸的躯干,越过狱墙的挺拔,抵御北风的愤怒悲壮的叫啸;他写以铁的熔液为乳汁的《时代》,万点火星迸射,万道火流喷涌,人被迫从兄弟的尸体上踏过去,巨灵之手拨动雷霆万钧之弦的黎明前的战斗;他写嚼舌碎齿的对敌人的《仇恨》,甚至欲作生命的孤注一掷,"以敌人的血/来解我灵魂的焦渴"……这些用生命写就的诗,是诗人在狱中用芝麻般的小字写在二指宽的字条上,悄悄传出牢房,其精神的神髓已越出高墙与铁窗。故有论者称,他的狱中诗,"以充满圣徒般的人格光辉和震撼人心的艺术力量,成为了中国现代新诗的异彩"。

或许,多年的颠沛流离、饱尝艰辛和苦难锻冶了他的精神意志,1955年彭燕郊因胡风案被捕羁囚,"文革"中重入囚室,他精神上没有崩溃,仍然是诗歌拯救了他。20余年对他而言是"生活的炼狱",然而,被剥夺了写作与发表作品的权利,他却因此"有了个精神收获期,那是用生命之血酿造的无比辛酸苦涩的流向干涸的心的热泪灌溉出来的"。那些在狱中在心里反复默想、背忆的没有文字的"潜在写作",获释后凭记忆录出。这是中国一代知识分子苦难历程复杂且抵达极致的精神写照,是其悲惨遭遇以及长期蛰留于街道小厂的灵与肉的困顿中以诗进行的"精神突围"。正如龚旭东所言:"在人格被践踏、人性被摧残、诗歌沦为精神神学奴婢的苦难时刻,诗歌是如何显示出神奇而神圣的力量,让受难者在艰苦卓绝的坚贞、信仰和持守中,实行精神的突围与不断跋涉的。"

1978年,彭燕郊再次获得了发表作品的权利,他已58岁。一般说来,近60岁的写作者大都已走下坡路了,已失去诗的敏感和创造力,或囿于旧有的写作方式僵硬地重复自己。然而,像彭燕郊这样的真正的诗人则是超越年龄的写得越来越好的诗人,虽然人数不多,但已是大家气象。在大批的"归来者"中,彭燕郊似乎又是一个异数。这是数十年来葆有纯正的诗风、积四十年对诗深入探寻炉火纯青的艺术功力,达到了一种真正自如自足的境界。1978—1984年,诗人井喷般的写作,大都美妙、纯粹、丰富、深挚且明确。如《家》、《盐的甜味》、《一朵火焰》、《完美》、《雨》、

《瀑布》等诗作，皆多姿多彩，于单纯中蕴含着丰富，凝重里透出深沉，该是新时期不可多得的上乘之作。难怪年轻人以为诗坛又升起一颗文学新星，知之者面对这些脍炙人口、独辟新境的篇什称其焕发青春、赞叹不已了。

在这几年彭燕郊井喷般的写作中，他的一组写音乐及艺术欣赏的诗，如《钢琴演奏》、《小泽征尔》、《金山农民画》、《东山魁夷》、《陈爱莲》等，其澄澈纯净、奇思遐想，感觉的细腻，境界之美、感染力之强，堪称最好文字的最佳表达，我甚至认为，同类的作品，和世界上任何大诗人的诗相较也不逊色，亦有自己的独到之处。诗浸透着散文美的写作方式，无羁束的美妙且有节制，看似随意却又精准的语言，将音乐及艺术的微妙处表现得淋漓尽致，如同陷入诗的演奏家的情境之中，令人如醉如痴。

然而，不断放逐自己、否定自己的诗人，对自己这些作品并不满意。在他看来，这些明快、纯净、优美、爽朗的诗作已是太“轻”了，它们甚至因为耽于追求形式和语言的美而有一点儿“玩物丧志”的意味，偏离了精神浪子应有的人文精神追求，因此并非在思想和美学上具有真正现代性和开创性的“新的诗”，并非他理想中的诗之正途。可在我看来，云絮之轻和石头之重该各有其存在的理由，诗人勇于试验并进行创造意义上的冒险是必然的，但我不认为新的探寻就一定会比旧作好，且两种不同质的诗中都会有重要的作品。诚然，那些锥心蚀骨、充满精神痛感的诗是血淋淋地割开自己伤痕累累的心灵，“它证实了：血是稠的，而且冒着泡沫，而且热得烫人，腥得呛人。血是无可掺假的。”可人们需要心灵的抚慰，需要温暖和明丽，两者并不矛盾。诗人的选择，既是勇于创造的选择，也是心境的选择。

彭燕郊这种一以贯之、不被时尚所动的纯正诗风的形成，与早年前辈诗人的教导与指点亦有关系。有时，关键的一两句话则会影响人的一生，是捅破窗纸的天光漏泄般的启示。雪峰在他写诗之初便告诉他“诗要有诗的素质”；邵荃麟亦指出：“现实主义是对现实的态度，这是第一义的。其次，现实是非常丰富的，表现手法也应该丰富。”而胡风常常引用的别林斯基的话：“诗之为诗，首先的要求是诗”这一美学原则，将所写作品是不是“诗”放在第一位。这样的几句话，都曾给彭燕郊以深刻的影响。这在今天看来似乎是常识的说法，多年来，又常常被诸多写诗的人忘记。

彭燕郊以及后来的一些诗人、论者，都将鲁迅的《野草》视为中国现代诗的里程碑，认为是新诗的最高成就，是新诗的精神旗帜。彭燕郊甚至认为，《野草》和波德莱尔的《恶之花》一样是开一代诗风的重要作品，公平地说，和《野草》相比，《巴黎的忧郁》就显得不够分量了。或许，正是文学前辈的引导，以及鲁迅《野草》给予他血缘般的滋养，以及诗人对整个世界现代诗经典的烂熟于心，加之他对诗之痴迷，持之以恒的创新求变，他对诗之深入理解与永不枯竭的诗之敏感和天分融于一体，才有了中国新诗中鲜见的“彭燕郊现象”。总的看来，彭燕郊的写作并非典型的西方现代诗式的写作，他是吸收了现代诗的营养，将现实主义作为诗的精神实体，是一种既有真正的现代意识，又蕴含着深沉厚重的历史内涵的“现代现实主义”的写作。在写作方式上，则是以诗性意义为核心，于诗之总体体现其诗学结构的无羁束、具有散文美的自由体新诗。

诚然，我颇为欣赏其各个时期不同探寻中的一批佳作，但我也认同他注重诗的分量，那种追寻“大诗”的形质兼备的诗之观念。正如他所言：“真正的创新应该是开拓，是向前跃进，而不是炫奇斗巧”，“诗坛不能少的是碧海掣鲸手，而不是耽玩花花草草的等闲之辈”。亦如胡寅于《题酒边词》之论：“及眉山苏氏，一洗绮罗香泽之态，摆脱绸缪宛转之度，使人登高望远，举手高歌，而逸怀浩气，超乎尘垢之外。”

然而，真正能“超乎尘垢之外”的写作，不是宋代的“三苏”，而是当代的彭燕郊。他写于1986年夏，1988年春，定稿于1989年冬的《混沌初开》，是一部令人惊诧的从未有过的开创新诗疆域的重要作品，是古今中外第一位以诗探寻太空之空，以异乎寻常的超拔的想象力，摆脱地球引力，于无际无涯之中让地平线、山峰、大海消失，让一切有形之物消失，让时空、社会、文明以及人的悲欢离合、喜怒哀乐、理性、欲望、杀伐、争斗都失去意义，让个体生命转换为第二我、非我化为一股气流，成为“全光”状态下的一束光芒，已进入一种对生命与人性的超越。那是五色斑斓的混沌之色，以无色为色的寂静，以无涯为背景的气流的波浪形体,敞开的空旷,而世间的一切都不存在了,于混沌中趋向单一的本真。那是幻象、梦境,又是有文字可感的九天之上的快乐,在开创前所未有的宇宙景观中,人已成为结晶体,成为光,再次超越了自己……这是真正的"超以象外","横绝太空",是理想中人的纯粹化,人已与宇宙融于一体。据称,人本来自宇宙的星尘,或许,《混沌初开》便是对人之本原不可知的探寻吧。太空不是虚无,其奥秘却蕴含着种种可能……

如今,彭燕郊先生正如其诗所描绘的那样,其形体真的化作烟尘、气体融入大气之中。可他的诗却留了下来。那些给人以惊异,纯粹、美好能入脑入心的佳作、大诗,如同他生前写就的最后一部长诗的题目一样——《生生:多位一体》,成为中国新诗无法忽视的经典。

忠厚长者严辰

严辰先生已去世多年。对于这位曾扶持过我的忠厚长者,我一直想写一点儿文字予以纪念,可一直没有动笔。我知道,草率地写篇文章是对逝者的不敬,自己沉不下心来,那浮躁的文字,也无法与笃实宽厚、精益求精的先生言行与境界相配。可对先生的怀念,我则一直未能忘记。

想起严辰,我便想起他的慈眉善目,比常人略大的头颅,向后梳理的一丝不乱的疏发已白多于黑,脸上的一团和气,眼镜片后柔软且慈祥的目光,绝没有那种傲慢、霸气和锋利得能伤人的眼神。他话语不多,却实在而有韧性,和他在一起让人感到安全、豁朗,让人不由自主地想和他说心里话,是那种能让人足以信赖的人。在一起几年的时间,我从未见他发过火,即使偶有不快,他也沉默不语,绝不像有的人总是剑拔弩张的样子。他是能给人以温暖的人。

我是在和画家张仃聊天时, 知道严辰和夫人逯斐早年扮成艾青的秘书和随从,一起奔赴延安的,是经过延安这座熔炉锤炼的知识分子、诗人。又在与诗人满锐的谈话中,得知他发表于五十年代初《人民文学》上的组诗,是严辰选出的,先生当时是刊物最早的编辑部主任。还是在我18岁的时候,曾在学校的图书馆借阅过严辰的诗集,并在哈尔滨的书店里买过王书怀的《青纱集》, 当时由人民文学出版社的另一块牌子——作家出版社出版的，集首便是严辰先生写的序言。后来得知，此书的出版也是由先生推荐的，那时严辰先生是中国作协黑龙江分会的副主席。其时年少的我绝对没有想到，十几年后我会在他的领导下一起工作，并颇受他的扶持、信任和爱护。

我是1977年6月28日到《诗刊》报到的，作为《诗刊》复刊时决定从部队调一个编辑应选而来。当时《诗刊》的主编是李季，副主编是葛洛，编辑部主任是孟伟哉。可随着人事的变动，时间不长，李季、葛洛便转任《人民文学》主编、副主编，孟伟哉也去了出版社，这时便由从黑龙江调京的严辰接任主编，由邹荻帆、柯岩任副主编，随后邵燕祥调来任编辑部主任、后亦任副主编。

我刚到《诗刊》时还不满30岁，在这些大名鼎鼎的名诗人手下工作，既感到幸运，也深感自身的浅薄，想在名家的言传身教以及读更多的书来充实自己。编辑里除了李小雨比我略小，作为“小字辈”我一直被称为“小韩”，直至今天，健在的老同志仍然这样称呼我。因而，那时的我总希望自己能“老”一点儿，我太欠资历啦。

严辰刚重返北京时被安排住在北纬饭店。其时诗刊社已由国家出版局一楼的几间房中，迁到虎坊路甲15号的原“鲁迅编辑室”。那是老式的十几间宽大的平房。临街的一侧则是一排每间只有九平方米的小房间，为收发室与调京工作的编辑的住宅。可能由于费用的关系，严辰亦被安排在这里起居，与先后调来的龙汉山、我、王燕生、刘湛秋数家都住在这里。与我们唯一的区别是他有两间房，一间是他和夫人逯斐的居室，另一间则住着保姆，并兼厨房和餐厅。那是只有一砖厚的既不保暖、也不隔热的小房间，放一张床、衣柜和书桌，已没有回旋的余地，夏天像蒸笼，冬天像冰窖。我只记得那年冬天一早起来，倒水时发现半壶水也在壶内冻结成冰。好在我是当兵出身，受苦在那样的年月已经习惯。而严辰仍然一如既往，一脸平和之气。当时给我印象最深的事，是冬天晚饭后，他和夫人穿着大衣，逯斐挽着他的胳膊在大街上散步的身影。因为我所经历的年代，此前从未见过如此亲密的夫妻，况且是年老的夫妻。

由于工作和日常生活都是近距离接触，我偶尔会听到女人们说他们吃得太少，过于精致了，一条不大的鱼也要分成两次烧制、食用。记得那年春节，严辰请独身在京的我和李松涛吃饭，菜肴颇为讲究、精细，但每种数量都不多，啤酒也只有一瓶。这对于惯于胡吃海喝的我们有点儿不习惯，不大敢下筷子，这样精致的吃法似乎是不可思议的。然而，我们还是为先生对部下的关怀和热情深深感动，诚然就餐中显得拘谨，但还是吃饱了。现在想来，那该是严辰先生文明就餐、健康餐饮的一次示范。可惜我并没有记住，此后的餐桌上仍旧放浪不羁，将身体吃出了毛病。如今日渐老去的我，想吃得不精致也得精致了。

和严辰先生一起工作数年，我受益最大的是他在编辑工作中的言传身教，对作品质量要求的严格和工作上的精益求精。记得作品组长将终审通过的诗稿初步编就，他常常并不满意，便亲自到作品组来，问编辑手头还有没有未送审的好诗。有几次刊物的头条都是在这种情况下经他直接选用的。作为主编，在选择那些富于时代感、对现实理解深刻的作品的同时，绝不降低艺术标准。他的编辑意图也是开放的、稳定的、注重创新的。朦胧诗的代表人物北岛、舒婷等人物的作品，也是在他担任主编期间，经邵燕祥等人举荐，出现在《诗刊》上，并引起较大的反响。那时的《诗刊》，办得风生水起，有声有色，具有权威性、现实感，展示了一个时期中国新诗的风貌和水准。自然，从根本上说，这得益于三中全会之后改革开放的大环境与拨乱反正的氛围。然而，没有这样一位具体把握刊物导向和质量的主编，恐也很难把刊物办好。

严辰先生在每一期刊物出刊后，都要求每位编辑细读，并写出评析报告，解析作品的质量与编辑的得失。记得邵燕祥先生告诉我，主编对我的评析报告比较满意，认为稍作整理就可以当成评论发表。这种评刊会我调入《人民文学》工作时也参加过多次。看来这是作协刊物的优秀传统，亦是办好刊物的有效保证。此外，严辰先生还注意吸收大家的意见，绝不独断专行。记得当时一首有关赞颂民主、打破传统思维方式的诗引起了大反响，《诗刊》准备转载此诗，并让我当责编。我认为此诗观念虽好，但艺术水准不高，签署意见时逆了领导的意思，不同意转载，建议可发一篇评论表明态度。最后主编还是尊重了我这位责编的意见。谁说得有道理就听谁的，这才是大家的气度。

1977年，诗刊社派晓钢和我去内蒙古参加自治区成立30周年活动，受到了热情、隆重的接待，我知道这是对《诗刊》的尊重。因为"文革"前，朱德和陈毅元帅都参加过《诗刊》召开的作者座谈会，陈毅还为扩大发行为《诗刊》批过纸。《诗刊》复刊时，新华印刷厂专门有一个"大字本"车间，每期专门为毛泽东主席印10本大字的线装《诗刊》。据称，周恩来总理逝世时，枕边放的一本书便是《诗刊》。因为中央的一些领导人大都写旧体诗词，故《诗刊》是颇受关注的刊物。

当时我正年轻、精力旺盛，下班后常常写作到第二天凌晨，仍无疲乏之意。或许因为第一次去内蒙古，处处透着新鲜，回京后我一口气写了40几首长长短短的诗。写毕后我抄正请严辰先生指点，先生竟一次选了十几首拟发在《诗刊》上。因选得过多，最后在有关编者的调整下发了9首，也足够多了。其他则以《内蒙古纪行》为总题，发表在《人民文学》以及一些省级刊物上。先生这种不尚空谈、务实的工作作风，在扶植后辈时也是如此。

不久，我们的家都搬到了团结湖。那时严辰已不必每天去坐班了，我则每天为他带回当日的报纸，大抵也是每次只坐几分钟，不敢过多打扰。当时，由于一件令我不愉快的事情，我于1981年2月离开了诗刊，到《人民文学》任诗歌编辑。逯斐曾和我说，厂民（严辰本名）是不同意把我调到另一个单位的（非《人民文学》），说费了这么大力气调来一个人，不该送走。可由于当时特殊的环境，他说话已经不灵了。当然，其时已是改革开放时期，谁也无法像"文革"时那样，将严辰写于三十年代的《扫帚星》，说成是攻击四十年代才出现的歌曲《东方红》了。当时的严辰却没有和我说什么，无言中透着自信和淡定，这是个经历过大风浪的人。由于年龄原因，他已萌生退意。我征得他的同意去找调我来《诗刊》的葛洛先生，随后到了《人民文学》。不久，邵燕祥先生亦辞去副主编，挂冠而去。

到《人民文学》后，我仍然时而去看望先生，并在1984年和他以及冼宁一起去云南体验生活。一路上晓行夜宿、颇为愉快。当时刚刚有彩色照片，我最早的几张彩照均为严辰先生所摄，印好后送给我的。后来我出诗集《爱的花环》时，第一次也是最后一次请先生写序言。老人将书稿看得非常仔细、自然以鼓励为主，但也提出了中肯的意见，又颇注意分寸。这篇序言当时发表在还没有改成报纸的《文艺报》上，令我颇为感动。

后来严辰一家搬走了，搬到了安定门，我就不常去了。得知随着年龄的增长他得了脑软化，夫人逯斐也久卧病床，甚至得了褥疮，并先他而逝，将仅有的一万余元稿酬都交了党费，令人感叹、唏嘘。我在第一本诗选出版时曾将精装本送到先生面前，诚然他已患病，仍用手轻抚着书的封面，说出的仍旧是鼓励的话，让我时时想起来，心里都热乎乎的……

写这篇文章的时候，我又从书橱中找出严辰先生1980年3月题签、赠我的人民文学出版社出版的《严辰诗选》，一首一首读着，他的语言在祖国的东南西北以及莫斯科、平壤流动着，那深挚的情感和动人的诉说仍旧打动着我，他在语言里活着。先生是对中国新诗做出重要贡献的人，我们不能忘记他！

主编张光年

1981年2月，我从诗刊社调入《人民文学》杂志任诗歌编辑。当时刊物的主编是张光年，副主编是葛洛、刘剑青，还有与我同时调入的李清泉。刊物的建制与现在不同，主编、副主编之下设编辑部主任，编辑部下设小说组、诗歌散文组，小说选刊组，并另设办公室。刊址在东四8条52号剧协大楼二层的半层楼里。副主编一间，小说组、办公室各一大间，诗歌散文组为两小间的套间，小说选刊组一间。时任编辑部主任的是许以。小说组长涂光群，副组长崔道怡、王朝垠；诗歌散文组组长周明，副组长冼宁；小说选刊组组长肖德生；办公室主任是王欣。

记得刚调入人民文学杂志社时，许以主任和我谈话，让我发挥党员的模范带头作用。我因在诗刊社走得不大愉快，心里还憋着气，便称我不会起模范带头作用，只能把分给自己的工作尽力做好。许以则说这就是模范带头作用啊。看来，她是个能因势利导的中层领导。后来才知道，她是个不怒而威，让组长、副组长及编辑都有些怕的编辑部主任。中层领导尚且如此，一个小编辑，和主编相距太远，也只能远远地崇敬一番了。

刊物的主编是有绝对权威的，编辑部的人都称他光年，尊敬中透着几分亲切。光年的主编是兼任，因为他是中国作协的党组书记、主持工作的副主席，主要精力放在作协的全面工作上，故很少来编辑部，只是偶尔来开次会。记得最近距离的接触是在年末在新侨饭店全社人员的聚餐会上，他一个桌子一个桌子地向每个人敬酒，感谢大家对刊物所付出的辛勤劳动。他虽很少来杂志社，但他对刊物的编辑方针、干部配置却有着总体把握和明确的界定和指示。编辑部及副主编有争议、拿不准的作品，最后都送他定夺。这样的稿子虽不太多，但像刘心武《班主任》这样的一些打破旧思维惯性的作品，都是由他决定予以刊发，刊出后都有着异乎寻常的巨大反响。新时期以来，《人民文学》所发表的那些拨乱反正、引领潮头的作品，几乎都和主编光年有直接的关系。他的那句名言——“不要怕尖锐，但是要准确”，成为编辑部乃至整个文学界所遵循的观念。何士光的《乡场上》，是在“包产到户”尚在争议之中，小说就进行了撼动心灵的艺术表达。应当说，是光年主持的《人民文学》，以强劲的现实性、较高的艺术与思想性，与时代同行、与中国的命运同在的作品，推动了新时期文学的繁荣和发展，开创了一个前所鲜有的文学新时代。那是被称之为破除极左影响、着力于文学重建的年代，大批的作家重新执笔、恢复了名誉、反思、寻根、探索，抚平了伤痕，焕发了极大的创造力。

第一届全国短篇小说评奖，是在作协尚未恢复时以《人民文学》的名义举办的。之后，在作协的主持下，进一步开始了全国中篇小说、诗歌、报告文学评奖，以及后来设立的长篇小说“茅盾文学奖”的评奖。而《小说选刊》亦是在光年任主编期间由人民文学杂志社创办的，后独立出来。对于《人民文学》这本刊物，正如他所言：“凡是扎根于生活，扎根于群众，与群众同呼吸，共命运，帮助群众推动生活前进的，这就是人民的文学。”这样的“人民文学”观，是光年主持的《人民文学》所有编者的座右铭。自然，人民的文学是既不忘记人民，也不忘记文学，实际上，作为主编的光年对作品质量的要求亦是严苛的，他在“人民文学”的事业上做出了改变中国文学基本面貌的贡献。在我的记忆里，经光年主编批示我经手处理的稿件只有一次，那是一位有名气的老诗人的作品，因虽有诗情却过于芜杂，光年批转下来，让编辑精心删削后发表。当时的《人民文学》绝大多数的稿子主编是不看的，皆由责任编辑选出，签写明确的审读意见交组长二审，最后由分管副主编终审，留下待用的稿子退回责任编辑进行必要的删改后，交编辑部主任，每期总体把握则由编辑部主任与轮值副主编决定。送稿是流水式的，编辑可以随时送稿，副主编随时终审，故刊物的积存稿较多，编每期时有充分的选择余地。刊物是非常注重写稿笺的，要求责编对所选稿件既有总体质的把握，也要有具体的分析，甚至需删改的不足之处，这样既有利于编辑业务能力的提高，也是主编、副主编对编辑专业水准的考察。画版时则要求稿件齐、清、定，发稿后除特别需要不能在校样上删改。而每期刊物出刊后，都要开一次评刊会，要求编辑对每篇作品都要发表自己的意见，集思广益，发挥集体的智慧以提高刊物的质量。当然，这些事不必光年主编事事躬亲，但刊物的管理、一些优良传统则和主编的办刊宗旨有着必然的关系。

在我30余年的编辑生涯里，光年是距离我最远、领导主持刊物时间最短的主编，两年多总共也没见过他几次。但他对作品的识见、敢于承担责任的魄力，对作品精益求精的要求，以及由他领导的刊物的优良传统，却深深地影响着我，一点一滴地滋养了我，让我常有对文学的敬畏、自省之心，并促使我从未间断地读书学习，以免成为不称职的落伍的编者。

光年不久辞去了主编之职，党组选择了王蒙接任，副主编则由周明、崔道怡、王朝垠担任。王蒙同时亦是中国作协党组副书记、主持工作的副主席。那时的光年已退休，成为中央顾问委员会委员。

摆脱了繁重的工作，光年则开始写作，写回忆录，并着手研究《文心雕龙》。在我担任人民文学常务副主编的时候，他的秘书住在我家的对面，捎来过两篇他写战时的回忆文章，我自然及时刊发。后来光年捎来一本新著《骈体语译文心雕龙》，我将其珍藏于书柜，时而翻阅，并成为光年主编留下的最好纪念。

光年逝世的时候，我曾去他家中的灵堂鞠躬悼念。他的居所并不宽敞，当年可能还算好些的住宅，与现在一般干部的住宅相比并没有大的差别。屋子陈设简单、朴素，家具亦是较为老旧的，让人感到这是一个对物质生活并没有过多要求的人。但我知道，他的心很累。因为文学界累积下来的错综复杂的关系需要平衡，担子很重。多年来运动频频的斗争之中，伤害别人与受别人伤害是常有的事。当然，我不知道那些残酷的政治斗争的细枝末节，但在文艺界担任过领导职务的人，几乎都逃不过或参与那一次次浩劫。

我与曾担任人民文学主编的光年虽只见过几面，但他的作品我是熟悉的。在中国，有谁不知道《黄河大合唱》呢？这堪称深入中国人骨子里的抗战史诗般的作品，曾激励了无数的中国人投入抗日的洪流；那些年，又有谁没唱过《五月的鲜花》呢？是的，我读过他的诗集《五月花》，也读过他为李瑛的诗集《红柳集》写的序言。据说那是“文革”前中国作协书记处讨论决定为“六小将”出版诗集，并分别请六位老诗人为其写序，后来只出了五本，即梁上泉的《山泉集》、雁翼的《白杨颂》、李瑛的《红柳集》、严阵的《琴泉》、张永枝的《螺号》。早年我读《红柳集》时，光年所写的序曾给我留下深刻印象，其对诗的透彻理解，文笔之美，也只有诗人才写得出来。

在光年逝世的纪念会与《张光年文集》的首发式上，我也应邀参加了。我是光年后辈的后辈，只能心怀崇敬静听诸多长者的发言，默含怀念之心。于这次会议上，我有幸得到了一套光年精装本的文集，使我有了研读其全部作品的机缘。在我的印象里，光年还是一脸严肃，穿着黑色的红都定做的对襟呢子大衣，戴着鸭舌帽，和编辑们一一握手祝酒的主编。

编辑的楷模

在作协离退休老同志春节联欢会上，得知李清泉先生逝世了。听到这个信息，顿时感到心里一沉。又一位前辈离去，令人感慨时间之无情。

清泉先生上世纪五十年代便是《人民文学》的编辑部主任，由于发表李国文的《改选》、宗璞的《红豆》等作品而蒙难。他当年扶植的那些"重放的鲜花"瑰丽夺目之时，他为此付出生命沉重的代价，但其对文学新人竭力的推举，对作品独具慧眼的识见，却为文学界所公认。在没见到他之前，我便听说他下放黑龙江时对业余作者的辅导与点拨；后调《北京文学》任主编，又发现了张洁，并接二连三地推出她的作品。这些中国当代的大作家，都和他最初的披沙拣金的遴选与不遗余力的举荐有关。一些老编辑、老作家和我谈起清泉先生，都有一种肃然起敬之感。而我作为后来者，则是以他为楷模学习编辑工作的，我敬佩其目光的独到，对作品的认真与强烈的责任感。从他的身上，我领会了《人民文学》的编者优秀的传统，对文学的痴情，无畏的精神以及穿越时代的事业心和勤恳劳作、兢兢业业的工作态度。

我是1981年2月从《诗刊》调到《人民文学》，开始在清泉同志领导下工作的。几乎是同时，他从《北京文学》回到《人民文学》担任副主编。两个月后，我陪同他一起去了一次西沙群岛。半个月时间的近距离接触，让我对老头儿有了熟悉的亲近感。那时的清泉先生是瘦弱的，且极度近视，厚厚的眼镜看上去像个瓶子底儿，侧面看上去似一圈套着一圈的玻璃旋涡。尽管有高度近视镜，可他看文字时依然让纸页几乎贴着镜面，让我想到这样微弱的目光看作品竟那般敏锐、准确和犀利。或许，经验的获得是以丧失为代价的，如同他坎坷的命运。

那次西沙之行，我们是乘中央慰问团的专机抵达的，慰问团的成员是战友歌舞团的演员。清泉先生和我以及《解放军文艺》的王中才则是体验生活的混入者。说心里话，和这样的前辈一起出差，我本应是个拎包者，好好照顾这接近失明的老头儿。可想起来自感惭愧，我把他视为领导，怕有拍马之嫌，心理上便有一种疏离感。好在他除了极度近视之外，身体尚好，我和他是全团仅有的十几个未晕船呕吐的人。也是那个时候知道他爱喝酒，每次吃饭时便陪他喝一点儿。他话不多，我亦不善言词，在他随和的言谈举止之间，我也不再拘谨了。

在西沙，给我印象最深刻的是在东岛，海滩铺满几乎有一米厚的失去光泽的螺贝，我拣拾了诸多的奇形怪状的贝壳。可他匍匐在海滩，眼镜几乎贴在上面，仍看不清楚，毫无所得。当我实在拿不了那么多，要扔掉一些的时候，他忙说别扔别扔，要扔掉的都给他，这样我才将形状相同的那部分分出一半给了他。后来回北京，我和他算账的时候，提出所买的那瓶酒每人出一半钱。清泉先生说主要是他喝的，钱由他出，于是我就占了领导的便宜了。其实一瓶酒没几个钱，若同事之间喝酒会不分彼此，可他是领导，请领导喝酒在我的意识里总感觉不对劲儿，所以要明算账、分清楚。事虽如此，但此次西沙之行实际上不经意间已拉近了距离。后来他和我说每期诗歌的篇幅不一定非坚持十页时，我则耍赖似的讲，若诗歌质量不行，一页不要都可以，若质量好，还是要给十页。作为终审的副主编，他是非常信任我这个编辑的，我编的诗他几乎没有枪毙过。

清泉先生终审《人民文学》稿件时，正是刊物最为兴盛的时期，经他和编辑部所有同志的努力，编发了许多有重要影响的作品。他为新时期文学的繁荣，做出了重要的贡献。

他对我影响最深的一句话，是稿件的质量第一，绝不照顾，哪怕是只有几行的小诗也不能照顾，因为虽然只有几行，可一印几十万份，那该是多少？他的这句话是我当编辑几十年奉行的准则。正是对作品质量的严格把关，才保证了刊物水准，才不至于堕落。不管是谁的作品只要不在水准之上，就是不用；而真正的好作品、新人的出类拔萃之作，又不吝版面，连续发表。即使在刊物遭遇经济困难时期，对援助方予以智力支持，也请颇具实力的名作家写文章，这样，既保证了刊物的质量，名家手笔也让对方心仪。偶尔有非发不可的作品，亦大加删改，让其读之过得去。可这样的作品上了版面，也让我心情沉重，似乎有一种犯罪感。

清泉先生后来离开了《人民文学》，去鲁迅文学院当了院长，直至离休。这期间便很少见到他了，偶尔开会或在饭局上见到，我都会言语不多地表达自然的亲切感，或站在他的身后拍一张留作纪念的照片。交流不多，但感到心离得很近。

他离去了。他那双极度近视的眼睛永远闭合了，再也不能张开。可我知道，他是用心看这个世界以及文学作品中再造的世界的，比视力良好的人更能洞察秋毫，更有对心灵的穿透力。他不在了，但他那目光的聪慧、独到，对文学新人的深情注目，对作品质量的真知灼见，却在刊物一代代编辑的识见里留存下来。他是我们将永远怀念的前辈、编辑的楷模、文学的良心。

安息吧，清泉先生！你离去了，你的精神仍旧活着！

王蒙的智慧

对于王蒙而言，无论是其少作《组织部来了的年轻人》所掀起的轩然大波、最早的长篇小说《青春万岁》，乃至后来一系列长、中、短篇作品，都是文学界与广大读者耳闻能详、颇为熟悉的，似不必再说什么。我只想说说在他的领导下工作的点滴感受，潜移默化中所受到的影响和教益。

王蒙接任《人民文学》主编职务后做的第一件事，便是逐家看望了杂志社所有的编辑和工作人员。记得编辑部住在团结湖的几家曾聚在楼前等待，情绪中有些许的兴奋和隆重感。初上任的主编一家一家地与部下及其家属见面，虽然在每家坐的时间不长，但对每个人的尊重、对每个家庭生存状况的了解，无疑让人心生暖意，无形之中也拉近了彼此间的心理距离。对此，后来任副主编的王朝垠曾写了一篇小文章，写王蒙家访时和他的小女儿充满稚气交谈的趣事。

我知道王蒙曾是个"少年布尔什维克"，他最初的写作便充满了锐气与创新意识。之后他流放新疆多年，与维吾尔族诗人、作家以及底层的乡民有着密切且深厚的情谊，这从他写新疆的小说中不难看得出来。或许，从他所接受的纯正教育、少年从政的经历，延续了他的立场与责任感；作为一个涉猎广泛、颇有创造力的作家，他又有着对艺术的敏感和赤诚;而多年的底层生活,长久经历的艰难困苦,又使他与底层的民众有着血肉相连般的情感和联系。因而,他担任主编,对刊物的总体把握亦体现了纯正、颇有创新意识与锐气,并与人民大众血肉相连的编辑意图。

与历任主编相比,王蒙主持工作期间并没有什么离经叛道之举。他曾在会议上反复强调刊物每年要组织几篇有分量的、有鲜明的时代感与现实意义的报告文学。用他的话说,国家拿出钱来办这份刊物,我们总要有所交待吧。因而,刊物上的作品鲜明地体现了新时期以来中国较深层次的开放、变革的形形色色、社会热点,表达了人民的心声。其中一篇写中小学教师生存状态的报告文学,反响颇大,曾引起街谈巷议,让教师们奔走相告,对当时改善教师的待遇起到了促进作用。而《西部在移民》是最早涉及生态环境题材的作品,对西部的自然生态及山民固守贫穷的心理进行了入骨的揭示,深刻、生动且传神,在全国百家刊物联合举办的“中国潮报告文学评奖”中,获十部一等奖的首名。自然,期刊的作品以小说为主,且以短篇小说为主打,也偶发如莫言《红高粱》这样出色的中篇。那是《人民文学》影响与权威性强劲、如火如荼年代。一些德高望重的老作家时而亮相;创造力旺盛、正值喷发期的中年作家的代表作、获奖作品频频发表;而文学新人的成名作、或引领新的写作潮流的作品“横空出世”,令人耳目一新,虽也偶有争议,可“争议”恰恰是打破桎梏、弃旧图新、颇具影响力的说明。而作为综合性文学月刊,诗歌、散文虽篇幅不多,但精益求精,以少许胜多许,亦有颇高的质量和较大的影响。在我的印象里,刊物必要的保守和无边的开放是并重的。期刊固守着其优良传统的精要,但在艺术创造多元的取向上则没有禁区。其实,这也是一个真正有创造力的作家与有作为的编者的必然取向。故一些有开拓性、有艺术新质的作品登上大雅之堂,在某种程度上拓宽了一个民族的精神疆界,丰富了中国文化的内涵。

作为主编,王蒙对作品质量的要求是严格的,他要求编辑能拿到一流作家的最好作品,并注重发现确有创造力的文学新人,对名家的新作有不尽意处亦和作家商量,进行必要的删改,实在质量不强的,则委婉地退稿。记得韩少华的散文《大弥撒之思》,王蒙曾亲自给作者打电话,建议删去大部分，只保留其中的精华，并要求编辑写一篇评论给《文艺报》。作品经删削后确更有意味，凝炼了许多。我作为责编则写了一篇千把字的评论。说实话，我初涉散文评论，自己对文章并没有深刻的领会，也没写出什么像样的看法来。不过，此文却成了我发表在《文艺报》的第一篇文章。对刊物而言，“质量第一”应当说是《人民文学》的优良传统。如果一本刊物打开，只是目录好看，都是名家或声名鹊起的新人，可内文却不是值得一读的佳作，该是缺乏水准的最差编者所为。因为即使是最富创造力的作家，一年之中的力作名篇也不会多。

为了保证刊物的质量，刊物出版一周左右每月都开评刊会，编辑每人必须对全部作品发表自己的意见。虽然偶尔也有隔行者令人哭笑不得的看法，但总体上的具体评析和交流，形成一些共识让每人牢记，既对提高刊物的质量有益，也提高了编辑的业务水平。评刊会后每期都出简报，综合大家的意见予以说明，并对每期的错别字一一列出，起到督促和警示作用。此外，社里还制定了必要的奖惩制度，编辑如果退掉了获每年评出的全国奖的作品，则视为事故，予以适当的罚款。

王蒙任主编期间做的最重要的事情，是对编辑的重新聘任，小说与诗歌散文编辑室总共聘了八位编辑。为保证这些编辑发挥最大能量，予以充分的信任，并公开在会上讲副主编不要轻易否定编辑的意见，编辑则能按自己的想法创造性地开展工作。我作为应聘的诗歌编辑，也就是从那时起，于1985年5月号开始编发大组的诗作，那一期只发了李小雨的《东方之光》和新人于坚的《南高原》，改变了以往诗歌只是每人一两首零散的拼盘，或补白的状况，每期十页左右，并一直坚持至今。在我的印象里，也就在那个时期，《人民文学》打破了不发中篇的惯例，发表了部分质量颇高的中篇小说，亦发表了诸多获全国奖的精粹短篇，使刊物有了明显的改观，亦极大地提高了编辑的责任感与积极性。

与此同时，有近一半的编辑被分流出来，开办了首届“《人民文学》创作函授中心”，旨在培养业余作者，为中国文学输送新鲜血液。那是个文学热汹涌澎湃的年代，招生启事一发出，来自全国各地的报名者汇款单便雪片一样飞来，由于报名者过多，社里人手有限，尽最大力量招收了万余名学员，尚有不可计数的汇款单因超过两个月而退回。那是举全社之力并聘任在京的诸多文学工作者共同参与、作为辅导教师的函授学校，每位教师带一百个学员，每年至少回信六封、为学员审读、修改作品，有好些的作品则写明意见，推荐给函授学校的专门刊物《人民文学副刊》，每年出十二期。而教师的辅导费每月只有40元。当时所收学费不多，但万余名学员，除去必要的开支外，年底还结余15万元左右。王蒙的意见是款项取之于学员用之于学员，在所有学员中选出一百名优秀者到京参加毕业典礼，倾听由诸多著名作家主讲的文学辅导课，将结余款全部用光。首期入学的学员后来涌现出一批作家、诗人，有的已成为名家，至今有着不竭的创造力。

那时的杂志社颇为活跃，时而组织文学活动。新时期首次青年作家创作研讨会，聚集了全国30余位文坛新秀在京召开，并由王蒙亲自主持，探讨写作问题。这些青年作家，后来几乎都成为当代文坛的中坚、实力派，目前多已成为各省作家协会的主席、副主席了。那一年夏天，社里派我外出联系，在大连金州、辽宁兴城海滨连续举办两次消夏活动，在全国邀请40余位作家、诗人聚会，所有经费均由杂志社承担。并告诉大家，这十天时间只是看海、游泳、聊天，不必写作，因编辑部不缺稿，只是增进相互了解，加深情感，以后有了好作品再寄来不迟。其时，刊物每年还开一次编委会，请编委审视刊物，深入地探讨编刊之得失，提具体的改进意见，使编委不只是一种虚设的名誉。王蒙还鼓动编辑多出差，只要有邀请就去参加各种文学活动，用他的话说，让“人民文学”这几个字在全国各地经常出现，既扩大了刊物的影响，又密切联系了作家与文学爱好者，何乐而不为？

王蒙是爱护作家的。或许他对20多年被流放的经历深有感触，十分理解被划入另册，不断被批判、挨整的境遇。不过，我还是相信他本质上是个善良、心软的人，还是人的本性在起作用。不像有的人，自己也难免挨过整，但整起别人来却又从不手软。王蒙的目光是平和、睿智的，脸上常有一种淡淡的微笑，绝没有我领略过的、冷酷的带着杀气刀子一样锋利的眼神，以及眼珠的转动里透出傲慢和不知从哪里借来的霸气。诗人叶文福当时被批判后，全国所有的报刊都不再发表他的作品。其实有关部门并没有禁载他作品的通知。后来叶文福写了一部歌颂工程兵优秀共产党员的长诗《穿满弹洞的旗帜》,在《人民文学》发表后,才无形中解禁。当过红卫兵的徐刚,在被审查期间,他所在单位给全国各报刊发信,称在“审查期间本报不发表他的作品”,可在审查之后并没有大问题的徐刚,由于那封信的作用,仍没有报刊敢于问津他的作品,仍是王蒙主持的《人民文学》发表了他解冻的《九行抒情诗》,才又开始了正常的写作生涯。

记得有一天,王蒙对我说:“有一件伟大的事儿,你做不做?”我说那得看是什么事。他说据有人反映和他的了解,诗人曲有源被抓了两年多,不判也不放,确实是冤枉的。问我能不能去长春组稿时顺便了解一下吉林文学界对此事的反映,回来写一份材料?我则明确地回答我做这件事。随后我去了长春,组稿间我见了公木、鄂华等老一辈诗人、作家及一批中青年作家,其间谈起曲有源的事情,群情激奋,异口同声地称是一桩冤案。回来后我写了一份调查材料,陈述了一些事实与作家们的反映,但用词较为尖锐,亦渗入了自己的激愤之情。王蒙看后对文稿做了删改,对我说:“咱们为了解决问题,别写得那么刺激。”这份材料后来由有关部门发了内参送中央政治局,中央有关领导批示后仍没有见效。此后又经吴泰昌托人转给主管政法的乔石同志,明令立即放人,才有了结果。曲有源走出小黑屋后到京,已由英气勃发的诗人变成默默无语、神情黯然的谨小慎微者,令人感叹、唏嘘。

王蒙对编辑既信任而又要求严格,尤其在业务上更为挑剔、苛刻,让编辑不敢懈怠。一种似有似无的压力总让你自省、思考自己的不足,乃至更认真地读书、学习,惟恐落伍,与这本刊物不相称。记得我从团结湖搬到和平里新居之后,他曾问我,条件怎么样?我则欣慰地说,我终于有一间书房了。他也为我高兴,那种关怀是热诚而细微的,他虽然在重要问题上也谈大道理,但处理具体事情时从不正襟危坐、高高在上,批评人时也带着幽默、调侃的语调。他称呼不大规矩、时有出格之举的杨兆祥为杨匪兆祥,调侃中亦有一种约束。编辑部偶尔有人阴错阳差地出了点儿男女关系问题,闹出颇大的风波,他则生气地讲:这是什么事吗,没那个本事就别做这种事……

王蒙是出色的小说家,也是散文家、诗人。他曾在一次会上讲过:小说是身体,诗是灵魂,杂文是牙齿。我曾转述过他的观点,又画蛇添足地加了一句"哲学是骨骼"。其实在我看来,真正好的小说家都是钟情于诗的,有的本身亦是很好的诗人。正如朱光潜先生所言:"一切纯文学都有诗的特质","如果对诗没有兴趣,对于小说、戏剧、散文等等的佳妙处也终不免有些隔膜",不喜欢诗的人"文学趣味必然低下"。王蒙在一次率几位诗人访问西欧后,曾写了一组诗,兴奋地称同行的诗人称他的诗"已介于北岛和舒婷之间",让我看看,发在哪里合适,并称《红岩》的杨山曾向他约稿,我则顺水推舟地说那就给《红岩》吧。本来那诗质量并不低,可以发在《人民文学》的,我怕主动发主编的诗稿有"拍马屁"之嫌。说起来,王蒙获意大利国际奖的作品不是他的小说,而是长诗《西藏》。他出版的诗集《旋转的秋千》曾送我一本,读过之后我发现确有一些好诗佳作,并不亚于当下一流诗人的作品。其诗的飘逸和多义性,亦隐约蕴含于他的某些小说和散文里。他是个真懂诗的主编,这是诗歌编辑的福气,让一个不懂诗的人来定夺诗的取舍,常常让人沮丧,难受得你只能叹息,无奈地如自由落体,只能随它去吧。记得王蒙出任文化部长之后,仍兼任一段时间的主编。一次,我收到他打来的电话,说他看过的那期刊物,整体上小说质量不高,但每组诗都好,并说谢谢我。我在感动之中只能说这是我的职责,不必谢的。与此同时,他把另一家大刊退掉的此期邹静之的《关于艾滋病》推荐给外文版的《中国文学》,译成外文介绍到国外。可见他在繁忙的工作之际作为主编仍关注着刊物,每期必细读的。

后来王蒙不再兼任主编,可他在文化部长任上想来该何等繁忙,可让我惊异的是他仍旧新作不断,始终没有搁笔。这自然是其精力旺盛、创造力无法抑制之故,可没有高超的领导艺术恐也将陷入事物之中而无法自拔。这也是他的聪慧之处,该管的事一定管好,不该管的事则放手让可信任的人去管,所谓提纲挈领,让机构转起来,他则应对自如。他毕竟是作家,作家没有作品而忙于事务,便成为真正的官员和活动家了。

王蒙不再兼管《人民文学》之后,便很难见到他的。偶尔在会议上或其他场合见到他,我自然主动向前问候,说上一两句话。他仍旧是老样子，关心地问我的状况。不善言辞的我和与自己距离过远的领导，诚然我内心尊重，大抵也敬而远之，怕打扰了人家。

那年《人民文学》的领导班子有了调整，可能由于我的配合不力，妨碍了别人施展，据说已决定把我调到《中国作家》任副主编。知情人后来告诉我，当时只瞒着我，说先让我过个好年，年后就调走。可奇怪的是，年终总结时党组书记到杂志社来，在大会上突然对我大加表扬，称让这样优秀的编辑到处为刊物的生存奔走，无法一心一意地编刊物，是不对的。临走时与一向不熟悉的我热烈握手，称有时间一起喝酒，令我诧异，亦让有的人目瞪口呆。事后才有人告诉我，调动时征求王蒙意见时，是王蒙称这个人不能走，他支撑着《人民文学》一半的局面，因此我才得以留下来。这件事我一直感念在心，但以后见到王蒙，我们都没有提起这事。

目前，我也退休三年多了。在北戴河、在电视上偶尔见到他，精气神依旧，且新作不断，看起来面容已有沧桑感。虽然我相信他的心理仍旧年轻，正如陈敬容的诗所言，老去的是时间。

而王蒙最令我敬重的，是他的“有所为有所不为”，一位服从于内心的有良心的作家才是一个真正的好作家。

淡远中的亲切——邵燕祥先生小记

我和邵燕祥先生同住一栋楼已十余年。这栋中国作家协会的宿舍楼住的几乎都是熟人,但因熟人们都有自己的生活习惯与写作方式,除非有什么必须要见面的事情,大家都互不打扰,不串门的。这些年来我只去过燕祥家一次,还是因为我们共同的朋友满锐先生从美国归来,难得一见,才陪客人登门坐了一会儿。诚然,燕祥先生是我为数不多的颇为敬重的人之一。我们只是在来去时的电梯口、路口时而见面,有关切的事时停下说几句话,大都会面时打个招呼,相互一笑而心领神会。和楼里的多数人一样,住一栋楼不常见面,外出开会或参加一些活动时倒常聚在一起,有几天朝夕相处的日子。

燕祥先生是我年轻时就熟悉他的作品并仰慕的诗人。年轻时我喜欢诗中漂亮的句子,像他的诗中"那是太阳在江心洗它的翅膀",曾令我心动神怡。我知道他是早慧的诗人,十几岁就发表作品,年纪轻轻就已名满天下了。新时期之后,曾被打成右派沉寂二十余年重操诗笔,他才人到中年,然而诗却越发成熟而有意味。记得我在《诗刊》当编辑时,看到他寄给编辑部的一些手稿,字体清秀且潇洒,而《雪落在小兴安岭》的诗题以及重情境的内涵,三十余年了,至今仍给我留下深刻的印象。当时《诗刊》缺一位编辑部主任,主编严辰征求大家对人选的意见,晓钢和我都认为燕祥先生合适。说起来，燕祥这位领导者还是我们主动认定的。事后不久，他便升任《诗刊》的副主编。

那是新时期以来《诗刊》最为兴盛且颇有权威性的时日。全国新诗座谈会邀请了全国几十位沉默了多年的诗人莅临北京，打破了人身和心灵的禁锢，以艾青为代表的“归来者”都开始放开喉咙歌唱，并组织了诗人访问团访问南海以及大庆、鞍钢。不时举行的诗歌朗诵演唱会一票难求，动人心魄的诗句常常引来经久不息的掌声。公刘、白桦、蔡其矫、梁南、孙静轩等诗人纷纷亮相，并写出了有颇大影响的诗篇，进入一种写作的喷发状态。而雷抒雁、叶文福、曲有源、傅天琳、叶延滨、张学梦、杨牧、梁小斌、梅绍静等青年诗人亦出手不凡，均写出了代表作及轰动一时的作品。其时尤可称道的，是《诗刊》对新诗潮的接纳，舒婷、北岛、江河、杨炼、顾城的诗作，先后在《诗刊》刊载，这与燕祥先生有直接的关系。而上述多数人参加的首届青春诗会亦产生了颇大的影响，后成为《诗刊》的著名品牌，被青年诗人视为诗坛的“黄埔军校”……

与燕祥先生一起工作的日子里，我是深受教益、收获颇丰的。在我的感觉里，他是个很少说话，但工作极其认真、细致的人。他总是用自己对作品、作者的尊重，对诗作取舍的慧眼和识见，对编辑的信任，或以自己作品的犀利锋芒、深厚、凝重、独有的感受和发现，于无意中教育、影响着我。即使说话，他的声音也是轻声细语，是一种润物细无声的能浸透心灵的表达，常用事实和微笑令人折服。

作为编辑，能遇到一位真正懂诗、确比自己高明的领导是幸福的。他不会判断得离谱，对一首好诗看不出好在哪里，也不会驴唇不对马嘴地信口胡言，让你删去一首诗中的精华，或选留与诗没有关系的文字，以为权力就是标准。在燕祥的领导下工作，你能心情舒畅地发挥自己的能动性，于潜移默化中提高自己。

记得有一次，我读过何其芳一首后期写的不算好的诗，便年轻气盛、大言不惭地说何其芳不是一位好诗人。第二天，不声不响的燕祥先生递给我何其芳早年的诗集《预言》，晚上回去读后令我大为羞愧，深为自己的轻狂和无知而懊悔。此后，我再也不敢轻易地对并不熟知的诗人下结论，亦不敢小看任何一位诗人，因为确有写作平平的投稿者，其后忽然在某一天跃上一个新的高度,不得不让人刮目相看了。去年和杨炼等诸人一起吃饭,我说起和他1977年同去内蒙古参加活动,后曾收到他写得很一般的投稿,我开玩笑说应当把那些诗留下来,让他花巨资买回,不然,就把他穿开裆裤般的写作重新亮出来,可惜都当废纸扔掉啦,说得我们抚掌大笑。而我,恰恰是从杨炼脱胎换骨的写作中,知道该尊重每一位写作者的。而这,和燕祥先生无声的点拨亦有关系。

那一年,陕西人民出版社约诗刊社编一本数年来发表在《诗刊》上的诗歌选本,任务落在了我的头上。当我请示领导如何编选时,燕祥先生说就按我自己的想法编吧,我的想法自有我的道理,对我充满了信任。我经过反复掂量、斟酌,颇认真地完成了任务,可因为选本内选了一首曾被批评的诗,气候有些变化时书才出来,出版社竟将这本书销毁了,让我白忙活了一场。责编偷偷寄我一本留念,这本名曰《在浪尖上》的诗集倒成了孤本,值得珍藏了。后来我把它送给了专门搜集新诗版本的刘福春。

1981年2月我调离了诗刊社。不久燕祥先生也卸去副主编之职,专事写作了。那时我们见面不多,只是时而在报刊上看到他的诗以及文笔犀利的杂文,或偶尔经手发表他拿给《人民文学》的出色的诗,为刊物增辉,相互间也是简单明了关于稿件处理的信件来往。燕祥先生让我心灵有些许震撼的事情,是他出版了一本《人生败笔》(我没有看到此书),这种揭自己的疮疤,该是有着忏悔意识的做法,白纸黑字重新公之于众,是一种有大勇气的自我批判,和那些当年曾大打出手、残害同类事后却装成没事一样永远正确的人相较,不可同日而语。燕祥亦是个重感情的人,我知道他每年都去看望患脑软化的严辰先生,且必带严辰喜欢吃的熟猪肘。他写的一些散文,写与文友诗友的交往皆情真词切,即使是些微琐事,读来也令人动心。

当他搬到华威北里作协宿舍楼时,我们便时而碰面了。我看他骑着自行车匆匆来去,似身体还不错。有几年他每天接送小孙女,推着自行车,来来去去,风雨无阻,仍是那么从容、耐心,不声不响地尽着对隔辈人爱抚、养育的责任。可后来,他病倒了,做了心脏搭桥手术,出院后我才知道。看着原本文弱的他更加瘦弱,我在路上和他聊天,说没去看望心里不安。他却说手术后身体太弱，需要静养，不去看是对的。后来一次会议时，他问我是不是还吸那么多烟，我回答后他说我是在“作死”，告诉我该节制，注意身体啦。

去年五月底，我去湖北鄂州时登凤凰台，在台上后退时不慎结结实实地仰面摔倒在石头地上，乃至脊骨胸椎第11节压缩性骨折，回来后因没有及时处置骨伤加重，故遵医嘱在床上静躺三个多月。后来能活动时出门晒一会儿太阳，拄着老友徐刚送我的拐杖，有一天在电梯口碰到了燕祥，未及交谈，第二天便收到了他送我的一本随笔集《闲情》，并附一短信——

作荣：

我竟不知你受伤卧床。昨看你拄杖出电梯，一愣，后来问童欣，才知你手术过。能起而行，就是愈后不错。

我〇七年心脏搭桥后，才懂得了人要服老。年纪不由人。你也过了六十。经此一劫，凡事注意则有益无害。其实，人过四十就该讲点保健养生，现在留意，犹未为晚。

给你本“闲书”解闷，养病嘛，心也要“闲”。

好，祝

健康！

小郭好！　燕祥

七月十九日

二〇一一

收到书与信后我颇为感动，为危难之中的关切与叮嘱而心生暖意。自然，还有一些多年的朋友、同事皆来看望、打电话问询。人在脆弱的时候，对关爱有着更为深切的感受，非一个“谢”字可以表达得了的。而燕祥的这本书，倒是我其时翻阅、养身亦养心的读物了。

是啊，我都60多岁了，燕祥能不老吗？近年来，他的耳朵出了毛病，恐怕是不只耳背，更不只是他多年的耳鸣了。和他说话，他只是对你笑着，其实他已听不清楚你说些什么。早年他住闹市区，车声盈耳，他还设想该有一个“塞听器”,像游泳时的橡皮耳塞那样隔绝喧嚣。后来伴他多年的耳鸣,如同蝉鸣与金属音愈静愈响,只有开口说话时才忽焉隐去。可近年他视力茫茫的同时,听觉也遽减,耳朵似已快成摆设了。这诚然交流不便,但也落得耳根清净,听不到那些套话、假话、屁话,静听自己内心真实的声音,不受外界纷扰,专心做一点儿自己喜欢做的事儿,也未必是坏事情。

去年夏天去北戴河创作之家疗养,就餐时总和燕祥夫妇挨在一起。偶尔聊几句,我都对着他的耳朵大声诉说,他还听得见。由于我不喜细嚼慢咽,吃得快,加之糖尿病控制饮食,每餐不超过十分钟便第一个离去。燕祥则告诉我,每口饭必须嚼二十几下才能吞咽,不然对胃不好。我试着多嚼了一会儿,可坚持不了多长时间,又习惯性地囫囵吞食了。

哎,燕祥,你总是关心、叮嘱我,可有些毛病,改也难。

对于燕祥的诗已有诸多评介与专论,我也谈不出什么新看法。这几年我每期为《西湖》杂志的诗歌栏目写诗的评点,对于他的近作《北纬30°线》曾写过一点儿文字,现抄录如下,为此文作结——

燕祥先生是我十分尊敬的诗人与长者。因为他的诗,也因为他人格的魅力。

我惊叹其诗的风骨,笔端的犀利与自省的真诚,思想的深邃、透彻以及艺术上独到的感悟与理解。持之以恒的不竭创造力,诗料无所不入的精微与开阔。他的诗,既有刚直不阿、特立独行的动魄惊心的穿透力,亦有素朴真挚、梦绕情牵的爱的真谛与温文尔雅。他是个愈老愈发金石之声的诗人。

《北纬30°线》写的是“痛苦永存”的人类的命运。是无法预知的天灾与人祸交织的世界。诗不是带有神性的预言,而是将自己与现实所经历的迷途和谬误深入地揭示出来,疾呼“天地间/灾难正在临近”,描述了深深的宿命感和诗的无力。然而,诗的背后却是大悲悯和对整个人类的爱。

诗人叶文福

文福有一张生动的脸。所谓“生动”,自然是极富表情,七情六欲皆溢于言表,不遮不掩,单纯得像个孩子。

一到会场或朋友相聚,只要是出头露面,他都很注意修饰,穿着那件丝质暗花的中式对襟袄,刮掉满脸的络腮胡子,把下巴、双鬓刮得铁青。可刀片有时不听手的操纵,手又不听心的意愿,于是那脸便被刮出一道道血痕,触目惊心,像他的人一样,自己常常管不住自己。他的典型动作是横眉低首,随后是头发向后一甩,做仰天长啸状。而那张脸,时而眉头紧皱、长吁短叹,时而涕泪横流、满面雷雨。当然也有阳光朗照的时候,那便不仅是喜上眉梢,连嘴都难以合拢,皱纹像花蕾竞放一样开得肆无忌惮。可他最可爱的时候是那种难为情的样子,眼睛不大敢看人,嘴角半开半拢,是一种未说出来的笑嘻嘻的“不好意思啦”。而更多的时候他是不修边幅的, 我曾和他要皮球的女儿开玩笑说:“把爸爸的脑壳当球拍吧。”他的女儿却说:“那不扎手吗,那么多胡子! ”

和文福相交近30年,我和他是无话不谈的挚友,他的一颦一笑,一个动作、眼神,我都知道他在想什么。但过于熟悉也是一种遮蔽,直到今年春节我才发现,他们夫妇两人站在一起,他竟然比夫人矮了几公分。当时我想,为什么30年常常见面却未觉其矮?究其原因,是心理上一直把他置于高处,他的狂狷之气、赤子之心、先声夺人,那种居高临下的孤傲之态让人不敢小视,且一被那张生动的脸所吸引,我便忘记了其他。

记得第一次和文福见面是1971年岁末,工程兵在北京阜外大街6号的招待所举办文艺创作学习班,那时我是刚入伍两年的新兵,而文福则是1965年入伍的老兵了。老兵自有老兵的样子,他最初给我的印象是谦诚、外向,热情而执著,粗中有细。当时我印象最深的一件事,是他把餐桌上别人掉的饭粒一粒一粒拈起来放进自己的嘴里,做得大方、自然,让我深为感动,也由此推定他家在农村,出身贫寒,该是挨过饿,懂得珍惜粮食的人。

日后大红大紫、声名如雷贯耳的叶文福, 当时是胆怯且极为虔诚的。创作班后期,我和他一起去报刊社送稿,我们俩对自己的诗都缺乏自信,心情忐忑不安。在路上,他和我说:"这些诗,能用一首我就满足了。"那确实不是虚心,而是心虚。可日后不久,《解放军报》副刊便发表了他的一首长诗《醒来吧,沙漠》,紧接着,1972年5月的《解放军文艺》复刊号上,又发表了他的一组诗作。那是文学尚未复苏的年代,当他用钢锹"为大地挖一个深深的耳朵,扯着它,大叫一声——醒来吧,沙漠! "给人的印象极为深刻,这样的诗在当时可谓凤毛麟角。而其时刚刚复刊的《解放军文艺》是全国唯一的一本文学刊物,发行近百万份。于是,诗人叶文福声名鹊起,格外惹人注目。

惹人注目,便多有传说。有人说他在理发时,刚剃了半个脑袋,便大叫一声停! 在理发师瞠目结舌时,他已掏出小本子,记上刚涌到脑子里的诗句;还有人说他坐长途汽车经黄河大桥时,又大叫一声停车,随后把脑袋探出车窗,吟哦着"黄河啊,你慢些流",令人啼笑皆非。1972年,刚复刊的《解放军文艺》因人手紧缺,借调部队的作者到编辑部帮助工作,叶文福是第一个被借调到诗歌组的人。当时的散文组长王中才告诉我,那时的叶文福每天写诗写到深夜,早晨爬不起来,上班的班车在窗外按喇叭,他才从梦中惊醒,边穿衣服边从窗口跳出来去上班。在班上,他也坐不下来,而是蹲在地上,把一大摞诗稿分门别类,摊得满地都是,待有人开门,室内空气对流,便把诗稿吹得在空中乱飞,弄得他手忙脚乱。惹得李瑛笑着说:"这个叶文福,帮忙帮忙,越帮越忙。"

文福的诗中充满阳刚之气，可在施工部队中，他却不是一个好士兵。他举不起凿岩机，当不成风钻手，他甚至搬不动大石头，把一块石头移来挪去，也装不进斗车。当战友顺手把他搡到一旁，轻而易举地把石头举起来的时候，他感到了深深的羞愧。于是，他只能当爆破手，往炮眼中装炸药，当捣固手，把一双手捣得稀烂。或许，正是这种羞愧加深了他对士兵的敬重，逢山开路、遇水架桥的生活形成了他对大山的依恋，青春的锐气、疼痛感、战友的手足之情、单纯与热爱，都倾注在他的诗行之中，生成了排炮一样具有爆炸力与冲击力的作品。1977年，复刊不久的《诗刊》以《山高水长》为总题，接二连三地发表了他的几组诗作，青年诗人叶文福开始了他创造力最为旺盛的时期，随后，天津人民出版社出版了他的第一本诗集《山恋》。

其时，我们都已调到北京工作，文福由师宣传队调至工程兵文工团创作组，我则先到解放军报社，后转业到诗刊社。因此，我与文福，以及徐刚、李松涛等诗友便常常聚会，把酒谈诗，谈得痛快淋漓，喝得昏天黑地。喝酒时偶有讨饭者站在身后，文福便找来一个凳子，让讨饭者坐下，并另要一份饭菜请其食用，没有丝毫嫌弃之意，心里却充满了怜悯与同情。

朋友们在一起，称他为叶疯子，戏称他为“文痞”，实在是因为他情绪无常，把持不住自己。由于单身在京，每年除夕夜都要到朋友家过年，可每年的叶文福在年三十都要大哭一场，哭他的母亲。文福的父亲64岁时得了他这个儿子，他幼年丧父，全靠母亲拉扯大。他是在湖北蒲圻乡下长大的，每天早晨，都会听到铁轱辘车碾过石板路的声音。贫穷困苦的童年、少年，如同石板路上被碾出的车辙一样，在他的心里留下深深的伤痕。在部队“忆苦思甜”的时候，他曾经谈起父亲病入膏肓，再也无力还债，万般无奈，只好把他的母亲典当出去半年抵债的经历，听得宣传队的女兵痛哭失声。他发誓要在部队干出个样子来，给母亲以安慰，给乡亲们看看。可他当兵5年后刚提干，母亲便去世了，满含悲苦的他借了一件四个兜儿的军装，星夜赶到母亲的坟前大哭一场，又含泪把为母亲买下的银耳，一朵一朵在坟前烧化了。

在文工团，叶文福住的是一楼楼梯下的一间昏暗的房间。我每次到他的居室去，第一件事便是打开窗子换换空气，因为满屋臭袜子的味道十分恶臭，连我这个不洁的人都难以忍受，也不知道那些诗行在这样的环境中如何生成，或许是施了肥才长得那么好？

这是个把心灵之门向朋友完全敞开的人，对我而言他没有秘密。他把妻子写给他的信全部拿给我看，那些信，除了一两封有亲热的言词，几乎所有的信件都是在纸上吵架。两个人有10年的信件吵架史，谁也不服谁，似乎都有道理，其实两个人之间并无理可讲，直到最后离婚，谁也没有征服谁。其实他的前妻是个很好的人，只不过两个人都心高气傲，看来两个好人在一起也未必能组成一个好的家庭。

他和我讲过他的初恋，有情人未成眷属的初恋：那个痴心的姑娘在即将结婚时，千里迢迢跑到部队找他，希望在婚前把自己的身体献给至爱的人，可作为军人、爱她的人，他只能拒绝，只能让姑娘痛哭着离他而去。他是个粗糙的人，他没有发现一个女兵常常一夜一夜地在窗外徘徊，望着他长夜不熄的灯影，直到她转业归乡之后才写信袒露那已无望的心声。

诗人叶文福产生巨大影响的作品是他的《将军，不能这样做》，这首长诗在《诗刊》发表之后，又有一些报刊转载，令上下震动，一时间洛阳纸贵，街谈巷议，一首诗的影响远远超出了文学界，当时识字的中国人，不知道叶文福者几乎不多了，就在今天，一些崇拜者仍能大段大段地背诵这首长诗。

说起来，为一位为革命流过血的将军盖一座小楼居住，应当是可以理解的，即使是拆掉了幼儿园，如果重建一座更好的幼儿园也无可厚非。尤其在今天看来，这样的事和一些贪官污吏的巨大的贪婪和丑恶相比，是不可同日而语的。可在当时，“文化大革命”刚刚结束不久，普遍生活清贫的中国人觉得“坐沙发”都是资产阶级生活方式，“一座小楼”便足以令人瞠目结舌了。所以这首诗的影响并不在诗本身，而是政治性、社会性在起作用。我也曾想，如果不用分行排列的语言方式来表达，这样的事件用新闻或杂文的方式在当时披露出来，也会引起强大的震动，自然，我也认为就诗而言，用诗的形式写事件，写到这个程度已颇为不易。

那时的“叶疯子”真的有点儿疯了，他的虚荣、好胜、好表现自己的“特色”迅速膨胀。在我的印象里，他口无遮拦，怎么说刺激，怎么说效果好他就怎么说。他到处讲课、朗诵、被邀参加会议，一时间红得发紫。朋友们当时都有些担心，常常在喝酒时敲打他，让他好好写诗，少发议论，他也常常被朋友的关心感动得伏在桌子上痛哭，可哭归哭，过后依然故我。

叶文福大出风头的事，是八十年代初期，《星星》诗刊评出“中国十佳青年诗人”，他以诸多的选票当选。在此之前，他已荣获全国中青年诗人奖以及第二届全国优秀诗集奖。

据《星星》诗刊的朋友讲，那次发奖大会由于叶文福的出现而异常火爆，黑压压的人群把会场围得水泄不通，青年诗人叶文福赢得诸多青年女性的青睐，成都的女青年、女大学生们在发奖会后不让他离开会场，像一大群马蜂一样冲上去，吻得他满脸都是口红。工作人员好不容易把他架到车中，一只只藕白的手臂又把小本子递到车中请他签名。于是叶文福龙飞凤舞地在一个个本子上只写一个繁体的“葉”字，随后抛出车外。女孩子们对只写一个叶字不满意，坐在一旁的叶延滨开玩笑说：写全名吧，一个叶字人家还以为是叶延滨，此叶非彼叶也。

一个诗人的出现引起如此轰动，这在历史上恐怕也是罕见的。发奖会的当晚，叶文福的住处几乎被踏破了门坎，人群来来往往、络绎不绝，求其签名的、请其指导的、要为他按摩的，甚至只想看看他的，男男女女，送走了一批又来一批。当时在全国颇为走红的、一同被评为十佳青年诗人的北岛、杨炼竟受到冷落，在叶文福的“光芒”下黯然失色。

从本质上来说，一个诗人受到青睐，引起广泛的关注，是其作品和民众的心态以及审美需求契合有关。真诚的赤子之心，单纯、飞蛾扑火般的对真的追寻，煤一样“我要燃烧”的炽烈的情感，以及鲜明的爱憎、道德感，那种极强的现实感与浪漫气息，适合于朗诵让人一听就懂的表达方式，独特的具有强刺激的语境，当时的社会背景等等，是叶文福的诗取得成功并产生巨大反响的因素。在有的诗人眼中，比如杨炼，就说他写的不是诗。可叶文福执拗地坚持自己的写作方式，作为对杨炼的回答，会后他去重庆时，写下了《我不是诗人》——“我是农民的儿子，拿枪的士兵”,“憨得可爱,笨得可怜,傻得天真”,“是的,我不是诗人——但我是崖畔青松，有风雨我就有怒号/我是深山流水，有不平我就有歌声”,“我歌唱汗水滴进泥土里萌生的思考/我歌唱开拓者脚趾撞破的血痕”……

我和叶文福共同参加过多次诗歌朗诵会，每次诗歌朗诵会的高潮多为他的椎心泣血之作所引发。在台上,他总是低着头从幕后慢慢走出来,慢慢地来回踱步,有三五分钟的时间才在麦克风前站定,却欲言又止。他用迟缓和沉默、低首横眉制造一种逼人的气息、罕有的宁静,然后头发一甩,昂首长吟。他经常朗诵的诗是《祖国啊,我要燃烧》,激情的喷发,回肠荡气的舒缓,连珠炮一样迅疾的节奏,以及声嘶力竭的嚎吼,交错重叠,形成一波一波的冲击力,待他在悠长的、渐渐减弱的啜泣声中结束诗行,已跪倒、瘫软在地,像煤炭燃烧后的残灰。但这时,则引来暴风骤雨般的掌声。就我看来,他朗诵之初颇有表演的性质,他谙熟观众的心理,能把他们抓住;可一旦进入他自己创造的情境之中,他则能忘掉一切,旁若无人,只留下生命本身的状态、诚挚和单纯,或许,这正是他的朗诵真正动人之处。当然,他是文工团出身,演过戏、会作曲、会拉琴;诗人的天分和表演融于一体,让单纯的诗人和演员相形见绌。如同他讲课,首先背对学员,双手平伸,连同躯体伏在黑板之上,像受难的耶稣,这时候,他是演员;可他转过身来,谈诗歌写作时,他是诗人。

文福的声望日增,与他写作的刻苦、认真也有关系。因为是朋友,我常常是他作品的第一读者。他有反复修改诗作的习惯,有的诗发表出来时,已与初稿面目全非,且多数诗都是改得越来越好。他是个全身心都投入到诗歌中的人，在他的眼里，似乎世界上每个人都应当和诗歌有关。在旅途上,他常和素不相识的人说自己是诗人,大谈其诗,也不管那人想不想听;在饭店的酒桌上,他常常离座而起,大声背诵自己的诗作,惹得满厅的就餐者投来诧异的目光,觉得他“有病”;甚至有的朋友开玩笑说:文福每见到年轻的女孩子,都会说,“你要写诗呀”! 就在不久前,我和他一起去邯郸参加一次诗歌朗诵会,晚上到卡拉OK厅唱歌,唱得兴起,他便在大厅里独舞,随意地变换舞姿,跳那只有他能跳出来的回旋舞,让朋友们大开眼界。舞罢,一位小姐主动坐到他的旁边,表达倾慕之情，他则与女孩子侃侃而谈，大谈文学和诗歌，谈得唾沫横飞，云山雾罩，小姐则听得津津有味。可谈罢该回房间休息时，小姐却向他要小费，不懂行情的他则迷惑不解，无奈给了她20元钱，小姐拒不收受。文福君不明所以，和小姐吵了起来，最后还是朋友问明原委，代付了小费才得以了结。事后，诗人叶文福还愤愤不平地说："我给她讲了一晚上诗，没要讲课费，她竟然向我要钱！"

文福在诗坛上销声匿迹，是多年前受到报刊的公开批评之后。一时间，连篇累牍的批评文字充斥于大小版面。那时候，受到批评的叶文福蔫了，不再南来北往、东张西望，只蹲在屋子里写检查。而一些以和他结交为荣的人则唯恐避之不及。真是乐极生悲，从大红大紫、极度的热闹到冷落萧条，让他颇有感触。他告诉我，那段时间不让他和外界接触，只有他提出要见韩作荣时才给他假。因为工程兵的同志给党委提意见，认为党委没有及时给叶文福以引导和帮助，组织对他的了解、关注还不如他的一个朋友，这个朋友指的是我。朋友们也都知道，我虽然比他小两岁，但我的话他还是能听进去的，尽管也常常忘到脑后。我经常劝他多写诗、少说话，在七十年代末他去沈阳开会时，我就打长途电话给那里的朋友，让他们和他一起商量个发言提纲，不要让他信口开河、胡说八道。

诗人的思维异于常人，倾于偏颇和绝对，对人生有独到的感受和理解，是必要的，也是创造力较强的表现。但诗人对重大问题的看法偏激和绝对，就未必是正确的了。

在遭受批评之后，叶文福沉潜下来。他思索自己的心路历程之际，也没有停止写作，只是这些东西当时放在手头，没有发表。也就在那一段时间里，他遭遇了又一次爱情——一位女兵疯狂般地爱上了他，这位女兵就是他现在的妻子王粒儿。

一个22岁的女孩子要嫁给44岁的男人，这在当时多少有些惊世骇俗，让王粒儿的父母也难以想得通。这个小女兵复员回到山西，和父母谈不拢之后，索性一个人打开录音机，讲明不管家里意见如何，她非叶文福不嫁。随后，她将录音带交给父母，径直找叶文福去了。自然，事已至此，老人心疼女儿，也只好由她去了。

文福对自己的第二次婚姻颇为满意。历经艰难困苦考验的爱情使他对妻子更为倾心。这个被一条蛇缠紧的猴子,除了将蛇与猴的属相物挂在床上之外,还用铅笔为卧于草地的妻子画像,我诧异于这位从未钻研过美术的人,竟用了几天几夜的时间精勾细描,画得颇像,可见其情感之深。而王粒儿除了对这位诗人的倾心、敬重之外,也颇明为妻之道,从一个不会做饭的女孩子,已成为能烧得一手好菜的主妇。她做的红烧肉、炸鱼、清炖牛肉等,甚至比一般餐馆的厨师做的都要诱人得多,且隔一段时间就要学一道新菜,她知道管好丈夫的胃也是抓住男人的重要手段。

在朋友面前,文福常为自己有一个年轻貌美的妻子而骄傲,毫不掩饰他的得意之情,甚至将朋友们的戏谑和嘲弄都引为自己骄傲的一部分。就是最近,他还为妻子写了《我的女王》一诗,可见他对妻子的娇纵;他还为妻子写给他的情诗谱了曲,有机会便无限深情地当众哼唱,发自肺腑且感人肺腑。

近年的叶文福把精力多放在培养女儿身上,让她学弹古筝、练舞蹈,甚至进童声合唱团。叶文福是以严酷来爱女儿的,每天做完作业,他都要让小小的孩子弹三个小时的古筝,天天如此,要求极为严格,很少让孩子出去玩儿。好在孩子也喜欢上了古筝,学得也颇为艰苦、用心,技艺进展神速,并请名师执教,在器乐比赛中获了头奖,这给了他很大的安慰。

文福一家的生活清苦、贫困。他病退后几百块钱的退休金养一家三口,颇为艰难。一个有了情绪才能写几行诗的人,靠写诗吃饭大抵会饿死。生活的重压使他喘不过气来,再加上培养孩子的投入,一度他的情绪颇为低沉,烦躁;朋友们偶尔给他帮助,也是救急而难救穷。

情绪焦躁使他难以沉下心来写作。即使是恩爱夫妻,每天泡在狭小的空间里也难免有磕碰。对孩子的过于严酷让妻子心疼,于是便有了口角,继而吵架,唉声叹气、失声痛哭。架常打到我家里,王粒儿来告状,我的妻子便站在女性立场上对他大加讨伐。而他们俩有时却像孩子一样,刚打完架让我去调解,赶去的时候,我心情沉重,为其担忧,见了面两人已破涕为笑、蜜里调油了,让人哭笑不得。这种情境,直到王粒儿出去找了一份工作才有了改变。本来，朋友们早就劝他让妻子出去做点儿事情，挣一份工资才好生存，可他执意不肯，怕年轻的老婆走出门去不再是他的老婆，或许是爱之甚更怕失去吧。

现在的叶文福心情已平静下来，每天为孩子做午饭，送她上学，更多的时间则沉下心来写诗、写文章。他开始写作的一部长篇小说写了10万字，已三易其稿。最近，家里有了一台电脑，他又在一个字一个字地敲打他的诗行了。

2001年的春节，王粒儿带女儿桑卡去山西娘家过年去了。在我家过罢除夕和初一，文福执意回了家中，他对电脑已着了迷。假日，他连续五天只喝玉米面粥，剥食带皮的花生，屋子里乱七八糟，花生壳扔得满屋都是，在地面铺了厚厚的一层。可电脑却开着，他没日没夜地改他的诗稿和文章，已忘却了时间。十来天后我去他的家中，他花白的胡子已有寸许长短，可眼里，还带着由衷的笑意。

当我们碰杯的时候，我想说点儿什么，可我什么也没有说，只感到心的酸楚。

兰州的河南老乡

老乡坐在桌子后面，桌面已触到他的腋窝，再缩一缩，桌面上恐怕只能露出他的脑袋。这让我想起他讲的故事，一次开会主人介绍来宾，一次一次请他在主席台上站起来，他仍端坐不动，那张不苟言笑的脸似乎颇为傲慢。其实他已诚惶诚恐地站起来三次了，只不过坐与站高度差不多。

这话多少有点儿夸张，但夸张的幅度并不大。前些日子去兰州开会，见当下的老乡仍然那般瘦小。或许是当上了省作协副主席，衣服穿得很正派，腋下还夹着个黑包。看那一直向后拢着的头发已经花白，我心里竟有些微微的酸楚。

和老乡交往二十余年，我没听他笑过，他高兴的时候也只是把嘴咧开，露出牙齿，但绝不发声。当然我也没见他哭过，那张脸总是一本正经，说些让别人发笑的话，别人捧腹的时候，他却没事一样。

老乡以诗、酒双绝著称。未去兰州的时候，就听说老乡家里有个酒缸，朋友去了是从缸里舀酒喝的。还听说他夜里常喝得酩酊大醉，倒在路旁沟边便昏睡过去，让人担心哪天会醉得爬不起来。

我和老乡见面不多，但见面第一件事就是喝酒，酒后还是喝酒，以酒助兴，彻夜长谈。那话多是醉话，却颇为真挚，只不过说些什么，第二天谁都记不起来。我的酒量有限,可不喝他真的生气,我便把心一横,索性一醉方休。记得1985年在小三峡开太白诗会,晚宴后他又拿来两小瓶白酒,相约各自一口喝掉,随后我便晕睡过去。据说当晚开联欢会,朋友们把我扯起来,和四川电视台的女主持人跳了一次舞,舞罢我彬彬有礼地点头作别,然后躺在长椅上又睡了过去,第二天朋友们开我的玩笑,我竟不知道有跳舞的事情。醉得更厉害的一次是在好友毅然家里,宴请到京的老乡,酒罢他又和我每人一口饮尽了一小瓶竹叶青。那次我吐得一塌糊涂,不省人事。而老乡却拿起拖把一次次地拖地,整整拖了一夜。两次大醉之后,老乡再见面时便不再逼我,可他自己却照饮不误,让我惊叹他对酒的承受力。

作为一位出色的诗人,多年来老乡的周围总围绕着一些和他习诗的弟子。他其貌不扬,矮小枯瘦,男弟子却一律挺拔帅气,女弟子个个为城中佳丽。据说当老乡的弟子,无论男女,首先须能饮酒。或许艺术的最高境界便是沉醉,饮酒该是写诗的入门功夫,难怪他的诗写得那么好。

老乡虽个头矮小,却颇有伟丈夫气,在弟子眼里,俨然帝王君主。从他弟子早期的作品中可以看出他的精心点拨,受他诗风影响的浓重。据说他对弟子的要求极其严格,付出的心血颇多,并时有训斥。至于弟子们各自趋于成熟,其后各有追寻,也是自然而然的事。

作为编辑,老乡告诉作者投稿的第一件事是字要写得工整、清楚。这让我想到老乡寄给我的作品,连同附信,都是毛笔小楷,一丝不苟,字也写得漂亮,让人不得不尊重。老乡是个创作态度十分严肃的诗人,两三年寄一次稿给编辑部,每次都将自己最好的作品寄来,且一改再改,有较多的诗作供编者遴选,因而作品发表之后,多有好评。我知道很多诗人在寻找他的诗集,对他评价颇高。他应当是西北为数不多的重要诗人之一。

有人称老乡的诗和他的人的性格一样,带着某种"古怪"和深刻,称其在生活深处开采别人极少开采的诗的矿石,还能将常见的诗的原料以自己的方式重新冶炼,创造出独特的诗的意象。这话自然不错。在我的印象中,老乡的诗最难得的是那种与大西北的苍凉凝重相谐的放荡不羁的野性,那种劫掠式的粗犷和通达,悲愤、难言之隐、死去活来、粗中有细，于狂放中常蕴含着深度的感伤。自然也有戏谑，也有狡黠。他的诗多以客观表现主观，其“野生意象”，能抵达物质的深处，揭示被熟常所遮蔽的真意，是有意味的千锤百炼的精短篇什。

我常想，老乡诚然爱酒，如同他爱诗一样，已是一种生命的需要。可我知道，并非他生在酿造杜康酒的故乡就一定应当喝酒，或许，酒醉能将一切忘却。当一个男人用牙齿嗑开酒瓶，在与魔鬼相遇的山野独自狂饮，酒所浸泡的，是一种巨大的孤独。

马新朝和他的诗

和马新朝交往多年,他是我一提起河南就首先想到的朋友。在我的感觉里,任何城市,给我留下深刻印象的往往不是名胜古迹、层楼广厦,也不是特产美食、山川河流,而是那里的几位有情有义、无话不谈的诗人朋友。因为诗的缘故,让一个城市有了创造力的灵魂,有了情感和温度。

马新朝是农民的儿子,他有着土地一样的朴实、淳厚、宽广和亲切,也有着土地一样蕴含着勃勃生机和丰富内涵的精神繁殖力。他话语不多,是位诚挚温和、内秀的诗人,也是勤于思考、勇于实践、如饥似渴地学习阅读、写作准备大于写作、不断进取的诗人。或许正是基于此,让一颗敏感的诗心加深了对诗人本质的理解,让一个不算年轻的诗人有了脱胎换骨的再造,成为为数不多的写得越来越好的诗人之一。

为人低调、真诚,与朋友热情、知心,是他的特征。我们时而在一些诗歌活动中相聚,他总是要单独和我坐一坐,品茶聊天。写出了重要作品,他也让我成为最早的读者,听听我的修改意见和观感。他的《幻河》我曾读过两次,是初稿和修改稿。当这部作品获得第三届鲁迅文学奖时,他又撰文发表于《作家通讯》,声称我对这部作品修改的帮助。诚然,我曾对这部长诗提出过总体把握及某几章需要改的意见,但都是一种读者的想法,并未对作品增加或减少一个字,作品的成功,都是他靠自身的功力创造出来的结果。但他对给他的写作能提一点儿意见的人会念念不忘,可见其为人的厚道,令我颇为感慨。其实,这样一部写黄河的长诗,我可以有这个意念,但既无生活,也无身临其境之感,让我写是写不出来的。

几千年来,写黄河的诗人可谓多矣,也留下一些千古名篇。但写一部数千行的长诗,且作为一种诗的写作方式所创造出的《幻河》,并产生较大的影响,在中国文学史上,还是第一次出现。

"幻河"流淌在语言文字里,已是非河流本身,而成为语言创造的幻象。用苏珊·朗格的话说,"诗是一种虚幻经验",诗不关乎事实,而关乎本质。从自然与社会因素着眼,黄河是深黄的水,给人以灌溉和舟楫之利,她孕育了一个民族,以及中国古老的文化,象征了一个民族的历史、现实和命运。诚然,这也是《幻河》的诗性意义的部分内涵,可作为诗,其重要性还在于它渗透了诗人主观意识而书写出的内心经验,是一种融合之后的再造,生成一种新的形式,具有奇异性、逼似、虚幻、透明、超然独立、自我丰足,与现实河流有别的"他性",成为象征、隐喻,即思想的荷载物,成为一种关于感觉性质的超然思考。

就语言方式而言,《幻河》是重体验、洞悟、幻象的诗章,它不是再现,而是表现;不是拾取,而是探寻;不是描摹,而是塑造;用直接体验,展示事物的深层图像。一些联缀起来的词语只是诗人的材料,用以创造诗的要素。读《幻河》让人明显地感到西方象征主义诗歌的影响,并让我想到艾略特的《荒原》。虽然诗之内涵不同,表现方式亦有差别,但对诗之本质的把握,却有着相像之处。正如苏珊·朗格评论《荒原》所言:"由那些巧妙错迭的印象而创造出来的虚幻经验,是一幅完备而清晰的社会暴虐的幻象,它以个人潜在的恐惧、反感、半惑半醒等全部情感为背景,将形形色色的事件纠结于一个独特生活幻象之中,宛如一幅色彩缤纷的图画,借助一组颜料将其中的全部形象在虚幻的空间范围之内统一了起来。"或许,我所借用的对《荒原》的评论,用之说明《幻河》之虚幻经验的创造也是恰切的。

《幻河》之后,新朝不再写长诗,只致力于短诗的写作。不久,他出版了诗集《低处的光》，翻读之际，为他诗之新的探求而欣喜。

这是诗人近几年的作品，其中的一些在报刊发表时我已读过，将其收集到一起再读，对人与诗的认知似更为完整，能看得出其心灵的轨迹与近期写作的风貌。诗集名曰《低处的光》，概括的是其处于低处的写作立场，既不突兀高拔，也没有高腔大嗓，而是一种低声部的诉说与歌唱。那是“村庄的位置”、“尘埃”、“回家途中”、“草铃虫”一样的俗世生存状态、日常生活以及卑微生命的经历与审视。处于低处而有光芒，那是浮升于火焰之上的烧穿夜幕之光，是形而上的追寻，明亮且有热力。不是低下处的沉沦，而是低下的高尚。其实，“低下”是中国美学的特征之一，所谓“虚怀若谷”，海由于低下而能纳百川。诗人处于低处，便接上了地气，看得清事物的细微变化，有了根性，更接近于本源性的写作。

整部诗作质量是均衡的，是成熟诗人“得寸进尺”的作品，其中一些可称道的佳作，皆有独到感受，有常人眼中看不到的意味，很有深度。诗人所写出的，是给人以启迪、对事物深入透彻理解的诗行。这是对自身生命、心灵的探寻，似乎是在没有路的地方踏出一条蹊径的开拓，颇为珍贵。自然，诗虽质量大体整齐，但也并非字字珠玑，篇篇都是佳妙之作。一个诗人，一年中能写出几首好诗已殊为不易，读者对诗人也不必苛求。

正如诗人“代后记”《一所房子》一诗所言，“在我摸到词语的时候/失去的更多”，“我在暗中摸索着/不断地擦去语言内部的灰尘/用它照着高处的神祇/照亮灰暗的人群和我卑微的肉身”，这是一位真正对语言有所敬畏、处于创造状态的诗人的自白，是有难度写作的真切状态，故他会高举着火把，让其在四季的流水上“不断地塌陷，不断地建立”。因为诗人告诉我们的，不是他试图说什么，或想使我们从诗中感觉什么，而是他创造了什么，他是如何创造出来的。

痴人说梦的智慧

——读《傻子寓言》

“傻子”在常人眼里该是痴呆愚笨、缺心眼儿的人，与那些精灵鬼相比，是不受待见的被忽略者。可“傻子”常常因为过于专注的一心一意而成为痴人、呆子，或呈笨拙的大智若愚，却是惹人喜爱的真正的智者。或许，被写诗的人普遍看好的大解，自称所写的167篇短文为《傻子寓言》，这被常人唯恐避之不及的命名，恰有着更深切的含义。

这是一部每篇只有几百字的书，每读一则，都被它的奇思异想所征服，很想看下一篇又讲出了什么意料之外的故事，又写出了什么既好玩儿又发人深省的童话来。与人们熟悉的寓言、童话相较，《傻子寓言》绝不缺乏其好看的可读性，但其当下感和深刻性则有过之而无不及，堪称创造了其独有的“大解体”寓言。这种文体的创造性，是作者对中国当代文学的独特贡献。从这个意义上讲，或许它比作品本身创造的价值更为重要。

书中所展现的，是大解自己创造的痴人说梦般的世界。他一本正经地诉说着一场大风把山刮得向前推移了16米；一架风筝卡在月球，两个蜘蛛顺着绳线爬到月亮上，使月球增加了重量才抵消了月球轨道偏移的问题；他发现了照相机拍出的重影是人的灵魂外露，拍出十几年的一桩心事无法化解而成了化石；而比站着不动的人走得还慢的秘密是“倒着走”;他设想用特制的金箔把月球包裹起来,使月亮的反光增加上百倍解决夜晚照明的问题,由于夜间出游的逝者的抗议才搁浅下来;他写蛇吞食自己的尾巴所引来的争论;写空中别墅的外摊面积是整个天空,在“我的天”的惊讶之中却被告之在没付款之前天空还不能算你的;电子狗遭遇车祸的牺牲是为了挽救一只布娃娃;一只啄木鸟啄破了油箱而使飞机漏油失事;追风的人为后悔的人把话追回来;一个满腹心事的人请清洁工把内心打扫干净,当自己走进空虚的心室,却被清洁工习惯性地清扫出去,遂被当成杂物间,心里装满了别人的东西……这些看起来匪夷所思的异想天开,有如白日梦般的离奇,让不可能存在的事物在想象中成为可能,只有他这样的“傻子”才想得出来,而在文字的背后,却有着象征的品格和深刻且丰富的寓意。他是借超拔的想象力和对人生的体验创造出梦境般的幻象,以推向极致的表现力于短小的结构里体现了入脑入心的意味。

这些小文章里是有着大智慧的。在我看来,大解是在用童话和寓言的方式在写诗。正如朱光潜先生所言:“一切纯文学都有诗的特质。”他将一部好小说或好戏剧都当作一首诗看,因为诗是作品的灵魂。而散文是另一种方式的诗。自然,诗并不是矫揉造作的抒情,也不只是韵律和节奏所生成的话语旋律,诗始于情趣而终于智慧,是对社会、自然、人生的深入理解、判断与创造。事实证明,一位真正优秀的诗人,因为诗之本质的体现,写任何体裁的作品都出手不凡,达到一个较高的层次。伟大的诗不只给人带来快感,也不只是分行排列的文字,它能把人引入新的天地里,引入诗人新的发现与洞见,引入人类体验的本质里,让读者的视野更为宽阔,更深邃地理解生活,理解他的同类,理解他自己。

大解把“火车”拆解为火与车,再使其结合成庞大的且有神性的事物,让事物回到前语言的命名状态,揭示了其有迹可循的创造。但无论是火车,还是铁轨、车站,抑或钻进它的腹腔的孩子的呼喊,给我的感觉是其语言的平实硬朗、形象的清晰,他的语言没有变形,也绝不委婉、模糊朦胧。连想象都是硬性的,充满了力度。即使他把铁轨竖起来变成天梯,让火车驶向天空,在空中建立车站,都是实在的描述,将非理性表达得理所当然。这让我想到那种超现实绘画的清晰真实感,让互不相关的事物纠结在一起的冒险，但又不是那种失去意义的自动创作法；也让我想到孩子的天真无邪、没有被污染的纯粹和异乎寻常的直觉、想象力。而呼喊的孩子，“速度将使他们转瞬成为老年”，则是对生命以及转瞬即逝的事物的洞悟和体验，时钟时间已变为心理时间，几何空间亦变为心理空间。或许，正是这种不同元素的吸取，经他自己的配方凝聚成诗质的寓言和童话，形成了大解体独有的表达方式。

《傻子寓言》的另一个特征是写作的当下感和“现在时”的表述。《影响世界的一只蚂蚁》看似小题大做，但它引起的连锁反应，让我想到大堤溃于蚁穴，以及蝴蝶的翅膀扇动会在另一个大洲形成一场风暴的蝴蝶效应，这不可能发生的傻话里却是具有真理性的真话。《农药依赖症》的疗救者虽然获得了诺贝尔医学奖，可食物含毒的污染现实却让人感同身受，将事物的影响推向极致，痴人说梦式的讲述却令人警醒。当假话和套话进入DNA分子结构，成为人体的一部分。通过天性未泯的孩子恢复良知，仍旧留下难以诊治的后遗症。《穿衣服的狗》的狗仗人势，为兴旺发财人整容为狗的描述，该是对物欲横流的现实的绝妙讽刺。作品里，虽然时有“古时候”、“从前”这样的说法，但都立足于现在时的讲述，是在今天讲述过去、现在和未来，陈述关注的不是事实，而是本质。这种寓真意于言语之中的揭示、发现与感悟，却是无时间性的真知灼见，给人以智慧的启迪，是一种主观性的时态，具有“永恒”的意义。

作为中国式的颇具诗性意义的寓言，大解有意无意地较多使用了中国意象及国人熟识的文化元素。他多次写到了月亮，除本文中提及的之外，他还写到了“囤积月光”；写在水塘里养育月亮，将又弯又白的月亮养半个月，让它胖成圆形；写天上和水里的两个月亮等等。他还多次写到与“三”这个数字有关的人和事物。这让我想到三个和尚没水吃的俗语；想到中国汉代便有的“一”是数之始，“十”是数之末，“三”是数之成的概念，“三”包含了奇数和偶数，包含了数的最基本元素；想到“石头、剪刀、布”的相互制约。他写《三个糊涂人》，写的是无休无止的争斗意识、至死都不原谅一块石头的民族劣根性；他写《三个人》，耳聪的两个人被杂音所缚，只能听心灵以外的声音，而聋子却能倾听自己的内心。他写《不知、先知、后知》三个人，写的是未来、当下和历史。他写《三个木匠》,写的则是不同的三种审美的境界。在这里,他写的不是月亮和数的本身,是独有的感悟、敬畏,孩童般的神秘意识,紧张、犹豫、挫折或突现的才思,这些才是其创造的重要因素。

写到这里,似乎也该收笔了,因为对于这部奇异的作品而言,说得越多,说不清楚与说不出来的东西也越多。要深入了解这部《傻子寓言》,最好的方式自然是直接去读作品。我只想说,这是一部具有开创性的充满新的文体意识的佳作,是真正值得探讨、研究并向读者推荐的作品。

狂舞的兰花

和诗人陈荫夫交往二十余年了。这位来自闽东的老弟是个诗人气质浓郁、性格狂放不羁、真挚热烈、纵情诗酒又极有文人雅兴的人。每每相聚小酌,常选择水榭游船,于波光水色、清空林野之间饮品佳酿,听佳人操琴,食珍馐异味,且时备纸笔,性致高远之时便淋漓挥洒一番,可谓入芝兰之室,有如图画之中,天也水墨,湖也水墨,山林楼船也水墨,纸笔佳人也水墨,进入天地人神浑然一体的境界,意趣顿生,是饮酒也沉醉,不饮酒也恍惚迷离,入沉醉之中了。

与荫夫初识,便知道他爱好书法。或许是性格使然,荫夫喜狂草,是张旭、怀素的倾慕者。善狂草者,首先性情中得有一个“狂”字,所谓内得心源,性情癫狂,放浪不羁,才能使笔随心转,意在笔先,才真正放得开。一种打破汉字方块的豪气涌于笔端,在提按使转之中酣畅淋漓地笔走龙蛇,屋漏痕之雨脚,乱石铺阶,风中兰草,在狂放之中带着几分野性,看得出激奋飞跃之情景、得鱼忘筌的洒脱。自然,不拘一格的形态并非不要法度,在笔法、笔势和笔意之中,与线条的圆润之中有骨感,在重线、重形之中趋于笔意的超拔,方为上乘之作。在荫夫最好的草书作品中,我已看到了这种气象。这得益于他的豪放、洒脱的性格,亦得益于他多年研习经典所积累的功力。

令我诧异的是不记得从哪天开始，荫夫又画起了兰花。据我猜度，可能是他夫人名字中有一个兰字，为表达情之深、爱之切之故，便独钟情于兰了。用他自己的话说，兰花的素雅“像一位百看不厌的美人”。兰心蕙质，自屈灵君以来，今古君子俦咸臣服拱之。他画的是兰花，也不是兰花。花叶参差，龙须凤眼，千百年来画兰的名家画尽了兰之幽雅、盎然的春意，兰之幽怨、墨写离骚，而荫夫却将狂草的笔法纳于兰花之中。倾注了对兰花之美近于疯狂的情感，故他笔下的兰花，是兰花，是美人，也是他自己，是三位一体的幻象，是一种再造的艺术。或许基于此，他的兰花才刚柔并济，狂放中有优雅，锐利中有柔情，野气中有收敛。他的兰花是荫夫独有的兰花，既有别于山野的盆栽之兰，也有别于古今画兰者笔下之兰，其独树一帜，已被业界称为陈氏兰，或可称之为“荫夫兰”。

由诗，继而书法，再继之绘画，这看似各不相同的领域，三者之间却有着本质相同的内在联系，它们创造的都是幻象，都是主观心像在纸上留下的墨痕，都是人类情感符号的创造。只不过，诗是重体验和想象力而达成经验的语言运动体，而书法和绘画则是线条的运动体，但二者都是创造有意味的形式之艺术。因而，荫夫作为诗人、书画家去画文人画中的兰花，可谓得天独厚，顺理成章，其兰有诗的韵味，书法的笔法笔意，亦是自然而起的事情了。

其实，汉字本身便源于图画的象形文字，写字便是画字，汉字的每一笔，都称为“笔画”，而中国文人画却称为“写意”，让画称写，写称画，都表达的是汉字与文人画的根源。汉字是由点画构成的“图”，图亦是由书法的线条构成的画，从根本上说，画兰也是在写字。《说文解字系传·疑义篇》中称：“鸟书、虫书、刻符、书之类，随笔之制，同于图画”，可见字的来源；而“草书盛行乃始有写意画”(徐渭语)，亦可见文人画源于书法中的“写”。从荫夫的兰花中，我们不难看出那种飞动的线条甚至有着狂舞的意味，其中蕴含的气韵，灵动鲜活，洒脱柔美，又有着“折腰断臂亦风流”的清新与刚健。用笔的起运顿收，挥洒自如，狂放肆意，疾速飘逸，给墨迹以淡雅，予刃叶以强劲，寓草书以兰草之中，其迟速相宜、旋移狂墨，都看得出他精熟的草书笔法。我尤为看重他攒叶扭曲的剑兰，以及只寥寥数笔的小品，是一种不求形似求生韵，笔墨简而又简，那是真正的写意,赋予兰花以精神品质,是心画,亦是心灵的外化。这和诗人的以心观物是同理,并非"弄假成真",而是信以为真的洒脱,一种关于感觉性质的超然的思考,在荫夫的笔下,则是感性与理性复合体的兰花的意象。

荫夫兰呈现的是一种生命的感觉。那种狂草般飞舞的线条所构成的创造物,是生机勃发的情感形式的产物。纵然它是在一张宣纸上的墨迹,在一种静态的框架之内,但画面所形成的运动感、盎然的生气、开花的状态,令人感知可想象的变化以及画家给予它的永恒感。正是这种"运动在永恒中"的双重性,创造了纯动力的抽象,"创造了维持其形式的活力"(苏珊·朗格语)。而"活的形式"是所有成功艺术家的必然产物,画家画的是他自己的境界和乐趣,亦是引起人兴趣的东西。那是一株株活的兰花,有呼吸有情感的兰花,充溢着丝丝缕缕爱意的兰花,甚至是一反常态如一团火焰般燃烧的火红的兰花,与梅竹石相伴呈出尘之态的兰花……一缕缕线条在纸上制造空间紧张并达成平衡,每一根线条都是活的,通过幻象而展示自身的生命,充满了表现力。因为画家明白,把生命赋予艺术品无疑是真正艺术家最为主要的任务。

我称荫夫的兰花为"狂舞的兰花",那是因为狂草的笔法、笔意融入兰花之中的缘故。张旭观公孙大娘舞剑后"草书"大进,徐渭亦发现"舞中藏草字",虞世南也称草书如舞袖挥拂而萦纡,而深得草书笔意的荫夫兰花,则表现的是兰纤秀锐利之舞,含凤眼之花,于静态中旋舞,于无香里生香,摇撼心旌,具有诗的意蕴。充满书法的线条感和盎然生命力的荫夫兰,聚诗书画于一体,是属于独特的开拓性的创造,难能可贵。

他的兰花,不仅仅是二十余年勤奋的执著书写,如果加上他习诗习字的数十载光阴,则是其大半辈子功力的蕴涵,如此尽心竭力,锲而不舍,安能不开创出一个新的境界。

变态反应

晓萍六十岁了。花甲之年的她，似乎还没准备好便惊慌失措地来到了岁月的关口，稚嫩的脑袋还留在数十年前，身子已迈进二十一世纪，让人怎么看她也不像个六十岁的女人。

这是个被丈夫邱医生宠坏了的人，一大把年纪，还一身孩子气。多年来，她想做什么事便做什么，颐指气使，老邱则有说必应，一切顺着她来，仿佛前世欠着她的。她钟情摄影，老邱则为她买最好的相机，隔三差五地陪着她满世界跑，用第三只眼睛看世界。她喜爱书，老邱则陪着她接二连三地走遍大小书店，将那些精装本的中外名著一套一套地搬回家来，乃至于屋里再也难以堆积。她喜欢和作家朋友交往，且出手大方，老邱则陪着迎来送往，并成为那些断牙缺齿的老作家专职免费的牙科医生，并为逝者主持葬礼，用手抚闭那双难闭合的眼睛。在朋友眼里，这是一对儿异常真诚、热情、有情有义的夫妇，是让人心里感动、发热、常常想到的人。只不过，一个是辛辛苦苦、唯妻命是从，拼命挣钱的人；一个是随心所欲、唯嗜好驱使、胡乱花钱的人。在我的感觉里，这是活得真实、率性，有追求、有生活质量的一家人，其生活的基调是欢快、明亮的，虽然也常常有不尽如人意之处。

说她有孩子气，也因为她常常和孩子“打成一片”，和自己的女儿吵架,如同姐妹,没大没小;随着年龄的增长,她时而又和外孙女吵架了,令人忍俊不禁、啼笑皆非。俗话说“三个女人一台戏”,她就是主角。有时她一个女人就是一台戏,别人都成了观众、听众。她口不识闲儿,虚虚实实,真真假假,云山雾罩,你不知道她的话里哪句是真,哪句是假,语句之夸张,吹捧之无际,颇有虚构之本事,令人目瞪口呆。一个闲散惯了的人,听她说话会替她紧张、感到累。可她年龄越大,话语越多,还是身体素质好,说多长时间也不口拙气短,真是太有才了,适合长站讲台当教师。话虽如此说,可她也是个好面子的人。她喜欢洋玩艺儿,俄国的花瓶、瓷盘,德国的巧克力,印度的红茶,以及泰国的木猫,异邦的小玩具、小摆设,纵然爱不释手,但送给好朋友却从不吝啬,忍痛割爱,足见其对朋友的真诚。可当别人送她一点儿什么的时候,她却推三阻四,明明心里喜欢,嘴上却坚称不要,口是心非。我的妻子是个实心眼的人,便以为她真的不喜欢。时间长了,知道了她的本意,便给了她一个绰号——曹虚,说她的话都得反着听。她与丈夫听到这个命名,哈哈大笑,说这个名字亲友们早就叫了,真可谓知她者所见略同。于是,妻子便不再听她说什么,家里有了稀罕东西,也总想着她,在市场有时买一件姹紫嫣红的衣服,面对如此的奇装异服,让我惊诧,妻子则说:“这衣服曹虚穿合适,她喜欢。”

其实,曹虚是个口虚心实的人。用她女儿皓子的话说——“我妈可能不是个俗常意义上的好妻子、好母亲,却是个值得交往的好朋友。”从另一个意义上讲,将丈夫和女儿也当知己的朋友对待,会使家庭关系更为松弛,亲密中又多了一种平和热闹的氛围。那是因为有人娇纵她才不讲理、撒娇,因为失去了尊卑之别才没大没小。或许,这种亲人加朋友的关系让家庭更为稳固、平等,随意而又亲切,是更好的家庭模式吧。作为朋友,曹虚一家对我一家的真诚关切与帮助常常令我感动。我与妻子以及父母亲的照片拍得好的,大多是她和老邱拍摄,他们几乎成了我家的专职摄影师,每次拍完都一摞一摞地印制、放大,及时送到手中。前些年,每当我的母亲过生日时,她和老邱都和我的妻子与偶尔回去的我前往祝寿,她照相的功夫和精心准备的礼物,外加一张能说会道的巧嘴,以及真诚的情意,让我老妈颇为感动,遂将她认为干女儿。当我的母亲去世，我再翻拣那些不可复得的照片时，内心十分感激。去年我将父亲接京来住，她和老邱又将老人接到她北京的家中，让出最好的房间，做最拿手的饭菜，并陪同老爷子去北海、十渡游玩。随后，又和我一起陪父亲去唐山丰南老家，又照了很多照片，让老人乐得合不拢嘴。那种无微不至的关怀让我这个当儿子的自愧不如。二十余年的交往中，除了家里人，只有她和老邱年年记得我的生日，且年年前来相聚，即使有时没机会见面，电话是必打的，礼物是必备的。近年我和夫人牙残齿缺，老邱又成了专职的牙医，常常以最快的速度和精心的手艺堵漏补缺，对我的牙齿看得比我自己还重要。去年，我的牙真假连带长期牵扯，曾一起掉落了，老邱因设备在哈尔滨，连夜和我一起回哈医治。回来时才知道，晓萍因过敏，刚从医院抢救回来两天，让我愧悔，因为我的牙即使全掉光了，也没有人的生命重要。每每想及此，心里都不安，这真是过命的交情啊！

近一年多，她得了难以捉摸的过敏症，医学上称之为“变态反应”。前两次发病，亏得女儿和丈夫发现及时，让她在喉管肿得几乎窒息时抢救过来。这已是一个过于敏感的人，不能吃蘑菇、海鲜、酸菜、豆类食品，一切带防腐剂的食品都不能沾，甚至连食用油也大都不能食用，只能吃白水煮青菜及偶尔吃一点儿肉食。经反复检查、化验，据说有四十几种食品不能入口，否则便危及生命。多难啊，看别人大快朵颐，自己干眼馋而无法下咽，难怪她闻到不能闻的油烟会生气地把油瓶子摔碎，无缘由地发泄了。我的妻子说，幸亏他碰到了老邱这样的男人，能容忍她，她还是命好。自然，家有好男人，又是医生，她也确是得天独厚。目前，到哪里都带有抢救药物，注意饮食，该不会有生命危险了。可奇怪的是，只要一出门旅游，满世界走，却从未发生这种变态反应，让老邱感叹其身体素质之好，无论是长途跋涉，登山越谷，皆精力充沛，甚至比年轻人还劲力十足。你说怪不怪。

这确是个精力十分旺盛的人，过敏后一缓过来就又成了过去的她了，嬉笑怒骂，那张嘴又像喷泉一样没有阻碍，喷发不止，让人想插嘴都插不上。她满嘴胡说，常把死亡挂在嘴上，说她不定哪天就见不到人了。而老邱则说：“别听她胡扯，过些年我们都没了，就剩下她一个，还活蹦乱跳的呢。”这话我信。一个六十岁还没长大的人，一个有了变态反应的人，虽然心理年轻，在家人的忍让之中随意而自由，可生理上过于敏感的反应让她这也不能吃、那也不能用，在食物面前退缩避让、时时设防，也够痛苦无奈的了。令人慨叹——别人吃东西为了维护生命，是享受；她吃错了东西则会丧命，成了灾难。

正常说来，人老了总会变态。首先是体态的变化，会变得富态。她看上去似乎没多大变化，实情只有变小的衣服知道。毕竟已是六十岁的人了。其次是心态的变化，从非贬义去看“变态心理”这个词，也可以从追寻“老去的艺术”这个角度理解。不是去年二十、今年十八这种自欺欺人，而是精神上的复兴。不再风风火火，健步如飞，放缓的脚步会让人领略年轻时未曾细看的风景，似乎重新认识了这个世界。不食山珍海味，素食淡饭，让人想胖也胖不起来。而外孙女的一个微笑，难得的天伦之乐，会比年轻时吃一顿大餐还要重要。心地的真纯，对人的友善，也是自己获得平和、快乐的关键，我相信晓萍会活得更好，随着压力的减轻，视角的转换，一些看似重要的东西已不再重要，原来无足轻重的东西在今天却凸现未曾想到的重要性。心态的变化会带来情绪的变化，忘却不如意的事情，让自己愉悦、轻松、快乐地度过开始老去的却是自由自在的时光。

诚挚、善良、天真，有虚幻意识是诗人的本性。晓萍是个诗人，她善于捕捉瞬间的感受写出短小却动人心魄的诗来。于二十余年前，她就在北方文艺出版社出版了诗集，并在重要刊物上发表过作品，亦在鲁迅文学院进修过。更早的时候，她曾在哈尔滨日报社从事新闻史的研究工作。或许，正是这样的经历，让她注重诗意的栖居，一种诗情画意般的生存状态比写诗本身更为难得。而多年的研究工作，又让她注重山野调查，深远、精细，善于积累，亦写下一些有史实有感受的入脑入心的文字。在晓萍六十寿辰之际，她打算将多年的文字积累印成一本书，作为纪念。我写此文，算是对她寿辰的祝贺，也是表达两家多年来越来越亲密、丰富得无法忘却的情意。

家庭音乐会

接到老友文福的电话，称次日晚在家里听桑卡和她的同学弹古筝，邀我和夫人参加，并说这也是桑卡的邀请。提起孩子的盛情，我便一扫慵懒之气，别说是冰天雪地，就是天上下刀子也要去，因为我是孩子的“昆昆”。

“昆昆”两个字该是世界上独一无二的称谓，是文福之女对我的专有称号；一生爱山的诗人将他的朋友用“莽昆仑”三个字概括，按年龄排序，让女儿分别称之为“莽莽”、“昆昆”，“仑仑”，意为昆仑山一样的巨大、坚强的后盾。因而，桑卡学会说话便叫我“昆昆”，亲近之情，字中之意，既有一种庄重感，又有一种舍此无他专有的责任意识和疼爱。而这样的称号，也只有诗人想得出来。

当我和妻子赶到文福家的客厅，先我们而来的朋友已聚集一堂，三架古筝错落排开，就等着那拨动心弦的手指了。顷刻，桑卡从楼上下来，欢叫着“昆昆”和我拥抱在一起，令我颇多感慨。

两年多未见，孩子长大了。现已是中国音乐学院大三的学生，眉眼间似已消除了稚气。妻子揽着她，用手掌比量着与自己相近的身高，也是一脸疼爱和欣悦。

孩子上小学的时候便开始学弹古筝了。琴有小成，我便专程去家中听琴。文福与妻子王粒儿寻名师施教,陪同接送,含辛茹苦,颇不容易。好在孩子有天赋,加之父亲的严格督管,母亲无微不至的爱护,其进步神速,亦得名家青睐。从考至天津音乐学院附中到中国音乐学院古筝专业,能在诸多学子中脱颖而出,亦可见其实力。

桑卡的古筝,每次春节前后的聚会我都要听的,在平常,有时甚至抄起电话听她弹奏,随后鼓励一番。虽然孩子告诉我有两处弹错,可我就是觉得好听,这固然因为我不懂音律,但更重要的原因是一种情感支持,一种理解和信任。

今晚的演奏别开生面,称之为“三川组合”。我首先的感觉是名字起得好。三个女孩儿,三条水的汇聚,横竖都是三,皆为水。既让人想到一是数之始,十是数之末,三是数之成,这小小的循环形态,也让人想女孩儿是水做的骨肉之清纯,以及似水般激越灵动的琴声。据称,桑卡和同学演奏的是一位当代德国作曲家的古筝曲,不是中国传统的独奏、合奏,而是交响曲。听着那高亢低回,金属的丝弦在琴箱中颤动,清亮且质实的琴音,那时而迅疾、时而舒缓悠扬的旋律,令人心旷神怡。听“拈春”,我看到那细弱的拈住春之魂魄的手指。听“川流不息”,我听到三股水流跌宕起伏,接踵而来或欢快、或低沉的交错融合、乐音的荡漾,空阔中的回响,仿佛每条水流都有两个影子,开开合合,亦分亦聚,意犹未尽,生生不息。而“洞天”,则是用声音表达幽深、宁静、高远的作品。所谓“大音稀声”,一种别有的境界,委婉,悸动的声音,触抚着静默中最细微的神经,于缓慢的间隔中若有若无,让我领略了艺术的本质有时是由虚无支撑的感觉。对此,我惊异于一个“老外”对中国艺术的深入理解与探求,中国古筝的推陈出新,中国古老艺术的现代性;也惊异于桑卡和她的两个同学琴艺的高超。是的,三川组合已去欧洲演出两次,而春节期间,三个孩子又将应邀出国演奏,让中国古老的艺术,拨动域外倾听者的心弦。

听罢演奏,朋友们仍不愿离去。于是,在案台上铺开宣纸,为孩子们题字。我挥毫写下了“大爱无言,大音稀声,大道无术,大象无形”十六个字。而桑卡则拿出影集,找出小时候我抱着她,几次聚会的照片。我发现那时我还年轻,贴着孩子的小脸笑得合不拢嘴的模样。文福和王粒儿诉说着桑卡亲我一口,我便从楼上一口气抱她到汽车站的情形,看到今天的桑卡,感叹时间老去,可花季降临。

看到孩子的成长,听到动听的琴音,我惊叹之余颇感欣慰。

域外探幽

走进日本

在飞机上

2004年11月23日，作为中国作家代表团成员，我登上了CA925次航班出访日本。

作家团出访多为小团，每次3—5人左右。这次访日的团长是小说家王安忆，她是中国当代最好的作家之一，以她越写越好的作品赢得了同行的尊重。或许是对她临时的属下不大熟识，也许几个团员来自作协机关并担任一定职务，在行前准备会上，她曾不无疑虑地担心有人不听招呼。其实她过虑了，几个人纷纷表示绝对服从领导，让她放心。这个团的成员大都年龄相仿，都是下过乡、插过队或当过兵的人，都吃过苦、有多年底层生活经历，有内心相通、易于交流的便利。我虽然比她痴长几岁，可作为编辑，对那些写得好的作家总是格外敬重，我是读着她的小说变老的人，她当团长，名至实归，我心悦诚服。而葛笑政是我多年的邻居、熟悉的朋友，他曾在日本留过学，这次旧地重游，颇多感慨。李锦琦则是我们的"拐棍"和"耳朵"，他多次随团去过日本，作为翻译，我们谁都离不开他。不熟悉的人只有徐振清了，这位来自延边作协的老兄，言谈之间，让人感到朴实、真挚，也是个随和的人。想来这次出访，该是一次愉快且内涵丰富的十日之旅。

飞机是9时50分起飞的。我一改往日乘机昏睡的习惯,第一次去日本,心情复杂,也有些恍惚,我知道,这是因为我是个中国人的缘故。太多的鲜血浸透的往事让我一提及日本便有一种警觉。然而,这却是一次友好的访问。在我的印象里,日本是尖顶上敷满白雪的富士山,是素雅喷薄的樱花,是丰肥庞大的相扑者,是完整抑或破碎的汉字,是菊花与刀。看来,一个国家的标志性景物以及抵达极致的事物给人的表象尤为深刻。那屠城的刀的锋利、细菌战的恶毒,却让人刻骨铭心。可今天,日本的樱花已在北京的玉渊潭公园大片栽植,日本的汽车、电器,甚至富士苹果已和中国人的日常生活紧密联系在一起。而我目前写下这些文字的时候,我又想到中国老百姓收养的日本遗孤,以及汶川大地震时日本的专业救援队,日本海啸期间舍弃生命救助中国留学生的日本友人。而这,在我心中所留下的只能是敬意。

在我的书橱里,有川端康成、大江健三郎等作家的小说和大冈信、谷川俊太郎的诗集中文译本。我也曾几次会见日本的诗人访华团以及"《人民文学》读书会"访问团成员。在会上畅谈,或把酒临风,相见恨晚。大冈信曾说,我真正读懂了他的诗,在日本也没有人像我这样理解和评论他的诗。感动之态溢于言表。而谷川俊太郎两次来华,都真诚地品谈诗作、交流信息,让我对日本的现代诗有了较深入的了解,他也曾到我的家中来访。而"《人民文学》读书会",是刊物复刊以来海外唯一每期必研读的读书组织,先后有200余人次参与,且每期均有品读意见和心得寄往编辑部。在《人民文学》纪念创刊55周年之际,评出了三个"优秀读者奖",其中之一便颁给了日本的读书会,此去我带来了奖牌,期待着与刊物的老朋友会面。

机身已飞入海洋的上空。我将腕表拨快了一小时,表盘上显示的已是东京时间了。

精致的日本

飞机13时20分抵达东京成田机场。历时两个多小时的飞行,比起在国内去新疆、云南等地要近得多。所谓的"一衣带水"的邻邦可想而知。在航空港出口处,日本笔会的宫川庆子女士已笑吟吟地迎在那里,一张浑圆的脸一团和气，给人一种亲近感。

成田机场并不大，出港后也没有北京抑或台北那种一眼望去开阔、大气的感觉。但映入眼帘的，却是精到、细致的感受。或许因为这是一个山地和丘陵占据了国土面积75%的国家，平地不多，境内200余座火山以及地震的多发，绝大部分资源都靠进口的缘故。这是个善于精打细算的国度，连脚下的地沟盖都铸造得光滑精细，护栏的铆钉都锃亮、坚实而错落有致。是的，日本没有过于宽阔的道路，楼隙窄小，电动扶梯的宽度有时也只能容纳一人，轿车是小型的节油车，可设计得舒适合理，技术上的精湛使其坚固且漂亮，绝不傻大黑粗。

去宾馆的路上，我发现车并不多，没有北京那样道路都成了停车场一样的拥堵、甚至有时走路都比乘车快捷的现象。行车顺畅，锦琦告诉我，深秋的这一天是日本的“劳动节”，是“勤劳感谢日”，人们多在家休息，故路上车不多。他还告诉我，平时车也不多，东京的地铁蛛网一样四通八达，颇为方便，因而上下班的人几乎都乘地铁，只有节假日才开车出游。正因为这样，东京的交通基本上没有塞车的时候，街道上亦行人稀少，城市里的人都在辛苦地劳作，故没有那种人满为患的摩肩接踵和喧嚣的市声，却多了些清爽和宁静。一路上，车道护坡上的茅草穗实如芦花一样白，在阳光下闪烁着晶亮的光泽。凡有山坡处皆遍植林木，植被茂密、浓绿，偶有一株树显露斑驳的红叶，分外惹眼。

代表团下榻后乐宾馆。我的居室是10楼3002房间。这是一间狭小的刚超出十平方米的房子，但家具电器安排得巧妙合理，所需的东西样样齐全。居室的玻璃窗是固定的，不能开合，但窗子下部却有一条长长的条状的通风处，上有丝网遮覆。窗下亦是一条横贯房屋两侧的窄的长条桌，一侧放着一台小型电视，桌下是一台小冰箱。桌子的另一端则是台灯、电热水器，一个杯子、一部电话、一盒纸巾。桌下则挂着一只手电筒，取下即亮，卡上即灭。地面铺着化纤地毯，铺得严丝合缝。屋子虽小，但床大，躺在床上可以任意舒展，颇为舒适。洗手间亦狭小，可容一人，面盆、甚至地面都由钢板制成、铺就，洁具俱全，皆精巧适用。是啊，日本的一切都这般务实、精细，在适度的节制之中，恰切地分割着时间与空间。这是个惜土如金、等级分明、固守义理的民族，诚然，我接触到的只是表象，还没有深入理解其文化的核心。

坐在窗前，东京已近黄昏。楼下不远处，是一处封闭于铁网中的足球场，四个大灯架之上点燃着近百盏灯，将球场照得亮如白昼，场上白衣与黄衣两队正在拼踢足球，甚是热烈，而密集的楼盘挤挤挨挨，楼窗的灯火于昏黑中透着光亮，楼上则是黑中透红的天际。在一条狭窄的楼隙中可看到大街的一段，看不见疾驶的车辆，只有红、黄灯来来去去，一闪一闪。这是东京秋夜的一隅，房间是静谧的，只有远处车声的喧嚣隐隐传来。

于入夜的静谧之中，我想起了日本的一则故事——海边的大树倒下，被制成船只运送淡水，当船遭毁弃，又被当成劈柴煮海制盐。树消失了，仅剩的一块木料却被匠人制成琴，琴音却长久留了下来。这琴音，就如同这楼隙仅有的虚空，那车灯闪烁的惊悸般的光亮。是的，一个民族不仅仅需要物质的丰富，也需要球场、文学和艺术可以传之久远的精神财富。

晚宴间的交谈

19时日本笔会举行欢迎晚宴。赴宴之前，我脱去慵懒随意的休闲衣服，换上“正装”。不知从哪一天起，中国人的正装都由中山装改成西服了，或许这是一种“全球化”的结果？我是个散漫且穿着随意的人，只注意衣服的合体与相对宽松，虽也注重衣料的质感精良和款式的相对新颖，但色调大抵在灰黑之间，弃绝衣服上多余的装饰，喜欢那种简练、大方、朴素的衣衫，偶尔调换着装，也是一件休闲西装上衣，敞开衣襟，因不必正襟危坐，自然是随意为佳。我的几套西装，都是因出国访问而购置的，在国内极少派上用场。故每次出国之前，都要不厌其烦地学习打领带，一个笨人或者说无法西化的人，隔两年再出访时把打领带法忘得一干二净，还得从头再学，实在是没办法的事情。最后便想了个懒办法，每次卸装领带结不再解开，下次用时套于衣领之上，将领结恢复到必要的位置，倒省了不少麻烦。其实，诗人皆崇尚自由，谷川俊太郎到华访问，穿的则是日式长衫，素朴、自然而亲切，并不因为其未着所谓“正装”而丝毫减少人们对他的尊重。一些国外来访的诗人也时有不修边幅者，于千篇一律中跳出一个“他者”，给人的印象却更为深刻。然而，这次出访是团体行为，须顾及整体形象，我只能循规蹈矩。

晚宴是在一家中国餐馆举行的。在一栋楼舍的一楼吃中国菜，喝绍兴黄酒、啤酒和中国茶。这是一家中国江浙人开的餐馆，在异域吃中国菜，味道依旧，似有一种家的感觉，异常亲切。可见接待方注重细节的热诚关照。

来到餐厅，日本的十位作家已等在那里了。主人男士皆西装领带，女士则身着和服，让人的眼睛一亮。

待主宾相间参差落座，我便向锦琦打探主人的名字。只记得王安忆一侧是写过诸多部悬疑、探侦小说的作家阿刀田高，我的右邻则是堀武昭，以及三好彻、菱沼彬晁、下重晓子、米原万里、藤原关子等名单上具名却还一时对不上号的作家、诗人。这是两国作家的聚会，席间无拘无束、谈笑风生，或许是中国菜太过熟悉，黄酒、啤酒也是熟知的老滋味，也许是谈话的兴致过高，人们只倾心于耳朵，乃至忘却了酒菜的滋味、都吃了些什么。双方频频举杯，互致敬意，口不识闲儿，却苦了李锦琦，他不断地互译两种语言，几乎没有时间吃什么，那张嘴只能最大限度地发挥其两种语言的言说功能。

席间一位中国作家夸赞女士和服的漂亮、优雅。着和服的女士则称，和服也是中国的吴服，从中国传来。这也让我想起敦煌壁画中的唐代丰满的女人画像图，那发式和衣着，和日本艺伎的装束颇为相似。据称，和服这种包裹在身上的服装，是日本人在正式场合以及节日中穿着的衣服，除西式服装之外，合服也属“正装”了。和服都被制成标准的样式，并不考虑合身与否，但穿上后，腰部的折带可以伸缩调节和服的长度，其左前襟包在右前襟之外，亦可调节和服的宽度，束腰的折带和束于胸部的丝绸腰带长度超过四米，是主要固定和服的带子，而丝绸腰带和折带之间，还系一根细窄的装饰绳带，这传统的“三带式”，将和服束缚得扎实、紧凑。背部的宽腰带为丝质，并紧紧地系于背部。和服面料色彩艳丽、奢华，花色通常由手工绘制而成，之后经编织、印染等多道传统手工艺制作成衣。内衬衣是可替代的衬衫领子，在领口处清晰可见，足袜则是大脚趾与其余四趾分开的，鞋呈后高前低的楔状鞋底，两条细带则卡在大脚趾与其他脚趾之间。

或许因为我们的团长是女士的缘故，话题由服饰转到了美女。

三好彻讲美女的产出也有地域性，比如日本的秋叶县就多美女。传说2000多年前冲绳等地便和朝鲜由于邻近，不同种族的人婚配嫁娶，生出的女孩格外漂亮。这让我想起中俄边境时而便能看见的混血儿，无论男孩女孩都有异样得让人想多看一眼的美。这如同植物的远缘杂交一样，异质因素的注入植物会异乎寻常地生长出更为强壮的茎叶、结出更为丰硕完美的籽实来。三好彻问中国哪里多美女，王安忆称：陕西米脂的婆姨是有名的，俗称“米脂的婆姨绥德的汉”。我则接着说——《三国演义》中的貂蝉是米脂人，吕布是绥德人。有人考证，貂蝉的母系先祖源出江浙一带，是战争将吴越美女劫掠至陕西，亦是远缘杂交的结果。王安忆又说：中国山东的姑娘最漂亮，还有大连姑娘，似乎长在海边的女孩都美。三好彻则说：日本也有战争掠夺美女的事情，但那是早年的事，现在的秋叶已无美女了。要看美女，你们该去银座，资本主义是腐朽，可以看看究竟怎么个腐朽法。银座我年轻时常去，现在主要兴趣是写作了。

阿刀田高该是个善饮者，一杯接一杯不断地品饮黄酒，他说他的肝被酒泡了半生，三好彻则是被女人泡了半生。他说团长是女士不去也罢，男人应当去看看银座。堀武昭说现在的男人常换女人，可他认为酒才是个好东西，爱上了酒，自己不行就没换女人。日本的男作家就是这样换了一个又一个女人，甚至女作家也换男人。王安忆则说：女作家恐怕是“被换”。看来女性团长更愿意站在女性的立场说话。

席间又谈起了日本作家去中国访问的事情，说起住西湖的酒店，那里还是外国人少，中国人多。说起吃大闸蟹，蟹的名气越大，吃的人越多。王安忆称上海人对大闸蟹情有独钟，吃得也最讲究。是啊，我也颇佩服江南的吃蟹者，一套工具都颇为精当适用，用于捏碎蟹钳的硬壳，于每个蟹爪中搜取钩求，把一只蟹任何一点儿可食用的部分都吃得干干净净，是有耐心、重过程，慢慢享用美味，甚至那种细微处的有难度的些微求取，已不在于食用，如同细细地解析品尝一首横行的另辟蹊径的诗，而在于其意味的追寻。如我这样的糙人，只知道用牙齿乱嚼，怕麻烦，故蟹肉常常随着骨甲杂乱地丢弃，该是暴殄天物的不会吃蟹者，而不善吃蟹的日本作家似和我也有同感。

三好彻是研究《三国演义》的专家，写过三国故事，曾与林林、孟伟哉交谈过，亦在中国看过赤壁，研究中国古典文学，并称他查出"老骥伏枥"应为"骥老伏枥、志在千里"，可见其对中国古诗探究之认真、深入。

言谈间，他还问王安忆："团长嫁出去没有？"真是废话。这年纪的女人，对世事洞若观火的小说家，怎么可能仍旧"养在深闺人未识"呢！

无语的东京

踏上不熟识的土地，又不懂任何一国语言，我每次出访都心里打鼓，一颗心仿佛被提起来，在胸腔里动荡不安的感觉令我窘迫。眼睛虽能看见目力所及的一切，可既看不懂异样的字符，更看不透人的内心；耳朵聪敏，能听见声音，带给我的只能是茫然。这无意义的看与听，只是睁着眼睛的失明者和耳朵成为摆设的近于白痴的人。故出访之时，我都紧紧地依附于翻译之侧，像个跟屁虫，问这问那，比不耻下问的小学生还要无知和虔诚。这让我想到高层次的交流精通外文的重要。诚然一个好的译者能弥补缺失，但亦有一种"隔"的感觉。

就翻译而言，日常生活的用语与信息的交流恐怕不是问题，但更为微妙的心灵交流以及文学作品尤其是诗翻译却艰难得多，甚至是一种再创造。诗人翟永明访问印度时，翻译需将汉语译为英语，再由英语译为印度语，如此转译，所言最终即使不是面目全非，多少也该有点儿驴唇不对马嘴了。一个诗人的诗如果不是言说，而是歌唱，那诗是不可译的，因为诗之形式感的首要特征即声音肌质将完全失去。一个象形的人无法变为拼音的人，翻译只能是一种借尸还魂。有人称翻译是地毯的背面，与原作是无法等同的。当然也有佳妙的译作，可那大抵也因为现代诗的言说性易于转换成另一种语言，如果诗作注重本国语言的音韵，用声音写作注重话语旋律的诗，那就应了一句话——"诗是翻译所漏掉的部分"。日本诗人谷川俊太郎的诗被译为中文后，颇获好评。谷川称那是诗译得好。正因为译者田原这位长住日本的河南人是日本文学的博士，又是能用日语与汉语双语写作的优秀诗人，对诗的奥妙有深入通透的理解，对诗之本质与两国语言有恰到好处的把握，但他带给我们的，也是汉语中的另一个谷川俊太郎了。

在日本的街上穿行，我有一种似曾相识的感觉。是啊，和中国同样的层楼广厦，同样的大街，同样来来往往的车流，同样肤色与面目的行人，如果不说日语，真看不出这里是东京。身在异国他乡，一颗忐忑之心，如同广告牌匾上破碎的字符，只是些我熟识的偏旁、部首，形同被肢解的尸体；可偶尔出现几个完整的汉字，又让我孤悬的心安稳下来。

是啊，明晰的指路牌，汽车上喷写的广告，小店灯箱上墨写的名目，几乎都是汉字，甚至“浅草”这样的地名，也让我想起唐诗中“浅草才能没马蹄”的诗句。信手翻开一册日文书籍，其中汉字约占一半左右，读下去，似能知晓内容的大概。诚然语言发音不同，可替代语言的文字多相通处，一种没有声音的沟通，却能抵达认知和理解。譬如我们有一次乘地铁，下车后发现徐振清没有下来。当时老徐发现地铁上有一个空座位，便挪过去坐了下来，可一回头发现同伴都不见了，车门已关闭，我们在车窗外与车里的老徐打着手势，急得不行，就这样眼睁睁看着他被不知拉到了何处。随后在站外等了两个多小时，可他竟一去不返。他后来讲，在一处说不清的地方下了车，出站后胡走一通，发现景色颇佳，照了不少照片。回去不知如何走，无奈之时他想起找警察。可由于语言不通，干着急没有办法。最后他想到了写字，用汉字和警察笔谈，几经周折，终回到住处。

据称，早在海平面低的冰川时代，便有中国人居住在这个岛上了。西汉司马迁在《史记》中记载了秦始皇命徐福率“童男童女三千人”和“百工”，携带“五谷子种”，在连云港启程东渡，去传说中的蓬莱仙山求取长生不老之药。据日本《百科大辞典》载，徐福一行在海上漂泊之后，于日本纪伊的熊野浦登陆而不返，时孝灵72年，其子孙终为熊野之长。或许徐福带去“百工”、“五谷子种”故，他被日本尊为农耕神、蚕桑神和医药神，纪念徐福的活动历千年而不衰。其实，秦之前的春秋时期，吴王夫差国灭身亡，部分臣民和王室后裔流亡海外，这在《晋书》、《梁书》等典籍中均有记载。日本《新撰姓氏录》中也称：“松野，吴王夫差之后也，此吴人来我之始也。”日古籍《姓氏录》亦载：“秦人流徙各处，天皇(仁德)使人按索鸠集得一万八千七百六十人。”又据日本大藏官统计，公元540年，日有秦民7053

户。时至今日,秦人已不知繁衍了多少人了。据称,羽田、波多、八多、幡多、八田、羽太等,均为秦人姓氏。或许,吴王的后裔与徐福的东渡,该带去中国的文字,但那时的汉字应为篆体秦字,有了汉隶之后才有了形同今日的汉字,因而,专家称三国时期汉字才传入日本,并被接受,还是有其道理的。公元八世纪初,汉字在日本被普遍使用。九世纪末,日本人吉备、真各以汉字的基础,取汉字的偏旁部首和部分草书字形,形成了日本文字"假名"。中国人看不懂的部分则是日文的字母。

在日本,我看到的书法都书写的是汉字。而在日本的书店之中,中国历代著名书法家的字帖应有尽有,比中国书店都齐全,且印制精良。偶尔打开电视,还可看到书法讲座。看来,中国的书法艺术在日本倒得到了延续和发展。而中国的简化字,有相当多的文字亦从草书中来。

说日本的文字源于汉字,可在现当代,日本人用汉字创造的新词汇,却被中国人大量地采用。这种反哺现象,也有力地推进了汉语言文字的发展,并适应这个全球化时代的潮流。这是因为日本近代接触、引进西方现代科学与社会科学比中国早、进入发达国家行列的缘故吧。林桦在《日式汉字与汉式日字》一文中称:"中国人也从日本汉字中直接引用了大量汉字的概念,如革命、科学、民主。与法律有关的许多概念和词组也来源于日语,如诉讼、契约、责任、警察、和解等。"一些日本人的日常用语,如人气、资格、议会、年中无休等,亦进入了中国的日常语汇之中。正如他所指出的:日本人用中国人一直使用的汉字,在词汇组合、赋予新意,以及翻译西方概念中,体现出不少创意和革新精神——一是取西洋语的发音,创造发音相近的新词组,如浪漫、俱乐部;二是运用日语中的汉字,重新进行组合,如服务、方针、申请、想象;三是以汉字为素材,来表达或"意译"来自西方的概念,如立场、场合、手续、取消、经济、法律、社会等等。另外,来自日本的复合词组和造词法,也为国人采用;如以"学"结尾的学科名称,生物学、经济学、历史学;以"主义"和"问题"结尾的概念,社会主义、帝国主义、现实主义、社会问题、国际问题;以"家"结尾的复合名词,小说家、外交家、教育家、音乐家,等等。

这些新词汇的创造、组合,是汉语中无中生有的发现和命名,蕴含着不凡的想象力和智慧,不仅极大地丰富了汉语的词汇,在人类精神的血液循环以及科学技术的引进与交流中,起到了极其重要的作用。因为语言是人类一切智力活动的根本。

林桦在文中还谈到,日语中关于赞美的词汇不多,而关于身份、地位的词汇却异常丰富,光是用来表示第一人称的“我”和第二人称的“你”和“您”,就有“私”、“拙者”、“俺”、“小职”、“仆”和“殿下”、“阁下”、“贵男”、“贵女”和“君”等许多种。或许,这种词汇的丰富,正是日本文化的基础——等级制度的体现。建筑在家族制度之上的日本社会等级制度以及支撑这种制度的繁琐的社会规则,规定了日本的行动和思考方法,它将各种各样的人都限定在适当的位置上。日本的社会结合大部分是人身或统治服从的关系,而不是个人与个人之间通过自由意志这一媒介的结合,这已经成为一种常识。而这些微妙复杂的自我贬语和对他人的敬语,于扑朔迷离之中仍能看出封建性等级制度的原形。正如高桥敷在《丑陋的日本人》中所言:“如果说世界上其他国家的语言是表达意志的手段,那么日语是旨在掩盖意志的手段。”

自然,这种等级观念,是人类共有的通病。无论在政治还是经济领域,东方似乎比西方更甚。其实日本的等级制度,最早也是由中国移植而来。公元701年,日本制定出一套永久管理制度《大宝律令》,亦是参照中国的政治模式而形成。而这种制度历时长久所形成的民族劣根性,那种攀高枝、狗眼看人低、慕虚荣、求富贵、买官、抢椅子等明争暗斗、巧取豪夺,甚至阴谋暗害、雇凶杀人等等,于现实之中似乎已成为整个人类的顽疾了。

同为汉字,日本的汉文是一种变体汉文,其词汇的语义大体上与汉语相近,但也有语义并不相同的表达。几个人聊天时,锦琦说起有的词汇的差别,如“有料”是要付费的意思,老徐却误认为是有黄色意味的调侃。“掌上明珠”意为放在眼睛里也不疼痛,而并非我们的至爱珍宝般的女孩。而“手纸”是指手写的书信,而非我们认为的揩屁股的草纸。

在银座观赏歌舞伎

11月24日11时,由菱沼彬晁陪同,主人安排我们观赏歌舞伎演出。

歌舞伎座位于东京银座四丁目,其建筑是现存的使用西方建筑材料和技术建造的日本风格的古老建筑之一。是经1923年大地震以及1945年遭受轰炸之后主体受损，于1951年重建的。它矗立于被称为世界上最繁忙的路口之一银座十字路口的一侧。据称，日本城市的建筑很少有超过25年的，位于伊势的神殿每20年以同样的设计和材料重建一次，这让注重古迹的中国人不解，会被认为是假的新建筑。如此看来，银座的歌舞伎应该是日本颇为古老的建筑了。或许，这种不断地毁弃重建，是日本人对短暂现实的世界的一种信仰，强调的是非永久性和复兴的重要。

或许世界上难寻像东京这样以现代的高科技与不断的变化著称的城市，不仅建筑更替快，消费趋势也可能一周一变。这是个令人激动、最有活力的现代都市之一。而早年还是一片沼泽地，被填实后，以始建于1612年的银币铸造厂命名的银座，已是东京最繁华的地区，具有顶级的商业气息。银座的四丁目，可称之为聚焦点，耸立的钟塔；松屋、松孤屋巨型商厦应有尽有的商品；法国人开的“春天”百货商店的分店；“坂急”和“西式”汇集的日本和国际品牌的时装；塔状的圆形三爱大厦，这座裹在玻璃之中的建筑，当霓虹灯光穿透玻璃，则展现出黄昏时分流光溢彩的魅力。当然，这里还有展列馆中心，有大量日本和西方艺术品展示，而大街背后一连串的小巷，可找到名牌专卖店以及各种派别的美术馆。银座还开有4000多家饭店，经营各种美食……

这是一个独特的、传统与现代杂糅于一起的国度。或许这个岛国处于环太平洋地震带，每年多达上千次地震，偶尔还有海啸发生；且日本有60座活火山，地理环境本身便千变万化，地壳的震动似已习以为常，火山熔岩的奔突诚然造就了颇多的温泉，但这种动荡的破坏性，在我看来多少也影响了这个民族求新求变、追寻极致，于破败中进取复兴的观念与性格。

人们发现，如同歌舞伎座这西方材料与技术服务于最传统的戏剧一样，冰激凌的口味竟包括红豆酱和绿茶；神甫坐在本田车上；一个算命的摊位却设在一家软件公司的外面；一家针灸诊所对面是快餐店；一座屋顶神社与稻荷神之间是人造草皮的迷你高尔夫球场……在这个国家中，樱花、空间狭小的旅馆、佛教僧侣、文身青年都是并列的；人们发现,摇滚乐、前卫艺术、抽象派油画与日本的插花、传统戏剧同样流行。这种看似对立、矛盾的事物融合于一体，或许与日本人的矛盾个性有关。正如有人指出的那样:“性极好斗而又非常温和;黩武而爱美;倨傲自尊而又彬彬有礼；顽梗不化而又柔弱善变；驯服而又不愿意受人摆布;忠贞而又易于叛变;勇敢而又怯懦;保守而又十分欢迎新的生活方式。”日本人的这些特征,似让人难以理解。

观赏歌舞伎演出，对于我这个只知其名却从未领略的人是一种既新鲜却又难以理解的考验。这恐怕和不懂汉语的外国人看中国京剧一样,只是看个热闹而已。可我又不甘心,于是便拉住了菱沼彬晁和李锦琦,认真地询问一番。菱沼告诉我,歌舞伎这种色彩艳丽、规模庞大的舞台剧,是由一位女性演员——出云阿国创立的。1603年时只在东京都河边进行简单的表演。演员是生活在底层的人,常遭蔑视,让人看不起。因为女演员卖春,被认为是不道德的,后来歌舞伎便全部由男人扮演,包括剧中的女性也由演员男扮女装，并逐渐由为大众日常表演转换成更高知识层面的艺术。歌舞伎在日本颇有地位,主要演员都是明星,收入比流行歌手还高。据说歌舞伎也源于中国,唐朝时传到日本,因而和中国传统艺术非常相近。最初的歌舞伎演出,便类似于中国北宋开封河边的演出。看来,我不是来看歌舞伎,而是领略中国古代戏剧了。是啊,剧装的鲜丽衣袍、浓浓的面妆,和中国古戏剧何其相似。自然,这是另一种语言和蕴含着日本戏剧元素的演出,其引进的只是外部形式,本质上该是日本独有的传统文化的留存。据介绍,歌舞伎剧目颇长,一台戏可演三天。现在要表演的只是其中的一幕或两幕,相当于中国的折子戏。今天的第一幕便是1900年创作的,写江户时代一个武士的爱情故事,写实主义的表达方式。歌舞伎表演有各种戏剧元素呈现,并非只有歌舞。中国人讲听戏,日本人说看戏,剧中的演员并不唱,由后面的演奏队演唱。演员在台上只表达剧情所需要的动作,引发为舞蹈。日本人的礼节都源于这古老的舞蹈。歌舞伎也有各自不同的流派,每个出色的演员都属于自己的流派。这古老的剧种已经有400年的历史,是日本文化的精华。看戏时并不安静,时而有人呼叫,并不是叫好,而是呼叫演员的名字。这类似于目下的追星族、粉丝。

歌舞伎座的剧场是宽阔的,似可容纳千余位观众。剧场的墙壁与舞台顶部挂满了圆筒形的红纸灯笼,每盏灯笼上都绘有凤鸟图案。幕布呈条状联缀,从舞台顶部悬垂而下,黄蓝相间,并有素雅的仙鹤、芦花浮现其上,于静中呈现出动感。这幕帘起到变换场景的作用。宽大的舞台之后、之侧,则是乐师和旁白者的领地。而舞台设置有转台、地板门、供演员飞行的绳索。花道则是从剧场后部延伸到观众席的通道,顶部与观众的头部同高。剧中人有时会突然从花道中现身,从地底托升于花道之上,近距离地与观众见面。

我是在经介绍并阅读杂有汉字的剧情说明中,扑朔迷离、似懂非懂地观赏这场戏剧的。由梅玉扮演的武士与孝太郎扮演的少女的恋情,大抵是日本镰仓时代源氏与平氏之争的战乱背景下发生的故事。平家武士箭筒中插着的一枝梅花,该是这爱情的象征,想来该是爱恨情仇、死去活来的情感纠结吧。可大体上只能看戏的我,印象深刻的是武士宽大的衣袍上颜色浓重的铠甲,只护着外臂、右胸及肚腹的分片的铠甲,硬风格的动作,敷着浓白的面妆但眼睛和面部表情的执著与生动;女人素雅的淡粉色裹体饰有淡红色花瓣的长衫,外罩淡绿色过膝的裙装,以及看似不动声色的面部哀伤的表情;一栋传统的日本式木屋和屋旁一树干枝上碎红的梅花。

《芦屋道满大内鉴》则是狐狸与人的爱情,该是一场悲剧。这让我想到蒲松龄的《聊斋》故事。剧中,雁治郎扮演的由白狐变为安倍保名之妻的展演,给我留下的印象尤为深刻。舞台上的狐人之变的动作变化,观之令人惊讶、赞叹。我说不清这戏剧的细微末节,可背景上遍插的芦花所衬托出的悲凉萧索的氛围与情境哀伤的意绪、愁苦的感觉却能明显地渗透出来,动人心魄。剧中尤让我感到意外的是这位狐狸变成的女人书艺之精,她用左手执毛笔书写反字"恋之河",于悲痛欲绝的表情之中手抱婴孩,用口叼笔书写"葛之巢"数字,可贵的是用这种方式写出的字仍笔法连带流畅,布局讲究,笔法笔意兼备,可见中国书法在日本历时悠久的传承。这也让我想到,日本文字假名中的诸多的汉字偏旁部首,以及那些直接从草书中选取的汉字,经日本人长年累月的书写,或许中国的书法家也不可能这样日积月累无止境地练习临摹吧。这场戏为"净琉璃”中的四段目。净琉璃为日本民间曲艺形式，所操之琴若中国的三弦，由两人或四人弹唱，为歌舞伎的旁白、介绍剧情等，是戏剧的声音部分。

《积恋雪关扉》自然也是与爱情有关的戏剧，留下印象的是将军、姬女的雍容华贵，守关兵士难忘的表情以及他白绿相间的袍服和手持的大斧；过关之后令人豁然开朗的樱花林。此剧动作性强，念、做、打多，不唱，是颇具舞蹈性的更适于看的剧目。

对于日本的传统戏剧，作家谷崎润一郎似更喜欢“能”剧。他认为没有什么会比“能”的服装更能够和日本人的皮肤匹配了。“能”的演员面目本色天然，不像歌舞伎演员那样脸面涂一层厚厚的白粉，而是保持日本人特有的略带红晕的褐色肌肤，或者微黄的象牙般的脸色，因此和华丽的服装相映成趣。金线和银线纺织品以及带有刺绣的内衣固然和演员的皮肤相配，其他如深绿色或红黄色的古武士礼服、常礼服、便服之类以及纯白狭袖便服、宽袖衣等也十分匹配。有时碰到演员是个美少年，这些服装更加能突出其冰肌玉骨和娇嫩照人的面颊，显示出一种自是不同于女人肌肤的诱惑。他也认为，歌舞伎的服装华丽之处并不亚于“能乐”，在性的诱惑力方面甚至远远超过“能乐”。两相比较，歌舞伎的服装不消说更富于色情和艳丽。然而，过于华丽非凡的色彩很容易流于庸俗，而化妆而成的脸谱，缺乏天生丽质的真实感。

关于女性的话题

11月24日15时，代表团团长王安忆在上智大学演讲。翻译为王敏教授。

在上智大学8楼会议室，较为宽阔的演讲厅内，开讲前已座无虚席，但仍旧颇为安静。主宾相互介绍着，握手并轻声问候，彬彬有礼。演讲处墙壁的上方挂着横幅——中国——日本的未来——中国的文学事情·现代中国女性作家王安忆。

主持演讲的人是日本笔会会长井上厦。这位会长个子不高，双眉浓重，一张微笑温和的面庞让人感觉松弛而亲切，一个60余岁的人，体态适中，看上去沉稳而又随意，应是位颇受尊重的作家。演讲前他做了长篇开场白，但听来并不觉得冗长，思绪开阔、思维缜密、清晰，又表达得颇有兴味，对两国作家的交流，对演讲者的介绍以及对其作品的理解，都说明得精当且深入、充满了热情。

王安忆自然不失名家风范，神凝气定，不疾不徐、娓娓道来的演讲节奏把握得恰到好处，一个有多年写作经验、写出诸多优秀作品的作家，眼界开阔，对中外名作有深入理解、对小说艺术的探究颇有心得的作家，又在大学里教授文学，既有创作实践的丰富，又有心灵感受的透彻，讲起来自然得心应手。

她讲，她所从事的是虚拟的工作，只能描绘这个世界，它应当是怎样的，本来是怎样的。未来不是事实，而是一种想象、可能和挑战……

我发现小说家讲话和诗人不大一样。诗人激奋者多，安静者少，粗放、直接者多，精细、委婉者少，情感热得快，思维跳跃性大，感觉敏锐，常陷入某种情绪中不能自拔，少条理而多感性。可小说家似乎满肚子情节和故事，表达者精于结构，细腻、真切，大都沉得住气，语速缓慢，语调平稳，在我看来似乎都是慢性子。可在亦步亦趋的诉说中，能在精当的描绘里凸显人物的性格与命运，于芥微琐事中展现时代的变迁与异乎寻常的意味。

王安忆从八十年代出访欧美被误认为是日本人说起，甚至翻译过去的小说插图都是日本的仕女像，谈起中西相互间的误解，以及西方、亚洲在相互想象时空中的位置。她口中的中国文学，是从女性作品的视角体现中国社会在生活方式、情感纠葛中观念的变化，以及复杂的人与人之间的关系。她具体介绍、剖析了唐颖的《冬天我们跳舞》、张洁的《爱是不能忘记的》、陈丹燕的《女友们》三篇小说。从开放动荡中想象里的心驰神往、美感的发现，以及主妇的红杏出墙，意绪里该是冬天里的春天。那种点点滴滴的微妙心理，打破世俗观念的惊心动魄的爱的执著，观念上突破了传统的封闭性，具有了体验的深度与人性的深度。而学做“坏女孩”的小说主人公，变换语言的谩骂，婚外情也并非冒险的感受，作品于波折之中颇具典型性，是“新类”的形象塑造，其中令人动心的细节尤为难得。正是这些作品，展示了变革中社会与人观念上的变化，在意识上与整个人类相通……

演讲者还谈及了她与日本作家的交往,相互间的关切与敬重。并谈了两部日本作家小说的读后感受,那种幻象般的不真实感以及未来的可能性,谈了未来在小说中的期望。她还谈了张爱玲的《金锁记》及一篇写回家的小说,那种新的被抛弃,而旧的事物腐朽,和衰败的家园,声音被风光遮蔽,几代人的命运两手空空、一无所有,回家的感觉又是一片荒凉……

我无法也不必详述王安忆的演讲,仅记下一鳞半爪。但这应当是此次出访的重要交流方式之一,起到了相互沟通和理解的作用。

晚宴是在东京"四川登龙饭店"进行的。看标识我误认为该是"四川"那种以麻辣著称的中国川菜,坐下之后才发现与我的想象毫无关系。出访日程上的译文是"四谷登龙"。据称,这是个有几十年历史的老店,是东京最豪华的酒店。主宾皆围坐于长条桌旁,食用日式美食。我也第一次领略了被称之为"天妇罗"的炸虾与菜叶等佳肴,亦放心地尝食了生鱼片。

或许与下午的讲座有关,席间谈的亦是有关女性的话题。

阿刀田高似也是对人的悬疑、探侦者,他下结论说:从生理上研究,也注定男人站得更高一些,女人则容易满足于现实。他说起一个故事,称洞中的公猴与母猴被山上的落石堵住了洞口,公猴到处蹦窜,想办法寻找出路,很不安分;母猴却蹲在那里,等待着坐享其成。

上智大学的事务局长钔持睦子则援引一西班牙作家的话说:男人看得比较远,但女人却看到永远。能生孩子的女人无论生育否,都是坚持永远的。此论得到王安忆的赞同。

我则接着话头开玩笑说:可能洞中的母猴太爱这个公猴,即使困苦若饥饿而死,也愿意和公猴厮守在一起,死也不想分开。而公猴或许爱上另一个母猴,故想方设法要出去另寻所爱。这是复杂的事情,人非猴安知猴之想。或许这也是小说、或者说文学表达未来的可能吧。

王安忆则谈到她的一些女友,事业上都很成功,也有钱,但她们也需要一个男人,碰不上出类拔萃的,哪怕差一点儿的也好。吃饭,她们付得起钱,但有男人付账,心里也喜欢。可真能遇到一个合适的男人,也难得很,可遇而不可求。

另一位日本女士说:男人比女人更软弱,所以上帝给男人以暴力,维护他们自己。女人知道男人软弱,但不说穿,让他们自己去想吧。

这时又有一位日本女士插嘴说,现在女人比男人更厉害。日本的男人越来越懒,如果你说他不行,他就更懒啦。

可这时仍有日本男作家坚持说,男人还是比女人看得远,女人只注意自己眼皮底下的事。这明确的男性立场,仍很执著。

王安忆讲起自己的家族。祖父、外祖父都吸上了鸦片,吸光了家业的积蓄,自己家里于艰难的生存中一直靠女人支撑。男人已经越来越虚弱,已是皇帝的新衣。

这个晚宴,似乎已成为有关男性与女性问题的研讨会,虽分歧较大,但皆表达得心平气和,可两种立场分明,女士们的话语似更为深入有力。

我则说,男人与女人的差别该与社会分工不同有关。女人多负责看孩子、做饭,她不看眼皮底下的事看哪里?不然孩子烫着、摔着,汤锅溢出浇灭煤气,中毒了怎么办?一些女政治家管大事,不知比多少男人更有耐力、管得更好。或许男人与女人体力上有差异,智力上应当没有大区别,男人与女人,都有强者和弱者。

与渡边淳一座谈

11月25日11时,主人安排代表团成员与作家渡边淳一座谈,在日本笔会会议室。

日本笔会会址看上去像个大碉堡,圆形的四层楼房,外墙贴满黑色的马赛克,楼不高,却给人一种沉重感,似乎楼房也是忧郁的。这让我想到中国作协十层办公楼,比这发达国家笔会办公处还要气派,让来访的日本以及更多的外国作家羡慕。据说,日本笔会的这栋楼是企业家赞助建造的。日本笔会的正式会员只有两千余人,还有两千人左右是名誉会员,皆为资助者。

在笔会四层的圆形会议厅里,只有渡边和陪同者宫田昭宏,以及中国作家代表团的五人。对坐在圆形的会议桌旁,寥寥数人,屋子有些空荡。王安忆逐一介绍了代表团成员,说我们都是中国“文化大革命”之后成长起来的作家，都没有受过正规的高等教育，但都在基层生活多年，底层经验是这些作家的写作源泉。渡边淳一则一一握手致意。他微笑着，灰白稀疏的头发下，是微微下弯的眉毛、眼睛和微微上翘的嘴角。这位其时已71岁的作家已出版130多部作品，可谓著作已不只等身了。这个弃医从文者，他的《失乐园》于1997年出版后，在报纸连载时引起极大反响，在日本已发行260万册。他最初写自己熟悉的医疗题材，继而扩展到历史、传记小说，尤以洞悉人的生理与心理的情爱小说风靡于世，是至今仍活跃于文坛、新作不断并多有反响的作家。这次见面，他带给我们他的作品，送我的一册是2004年日中两地同时出版的长篇专题随笔《丈夫这东西》，在书的扉页用毛笔写着我的名字和他的署名，皆为汉字，并加盖阳文篆字印章，似乎是个“淳”字。他并说他见过贵国的卫慧，看过她的《上海宝贝》。

在座谈中我问他，在整个世界文学作品卖得都不太好的状态下，他的作品为什么有这么大的发行量？

渡边讲，他的作品虽然分三类，但都有一个共同的特点，即医学对他的影响和启示。作为医学博士、医学院教师和从业医生，对人的生物性、人的生理了如指掌，让生理因素进入情爱小说，该是透彻的感性，让生理和心理浑然一体地展示爱则更为真实。比如你喜欢的女人吃的糖，你也想舔一舔，感觉会更甜蜜；如果你不喜欢她，看着都感到肮脏。爱与被爱，无论是什么体制的国家，都是不被干预的，都是有魅力的、属于个人的事情。《失乐园》描写的是婚外恋，从常识性看来是不道德的行为。两个当事人很幸福，可妇人和孩子很痛苦，怎么办呢？我在接受采访和对谈时都被问到这一点。他个人认为，小说不是道德的教科书，描写的是人物的内心世界，不解决道德问题，不论主人公的好坏，作家探究、曝光的是人的内心深处某一种可能性。写男女之爱，光写精神方面是不够的，男女之爱，离不开性描写。没有性，那是什么样的关系？离开性便描写不出本质上的男女关系。精神恋爱只是一种幻想，是被架空了的幼稚性的小说。当然，直截了当地描写很简单，关键是怎么写得更新。

王安忆则问：对于爱情来说，是性重要，还是情感重要？

对此，渡边回答他没有想过把性和精神分开。性非常和谐，情感会和谐，肉体、灵魂是同时达到高峰。肉体不和谐，只有精神和谐，最终他们会分开的。

王又问：肉体衰弱，需要精神补充吧。

渡边说：老年人恋爱是超越性爱的。睡时握握手，抚摸身体，肌肤之亲，这种肉体的接触也是性爱，性爱不只是性行为本身。自然，这种抚爱方式也是精神的慰藉。

就《失乐园》这部作品，渡边强调了他对爱情的理解。他说《失乐园》本来有很好的高潮期，可这高潮不能持久。从男性生理上着眼，男性到了高潮期一定是欲望的消逝。本人不认为爱情可以长久持续下去，有高潮也有结束。爱情也是无情的。恋人到哪种程度可以结婚？两人的情感到了高峰，会有恐惧心理，剩下的只有衰退了。所以，在爱情最美好的时候，在作品中让其戛然而止。爱这个东西，说到底是对对方的一种兴趣。从生理上讲，男人与女人对性的感觉不一样。男人的喜悦、高潮是射精，然后是缩小的感觉，达到无的境界。女性对性行为的喜悦、高潮是扩散，有持续性，欲望的消退是缓慢的。因而男性总有一种虚无感、弃世的感觉，女性则没有虚无感。

就此论，葛笑政插话说女人有时比男人强大，心理耐力也强。你说得对。王安忆却说，可女性总是在收拾残局。

对“爱情中是否该有些理性”的发问，渡边说，男性在恋爱过程中都是有理性的。烦恼、打破心理的平衡，爱情都是在情欲和理性中动摇，动摇就是理性的表现。写小说时，男女之间那种动摇的心情，进进退退，困惑感，复杂的心理等等，是小说描绘的最高境界。

座谈的最后，渡边淳一说：“我的作品，男女方面的描写，在二十年前贵国是禁止的。我想问一下贵国对性描写开放程度，都有哪些限制？”

作为刊物的主编，我对这个问题作了简要的回答：中国由于儒家文化传统源远流长的缘故，多年来对过度的性描写是忌讳的，要考虑国人的欣赏习惯和心理承受能力。但就具体作品而言，则要看性描写是否是作品艺术结构的要素，如果删除性描写小说则不成立，自然要保留。《人民文学》所把握的尺度大抵是如此，强调性描写要《红楼梦》式的，而不要《金瓶梅》式的。近年来，有关部门对作品性描写的界定是严格的，将艺术规律内必要的性描写与俗烂的色情文字明确区分开来，并非一律禁止。当然，由于对外开放以及观念的变化，对作品性描写的观感亦已逐渐松弛，由初始的大惊小怪趋于习以为常。一些国外也曾被禁的小说，如《查泰来夫人的情人》、《洛丽塔》等，在国内亦已翻译出版了中文译本。就艺术作品而言，不在于你写什么，而在于你怎么写，或者说你创造了什么。帕斯称作家的道德力量并不在他处理的题材或阐述的论点中，而是在他语言的运用中。在我看来，一些庄重、严肃的题材在有些人的笔下，也会写得十分媚俗，几近于无耻；而有的写艳事的作品，也可以写得极其美好，充满了诗情画意，丝毫没有肮脏的感觉，甚至能提升人的境界。

写到这里，我想到的近年来渡边淳一的作品已大量地译为中文，在国内发行。他的名作《失乐园》作家出版社最近出版了全译本，没有任何删节。而他的杂文新书《钝感力》以及新的写“不伦之恋”的《紫阳花日记》，涉及“偷窥”主题的小说亦先后在沪首发。

其实，渡边这些作品，写的是真实的人性，紫阳花之花语便是见异思迁和善变的意思，这部再次畅销200万册的新著，对当代日本中产阶级婚姻生活的真实刻画无疑是深刻的。作为小说家，他只对人的处境感兴趣。正如他所言：如此重视写男女之爱，是因为他本人对女性充满了深切的爱意。或许，正是他这种切身感受的深度，决定了其作品的大受欢迎。

有资料称，日语中的“好色”没有汉语中的贬义。日语里的“好色”是追求恋爱情趣的意思，与物哀、风雅等美好意识相通，并非卑俗的色情。纵然，渡边作品中大量的性爱描写，在日本文学中也不多见，但却是作为审美的形态而存在的。他主张人类应该回到已经迷失了自己的原点，重新唤回生物本应有的雌与雄的生命光辉。正如有论者指出的：“渡边文学追求的目标，是一种唯美的追求。将官能享受与优雅的人物品位、优美的季节转换、幽静的场景渲染等等恰如其分地调配在一起，将变幻无穷、跌宕起伏的性爱烘托得颇有诗情画意，读后，仿佛欣赏了一曲震撼心灵的交响乐，令人回味。”正如井原西鹤的那句名言：“即使放荡，心灵也不应该是龌龊的。”

在渡边看来，性爱在某种意义上，还是可以治愈连心理医生也束手无策的疾患的灵丹妙药。而竺家荣则认为，渡边的一些代表作，“说到底，是对生与死、爱与性的考问，是对人性的关怀。”《失乐园》的主题“似乎可以用‘慈悲为怀’来定性，因为它实在是对人生与人性的一种关怀和体恤”。

扫墓·笔会日·座谈会

11月26日中午12时，王安忆团长率中国作家代表团一行五人，到柿生陵园为日本笔会首届会长尾崎秀树扫墓。

尾崎秀树曾是鲁迅的朋友，与鲁迅有过较密切的交往。为评论家，出版过著作百部以上，被誉为日本评论家第一人。曾任大众文学学会会长、日本笔会首届会长。作为作家代表团团长，他曾率团多次到中国访问，是中国作家非常熟悉、友好的朋友。

尾崎对日本文学的贡献在于他规范并肯定了大众文学在日本文学中的地位。日本文学史明治以来，只承认纯文学、私小说、雅文学，而描写历史题材、揭示社会问题的大众关心的热点文学，在文学史上没有地位。尾崎提倡这些与大众密切相关的作品进入文学史，并非否定纯文学，而是让其与私小说一样有平等的恰当位置。他从二十世纪五十年代开始呼吁，认为整个世界的写作潮流中大众文学都有其应有的地位，他最早提出这个问题，亦受到大家的认可。

从照片上看，上世纪六十年代来中国访问的尾崎秀树歪戴一顶铲形便帽，还清瘦利落；待他八十年代与王炳南、夏衍以及王蒙、杜宣会见的时候，人却宽厚了许多。他于1999年9月21日患胃癌去世。他只留下了百余部著作和照片中的影子，尽管这影子仍旧微笑着。

柿生陵园极为安静，也极为干净。矮小的植物也修剪得颇为整齐、有形有色。白茶花开了，深秋的树叶红了，金桂默默直立着。或许是没有风的缘故，这些色彩明丽的植物纹丝不动，似也失了生气。

墓道由小石子铺就，铺得甚是精细。墓室上的石头封盖颜色各不相同，黑、灰、紫、红，都打磨得闪闪发亮，不亚于五星级宾馆的大堂。墓的前方是木质香案，两侧的小瓶放置鲜花，我们每人点燃三支香供上，用一小桶清水将石墓洗淋一遍。而陪同者蹲在墓前,低头悄无声息地动嘴诉说着什么。最后,我们一起低首默哀三分钟。

墓地,是所有向死而生的人的最后归宿。我们所怀念的亲人、朋友,也是其生前与我们结下的情谊。诚然物质不灭,可死去的人什么也不知道了,他只在活着的人情感和记忆中存在着。而墓园的明洁、宁静、优雅,也是让还有意识的人提前感受一下最终已无法知晓的环境。墓园是给活着的人看的。

18时,我们来到东京会馆,出席日本"笔会日"招待会。

日本笔会的"笔会日"是定期组织的活动,会员在一起聚会交流,吃自助餐、抓奖。参加聚会的人都站着,手擎酒杯、边品饮边聊天。我们几个人被安排在台前的小桌旁,破例放了几把椅子让我们落座。开始时被请到台上,一一介绍给所有笔会会员,并请王安忆团长讲话。

王安忆简短但又颇有亲和力地说:"我们从北京来,受到大家亲人式的接待,很感动。上午,我们去给前会长尾崎秀树先生扫墓,回来时我们一位团员走丢了,佐佐木先生像领孩子一样把他领了回来。在陌生的东京,语言不通,可因为有笔会的先生、女士亲人般的关照,让我们感到异常的温暖。我们都是写作的人,今天聚在一起,像中国人过年一样,一家热热闹闹地团聚,这种气氛令人难忘。我在这里也提前预祝大家新年过得好!"

"笔会日"由于中国作家的加入而更为活跃。日本作家川流不息地与我们互致敬意、祝酒、合影留念。大厅里飘着酒香,响起碰杯的清脆明亮的声音,到处都是盈盈的笑意与低声交谈的老友新朋。

晚上吃韩国烧烤、冷面,由堀武昭陪同。堀武昭看上去清瘦,性格却乐观快活,爱喝酒。他和葛笑政一起喝了几瓶韩国酒,都是15度的淡酒。他总是笑着,说起读王安忆的小说《叔叔》,好像就是写他自己,看得掉泪。

作家们在一起吃饭总是聊着天。三好彻是开辟两国笔会交往的有功者,他说其子在学校知道爸爸在家写东西,不上班,以为他是无能之辈,在同学面前感到不好意思,有点儿抬不起头来。他问王安忆看过她母亲写作没有?

王安忆说她看到过母亲写作,知道写作是很苦的事。但听母亲给她讲虚构的故事,还是很受吸引,知道了书都是一个人写出来的。人可以在两个世界生活,除了日常生活之外,还可以在幻想、想象、虚构的境界里生活。

在被问及游览六本木的印象时,王答是很豪华,可和我们没多少关系。中国的城市也有这样的去处,多了,都一样,看一个就成,和别的城市没什么两样。

是啊,去琳琅满目令人眼花缭乱的商场购物,东西虽应有尽有,可我们并不需要什么。最终,我只买了几尊木质的日本小偶人,看起来颇为可爱,挺有意思,拿回去做个纪念吧。

与日本作家、翻译家进行交流的"中国文学座谈会",被安排在11月27日的日本笔会会议室。日方参会者有岸阳子、茅野裕城子、饭塚容、三好彻、菱沼彬晁等。

讨论会由作家、评论家关川夏央主持。他表示会可以开得轻松、随意些,更广泛地谈一下中国的文学、出版情况、作家生活等等。并称讨论情况将在日本笔会的报纸上发表。

这些与会者都是研究中国现当代文学的专家和作家。岸阳子为早稻田大学中国现当代文学教授,饭塚容是中央大学教授,被认为是最熟悉中国当代文学者。记得王安忆演讲时,一位翻译家曾讲她刚读过我在国内发表的一组诗。而就在这个座谈会上亦有人讲他买过我不久前出版的诗论集《诗的魅惑》,令我诧异,可见其对当代中国文学的涉猎之广。他们称在网上查阅过我们的资料,谈起来有似曾相识之感。据介绍,其赠送的已译为日文的中国当代小说集,都是自己亲手翻译、自己出资印制出版的。这些作品并不是畅销书,自然经济上付出多于收益,但他们是将这视为自己喜欢的事业尽心竭力的,听来让我肃然起敬、颇有感慨。翻阅中,我发现书中译了几篇《人民文学》发表的小说,让我感到更为熟悉、亲切。

王安忆在会上应邀谈了自己的写作。她讲她的小说一开始是一种倾诉,是丰厚的生活积累驱使她拿起笔来表达,不吐不快。而后来则逐渐意识到理性指导的重要。是啊,一个好作家该是边写作边思考、且思考大于写作的厚积薄发的作家。她也谈到当下亦有那种工匠式的作家，将自己囚在象牙塔里的作家，与现实保持着一个安全的距离。当然，这也是各不相同的写作方式，都有其存在的必要。同时她亦谈到写作的压榨式的疲惫感，讲到作家有时需要充电，才能更好地进入写作状态。有时，进入写作状态比写作本身更为重要。

会上，双方还谈起了曾引起争议的上海年轻的文学新人卫慧和棉棉，媒体以为会引来批评，实际上并没有批评。可见中国写作环境的自由和宽松。当有人将张爱玲与王安忆对比的时候，王安忆称张爱玲看世界比较灰暗，而她是比较明朗的……

对日本研究者提出有关《人民文学》的一些发问，我简要地介绍了刊物的历史与目前的状况，它的定位、编辑方针、读者群、发行量，其影响以及在中国文坛所处的地位。作为当时的主编，我当然会实事求是、真实且认真、张弛有度地让日本友人较深入地了解这本刊物。

说起来，真正放开的神聊是在会后的小酒馆中。菱沼彬晁邀我去品清酒，自然还有锦琦这我离不开的拐棍。我们边饮边谈，相谈甚欢。菱沼说自己喝酒不行，并神情暗淡地感叹自己没酒量可也没有情人，并问我对情人的看法。或许是因为喝酒的缘故，我也慨叹，称50多岁的男人没有情感上的波澜是不正常的。但情人如同螃蟹，味道鲜美，可太麻烦。

菱沼说自己是个诗人，诗人应当天天都在恋爱，可他名不副实。于是我们便谈起了诗。我说诗就是酒，是粮食的提纯和升华，其最高境界就是沉醉；可散文是饭，有明确的吃饱了不饿的实用性。而小说是走路，诗是舞蹈，走路有目的，而诗同跳舞一样，没有其自身之外的目的。我开玩笑说，你看跳舞的人相互抱着，在那里转圈，似乎将对方放到哪里都不合适。王蒙也说过，小说是身体、诗是灵魂、杂文是牙齿，对此，我还想加上一句，哲学是骨骼……

说心里话，那天晚上我和菱沼的交谈很是尽兴，大有相见恨晚之感，谈了很多，仍意犹未尽，分别时他向我索书，我送了他一本前几年出版的我的十年诗选《纸上的风景》。我知道对这本中文诗集如同我看日文作品一样，他恐怕也不知所云，但却留下一个长谈之后的纪念。

最后，菱沼颇有感触地说：“日本知识分子不爱自己的国家，中国人爱国。我们都反对军国主义。”

在仙台

11月28日，代表团一行在日本友人的陪同下，乘新干线列车赴仙台参观东北大学，即原鲁迅先生就学的仙台医学专科学校。

井上厦会长已先一步到达仙台迎接我们，下车时，我们一眼就看见了他那张笑呵呵的脸，颇感亲切。他随后引领我们去一家餐厅吃法国菜。

在狭窄的电梯上与当地主人相互介绍时，井上厦说，在这里相识的人更亲近些。说话颇幽默。在相互交谈翻译之后，偶尔有静静的冷场，他则打趣地说：喧闹当中突然寂静，是在等待新生命诞生啊！

尝试着吃大蜗牛，品纯正的法国葡萄酒，话题却未间断。说起徐振清的丢失，徐说这是小说题材，“我丢失是正常的，你们丢失是不正常的。”井上厦却说，从读者的角度看，都不正常，也都正常。王安忆说还是需要谨慎些，要有秩序。井上又说起一个日本人在美国，因不懂英语便闯入一家问路，他听不懂人家的警告，被开枪打死。堀武昭则表示听到这个消息很震惊，灵魂疼痛。

井上厦接着说：“杀人都要有个借口。当年日本人侵略中国也找个借口。前一段时间我见到了日本天皇，天皇说对于那场悲惨的战争，给人带来极大痛苦的战争，真知道的人已经不多了，大多数都已经死了，要记住教训。”其实在日本反对这场战争、反对军国主义的人很多，只是媒体披露得很少。日本笔会不能寂寞，曾经发表声明反战。日本人民也是这场战争的受害者。他还强调，还是日本人拿起武器去中国杀人，要记住这场灾难的制造者。

王安忆讲：上次她来日本，在广岛看到一个日本小女孩儿，七八岁左右吧，在画原子弹爆炸的废墟，并比照其哥哥所画的同一场景进行修正。看来，日本人对原子弹的杀害还是一代代记忆犹新的，不知道为什么对侵略中国、杀害中国人会记不住。

井上厦讲还是有人会记住。并讲他佩服鲁迅，不讲日本、中国人、美国人这样笼统地说，各国人中都有好人与不好的人，鲁迅的这一点对他启发很大。

王安忆则说：可能鲁迅是中国人的缘故，对中国国民的劣根性说得更严厉些。说起中国人鲁迅是很失望的，只是在说到年轻人时，才有了些希望。

井上说对。他又说起鲁迅对诺贝尔文学奖的态度令人敬服。“原因有三：一是世界上有很多比他好的作家，可以给他们。二是我要得了此奖，中国人就满足了……”

与所有的校园一样，东北大学是个宽阔、幽静的所在。可能是假期吧，大学里看不到学生与教师，到处是一种沉寂的景象。不算宽的路旁植满了大树，深秋里已泛黄的叶片在风中窸窣作响。在一处鲁迅先生昂首的头部雕像前，我立于雕像之侧想照张相时，井上厦走到我身旁，手扶我的后背共同合了影。

当时的仙台医学专科学校是从以前的仙台、金泽、千叶、冈山以及长崎五所旧制高等学校医学部分离出来，于1901年成立的，与仙台第二高等学校合用校园和校舍，位于现东北大学片平校园的西北角一带。鲁迅曾听过课的阶梯教室于1934年迁移至片平校园内偏北之处。这处教室有关部门曾想拆除，引起了轩然大波，日本文化界极力反对，为保护这一旧址酿成了一次事件，最终保留下来并一直保存至今。听到这样的介绍，让我也颇为感慨。

鲁迅就学时的仙台只有两万户人家， 是位列日本第11位的中等城市。仙台享有森林之都的美誉，空气清新，街道洁净，市内亦存有林木茂盛中掩映的武士住宅。陈旧的黑白照片中的仙台市容，十数层的楼房临街而立，但皆为向两侧下斜的与木屋相像的楼顶，只有凸起的钟楼才有锥形的尖端。

鲁迅是于1902年1月在南京的江南陆师学堂附属矿物铁路学堂毕业后，同年4月作为官派学生赴日留学的。先就读于东京弘文学院普通速成科学习日语和基础科目，1904年5月23日， 仙台医学专科学校以文部省有关入学规则为依据，决定允许鲁迅免试入学，向大清杨公使寄送了入学许可通知书。在资料的复制件中，清朝公使杨枢关于鲁迅申请入学一事寄给仙台医学专科学校校长的照会信，为印制的中文楷体，郑重清晰，时间注明为清光绪三十年四月初六日。校长山形仲艺给杨公使的回信公函，则是汉字行草，看来笔法精熟，线条粗细相间，字形随意不拘，笔力轻重疾缓，大小不等的汉字牵连抑或不牵连皆有内在笔意的顾盼，且总体的安排错落有致，计白当黑，该是一幅颇有功力、令人赏心悦目的书法作品，令我心仪。

那时的鲁迅刚刚23岁，从照片上看淡眉细目、鼻直唇厚，理剪得较短从颅顶稍偏向右部的乌发，直领的校服，虽是青春年少，却透出一种肃然沉思的气质。他入学后选修了医学基础科目和理论科目。他的速成日语在日常交流中毫无障碍，涉及医学时便有了难度。解剖学教授藤野严九郎担心他的语言能力，每上一次课就给鲁迅批改一次课堂笔记，令鲁迅对先生的认真、负责很是敬慕。从仙台文学馆陈列的鲁迅专版中，看他在就学时所写的课堂笔记复印件，两页纸竟有30余处小的删改增添，并有竖写的几行字的"注意"内容的提醒。我们从鲁迅作品《藤野先生》中了解了这位可敬的形象鲜活的鲁迅恩师，他活了71岁。可鲁迅却先他9年，于55岁去世。在看鲁迅和藤野的照片时，我发现鲁迅所留的髭须和藤野先生极为相似，都是唇上的短须，只是藤野人中处胡须不多，没有鲁迅的浓重。或许鲁迅留有短须也该有纪念其师的原因吧。这是我的猜度。

在阶梯教室，第三排中间靠边的座位，是鲁迅两年来在这里听课的地方。也就是在这黑色的座椅上看幻灯片，片中日俄战争中的中国人被作为间谍处死时，看热闹的中国人麻木的神情极大地刺激了鲁迅，之后毅然退学，弃医从文，他要疗救人的精神。说起来，鲁迅是从这里开始步入他的写作生涯的，正是这部阶梯教室的幻灯片，让中国少了一位医生，却最终成就了一位中国现代、并影响了中国几代人精神生活的伟大作家。

代表团的成员们分别在鲁迅坐过的座位上一一留影。井上厦会长则坐在后一排的邻座，将他和我们一起留在作为长久纪念的照片上。

王安忆和我们商量，在这阶梯教室的玻璃黑板上留一句话。我们自然赞同。于是，我用粉笔写下了"继承和发扬鲁迅精神——中国作家代表团"，随后我们一一签上了名字。

参观东北大学之后，井上厦一直把我们送到山形下榻处，才依依作别。

鲁迅是被诸多日本友人爱戴、尊重的。大江健三郎的母亲让儿子做鲁迅那样的作家。鲁迅的《藤野先生》一文，被收入中国、日本两国教科书。近日报载，日本学者佐藤明久经多年考证，最终借助影像技术还原了被鲁迅涂改的《藤野先生》原标题，为《吾师藤野先生》。甚至他对标题字形的大小、间距都进行了精确到0.2毫米的测量，涂改部分总计用了16笔都研究得一清二楚。这种执著、精确和认真令我折服。这也让我想起多年前读过的一篇文章，被鲁迅先生称为中国最杰出的抒情诗人冯至的一句诗——"我的寂寞是一条蛇"，在日本一位研究者的笔下，对这条蛇究竟是什么蛇，都有着诸多的论证和猜想……

古窑温泉旅舍

日本有60座活火山，岩浆的炽烈、压抑不住的流动与喷泄，给地下水以不竭的热度，故日本的温泉随处可见，超过3500处之多。日本被称为"温泉之国"名副其实。这些温泉虽多为可沐浴的"汤治场"，亦有供旅游观赏、无法以身相许的佳妙处，如同烟雨迷蒙之中披着白纱的美女，让人可望而不可即。如昭和新山，地表温度有300℃之高，水汽蒸腾之中终年云雾缭绕，仍让人感觉那种难耐的灼热。另如别府八大地狱温泉，实为热泉，温度皆90℃以上，是人类无法生存之地，甚至动物都惟恐避之不及。于迷茫惊恐之中，那里喷发的热气、热水、热泥，有如地狱景象，故被称之为地狱，并分别被命名为山、海、灶、血池、白池、鬼山、金龙、龙卷。当然，别府是日本九州最著名的温泉圣地，拥有1700座涌泉，泉水流泄量居日本之首，泉眼之多、泉质内含之丰富在世界上也屈指可数。而旭川层云峡温泉，被称为"大雪山的玄关"，在山路上观望，河流的两侧是柱状的灰色崖壁，有如利刃削成，层云峡即层层叠叠的云絮飘荡于峡间，溪流温热，流动着清响，云水之间虚实相间，分外惹眼，令人心旷神怡。故每年都有300余万人来这里洗浴、神游。

据称，温泉的发现始于受伤的动物因洗温泉而伤愈。日本的温泉随便说起一处都有数百年、上千年的洗沐史。温泉对神经痛、关节炎、运动麻痹、痔疾、慢性消化器官病、皮肤病、慢性妇女病、风湿、慢性筋骨痛等,均有疗效。故洗温泉与日本人的生活方式已融于一体。位于伊豆半岛与陆地接壤处的汤河原温泉,在日本最早的诗歌集《万叶集》中便有描述。日本著名的作家夏目漱石、岛崎藤村、芥川龙之介、川端康成等,都对此处深为喜爱,成为他们疗养的胜地,亦成为他们作品中的背景以及小说结构的组成部分。川端康成的《伊豆的舞女》,让人们对伊豆的人物、山水名汤留下了深刻的印象。

我们下榻的山形上山古窑温泉宾馆,是一家日式旅舍。我猜度,这里该是古时的窑址,亦可洗温泉的所在吧。日本的温泉初始功能为疗养型,随着经济的发达和社会的转型其功能更多转向“享乐型”。其兴盛时,此类旅馆蜂拥而起、随处可见,且艺伎表演、卡拉OK、异域歌舞、宴会厅、酒吧等娱乐享受应有尽有。但随着经济的衰退、生意上的客流顿失,这些旅舍大都纷纷倒闭。而今,温泉旅馆成为家族、白领、家庭主妇所青睐的去处,保留下来的,都是口碑好、迎合客人喜好的老牌宾馆。想来,这一家亦是如此。

这家日式旅舍没有豪华明亮那种西式的通透辉煌感,没有巨大的水晶吊灯、光可鉴人的大理石地面、石柱,也没有柔软的沙发与考究的大茶几、落地玻璃窗。它的调子偏于昏暗,也还宽敞,靠墙的一排坐垫色泽浓郁却不艳丽,却颇有舒适感。走廊角落里悬挂的纸质灯罩,花穗般的纸花装饰,都给人一种柔和温暖的感觉,绝不刺眼。楼下的橱窗内是一些名人写就的文字和绘画,由旅舍烧成的瓷盘,供人欣赏,客人还可以带走一个作为纪念。

自然,这里的居室和日式的典型木屋还是有差别,不是草庐大屋顶笼罩下的幽暗,不是那种纸糊拉窗,而是晶明的玻璃窗,虽然也是纸糊拉门、榻榻米,小木桌上放着两粒糖果,没有床和座椅,但已没有那种浓淡相宜的氛围之美,透着木纹的苍老的房柱,庭院的苔藓和石灯。尽管如此,我还是不习惯这样的居所,腿太僵硬,只能靠墙弯着双膝坐着。想泡一杯茶,可没有开水;穿上日式的睡衣,立在窗前看暗夜中寥落的灯火,心里感觉怪怪的,看到镜子里异国的衣衫,突然感到瞬间的惊恐和沉重,似乎不认识了自己,换上随身衣衫,才重新找回心里的安宁。

晚间沐浴自然是在室外温泉。当我们先在池边将身体洗净，把毛巾顶在头上，深入初温不火的汤池之中，随后逐池升温，确是一种享受。泡在温泉里，被柔暖与温热浸透，让时光松弛下来，肌肉松弛下来，淡淡的雾气里，人仿佛轻盈了许多。据称日本人喜欢晚餐前、睡前与晨起时各入浴一次，而最佳的时间是泡10分钟。可我们只此一次，便多泡了一会儿。一个不常洗温泉的人，偶尔泡一次也只是领略一下鲜有的感受，不会有什么疗效作用的。

洗罢欲归时，徐振清老兄忘记了放置衣物的置物箱究竟是哪一个，光着身子没头苍蝇一样到处搜寻，急得哇哇叫，足折腾了半个多小时，才穿上了自己的短裤，惹得大家哈哈大笑。

在古窑温泉旅舍，我们品尝了一次丰富、正宗的日本菜。虽然我在北京、大连也吃过日本的菜肴，但留下的只是模糊的印象，没有如此深刻的感受。

餐室是旅舍中较大的独间，围坐在方形木桌旁审视这光线柔和房间，有一种在日本并不多见的宽裕、松弛感。当五花八门不同的菜蔬、调味品等在漆盘上端来，又被侍者轻手轻脚地摆满桌面，首先让我饱了眼福。说日本菜不是用来吃的，而是供人观赏的，这话有其道理。日本菜都以阴暗的基调，菜肴与容器、桌面以及整个餐室都呈现在一种朦胧、昏暗的氛围里。这是颇重形式感的制作，虽然也有大盘的海鲜，虾、贝、三文鱼之类，但多为数量微小的食品，一小块豆腐、两束寿司、数朵蘑菌、一小团羹糕、半个柠檬以及诸多叫不上名目的什么。那是以少许胜多许的美味不可多用的原则，却因为品种众多而异常丰富。这诸多的菜肴虽微少但皆有点缀，凸现白中的一点儿青叶，褐色上两片粉红的花瓣，或黄里藏红、红中衬白的形形色色。据称日本菜配菜的装饰亦突出季节的特征，如秋季喜欢用柿叶、小菊花、芦穗等，甚至盛器上的花纹也因季节而异。日本菜的另一特征是食物与容器的相得益彰。容器大小不等但多为小巧深厚深色调的陶器，呈灰、黑、紫、红或茶色、浅灰色等浓淡不一的陶器，表面光滑、细腻，绝无粗陋感，精致、厚重，有着暗淡之美。或许，这样的色泽该是土地本来的颜色，用其承载土地上萌生、开花、结实的谷物与菜蔬，正是一种天作之合吧。日本菜的容器多为陶器，但饮用汤汁、食用米饭却多用漆碗。正如谷崎润一郎所言,漆器是好几重“昏暗”堆积而成的颜色,用它盛雪白的米饭,在昏暗的衬托中一粒一粒像珍珠般地熠熠生辉,颇能刺激食欲。他尤为喜欢“拿起漆器汤碗时手掌所感受到的汤汁的重量和它那微温的暖气。这种感觉也是我们抱起初生婴儿那软绵绵胖乎乎的肉体时的感觉。”而夏目漱石先生也曾赞美过羊羹的颜色,那美玉般半透明又略带浑浊的颜色,是将日光吸进深处、含有梦幻般的微光,其“颜色的深沉和复杂是西洋点心所绝对没有的。什么奶油之流,和羊羹比起来是多么浅薄、多么单调啊!”看来,这些日本食物亦是引人冥想之物,审美之物。说吃日本料理,一半是吃环境、氛围和情调,此言极是。日餐极工形色、细致入微,注重原料的天然鲜味,不以香气诱人,给人一种冷冷的感觉,如同我们并不深入了解的日本人,一脸冷毅、骨子里矜傲异常。

据称,日本料理最基本的调料是海带与鲣节的调味汁。此外尚有大豆发酵后酿就的酒、醋和料酒。为保持食物的自然鲜味,很少使用香辛料,只取花椒之芽、柚、芥末、生姜、茗荷和晒干的花椒籽之粉。主要原料是鱼贝、蔬菜和大米。此次出访日本,我一改在国内不食生肉的习惯,有滋有味地多次品尝了生鱼片,因其极为新鲜。诚然芥末汁的辛辣令人“七窍生烟”,可在清酒杯中嗅一嗅,感觉则大为缓解。进食中我还品食了一大片烧烤的牛肉,据说,日本的牛肉价格不菲,仅只几片手掌大小的薄牛肉片,就相当于数百元人民币的价值。而我们食用的多种小菜,味道鲜美,都是旅舍老板娘的母亲用山上特产所做,少而精、好吃、好看。这顿丰盛的晚餐,亦是纯正的日本家居食物的味道。

离开旅舍前,我们应邀到其窑器制作间,在未烧造的白色瓷坯上留下字迹或图画。我想写下一句唐诗“天涯若比邻”留为纪念,并试图用已练了几年的草书书写。可拿起笔来让笔头接触瓷坯才发现,瓷坯的生硬既不同宣纸一样松软易于吸墨,所用的颜料亦无墨汁的易于挥洒,笔也同刷子一样失锋亦欠柔韧,整个一个面目全非。看来理想的情境与现实的处境是何等的不一致,因而我只能留下败笔,令我慨叹人生也常常是这样的令人无可奈何。

京都探寻

11月29日，代表团一行由山形乘机赴大阪，乘车去京都皇家饭店之前，去岚山瞻仰周恩来总理诗碑并观赏红叶。

周恩来总理不仅在国内民众中深受爱戴和尊敬，在国际上亦是极受推崇、名震环宇的政治家。他所写过的诗不多，诗碑刻下的是他诗之手稿，是只有他写得出来的瘦长、内敛、笔画凝重却极简省的墨写的文字，以及字里行间渗透出来的豪气和涌动的深切的情感。我们将花束置于碑前，对着他的文字低首怀念他的在天之灵。我仿佛又看到总理晶亮、坚定的眼神，那有着丰富内涵的喜悦、哀伤、豪壮、痛楚、慈爱以及无奈的眼神，看到他极具风度，横着摔伤后再也伸不直的左臂和他爽朗的笑声，想着他的鞠躬尽瘁、死而后已的为祖国、人民所奉献的一生，在岚山他的诗碑前，我也感到心弦的颤动，勾起绵绵不绝的思念之情。

深秋的岚山色彩浓艳，层层叠叠茂密的林木参差错落，赤橙黄绿斑驳相间，即使工于色彩的画家也难以描绘其天然的色彩搭配，那是天意，让人想起最艳丽的风景并非只在春天。一眼望去，那多彩的浪涛似随着山势向上喷卷、涌动，而沉于河水的倒影，在水的波纹中弯曲、颤动，让天也亮丽，水也鲜活，那一株株树似乎在两头一起轰炸着水面和天空。据称，这里一年四季风景迷人，其地中心为横跨大堰川的木质渡月桥，俏丽的樱花与深沉的松柏相依而立，夏季则成为水鸟的天堂。渔人在夜晚点燃火把，让驯熟的鸬鹚束着脖颈叼鱼。

在岚山的风景中流连，于小桥边的一树殷红的枫叶下留影，坐在一片没有丝毫杂芜的绿地旁的石凳上歇息，头上则是一片明黄的黄透了的银杏叶，给人一种纯粹和宁静感。可一叶悄然从枝头飘落的叶片，让我想起这斑斓的叶子很快会被秋风扫落，想起一位病入膏肓的美丽女人，以经霜的秋叶般的浓艳和透彻，以盛大的辉煌，挥霍着即将消失的生命，披着婚纱，成为爱人怀里即将死去的新娘。这奢华的哀伤，清冷中的热烈，在喧闹、明丽的色彩与肃杀的风里，让我感到美好即将消失的寂寞。

用川端康成的话说："京都是日本的故乡，也是我的故乡。"从公元

794年桓武天皇在这里建立都城,一直到明治维新,京都都是日本政治、经济、文化的中心。京都之西、北和东面都为山岳围绕,多数遗址和庭园皆位于丘陵地带。中、日两国的专家都认为,京都如同中国的长安,其建筑风格也是仿盛唐时期长安的样式而建造。探寻这里的街道、寺庙与民宅,能体味日本文化的氛围,或许还能领略这变异了的唐代中国的影子。

傍晚,主人安排我们在剧场观赏日本民族歌舞,看茶道、插花、古琴以及狂言、木偶剧表演。这是领略日本传统文化的一次集中演示。诚然,我只能让眼睛目迷五色,让耳朵聆听琴音和不知道究竟说些什么的"狂言",可舞姿和行为动作还是给我留下了新鲜的印象。

日本的艺伎是这个民族典型的代表性形象,她和武士该是趋于两极的日本民族的象征。未到过日本的人,大都在图片及书籍插图中看过发髻委婉、弯眉细目、窄鼻樱唇,裹一身宽衣阔袖的和服,纤手抚弄乐器的艺伎,以为那就是日本女人的常态。可你一旦看到披着长发、着短裙、长筒袜,手拎LV的现代时髦女性,却让你感到传统与现代差异之大。

据说,艺伎源于京都的祇园。在八坂神社云集香客的十七世纪,神社周围贩卖茶点的"水茶屋"为吸引客人,训练出一些以歌舞招徕进食者的女子,该是艺伎最早的形态。随后逐渐形成专门训练艺伎的"置屋"。战前日本艺伎号称10万人,目前仅有8000,以东京为多。因艺伎只服务于巨商和要人。传统的艺伎是要经过长期的艰苦学习和训练的。早年的艺伎十岁学艺,需经诗书、礼仪、琴瑟、舞蹈、茶道等五年的科目学习培训,十六岁方能成为舞姬,再经四年的践习、有较丰富的经验之后,二十岁方能晋升艺伎。故那些乐于言谈说笑的少女该是舞姬,不苟言笑、白粉敷面更显得冷漠高傲的女子就是艺伎了。但年过三十或更大些的艺伎则已成为当红艺伎的衬托,或已洞明世事,已无冷傲之气,能落落大方地与客人拍照、周旋。其实,艺伎与常人眼中的烟花柳巷的风尘女子不是一回事。诚然日本也曾有过艺伎沦落的时日,但经法规明令禁止已摆脱低俗地位,是卖艺不卖身的专业从艺者。她们以曼妙的歌舞,幽默智慧的谈吐,活泼性感的姿态,多才多艺的展示接待、愉悦客人。这与中国盛唐时的歌姬才女颇为相像。据说艺伎在日本地位很高,收入颇丰。亦有诸多女孩子梦想成为艺伎，可绝大多数人却忍受不了那种繁复、残酷的训练。

看舞台上的茶道展示，看的只是茶礼与繁复的规则和仪式，只是茶道的表象。据说，日本在十七世纪时为“茶汤”立下百条以上的规则，诸如运用花卉插花，怎样使用工具舀茶，以及水杓、木炭、茶罐、茶碗的用法等等，凸现那种没有斧凿痕迹的自然之感。诚然，短暂的印象让人无法深入理解这仪式中所蕴含的内涵，可在其严格的清净法则和统御茶艺的单纯朴实之中，多少亦能领略其内在潜藏的意义。

日本人品茶源于中国，但将茶艺上升为“道”，则是日本文化独有的特征了。中国的南方产茶区目前似还保留着某些茶艺的仪式感，亦讲究必铜壶、泥炉，以橄榄核焚烧，以及五大名泉及山坑石缝水等，亦有紫砂及各种杯具，青瓷、兔毫盏之类，还有洗叶、环壶注水以免冲破茶胆，及关公巡城、韩信点兵等泻茶之法。但平民百姓饮茶都不大讲究，只是寻常杯具冲泡，能注重茶之品质、讲究水温者已不多见，而北方为消暑止渴的大碗茶的喝法，简直就是牛饮，纯粹就是一种生理需求。

在日本，茶道对日本文化影响之深、之大，被称之为“彻底地增加了一国生活和趣味的韵致”。禅者亦是茶人，茶道亦成为一种“生活之道”，已成为信仰，成为一种普遍的教化。无论达官贵人还是凡夫俗子都获得了应有的滋润，已成为一种心灵的滋泽。因而，蓝敦·华纳称：“大体而言，与茶道崇拜和实践有关的一个真正重要的意义在于：在日本，不但没有任何其他的风习能够如此适切地表现日本性格的此一敏感面——尽管偶尔亦有走火入魔的时候——同时也没有其他任何势力——除了与它切近的禅宗之外——曾经如此有力地培养淳朴、径捷以及自制——简而言之，善于抉择、辨析入微的眼力。”难怪日语中有“无茶”的俗语，其内涵为“无稽”、“不实”以及背理等意了。

日本所有大师级的茶师，皆为禅宗的门徒，故禅茶合一，让禅的精神渗入日常生活之中。日本的所有建筑、造园、插花、作画、吟诗等等，都或隐或显地展示着禅茶交织的固有关系。其茶室的单纯清净亦仿效禅寺而来，成为“至圣之所”，被命名为“空屋”、“不等居”。受此影响，日本人的室内布置皆单纯洁净，让外人看来几近于“空屋”。茶屋多以“高尚的贫穷”而著称，极为质朴但选料制造又极为精细，甚至一处名茶室所费的功力不亚于造一处华美的宫殿。作为茶室背景的茶园，或是植有数株青松、几丛灌木，或青藤幽明、树木参差，小径上敷满红褐的松针及枯黄的落叶，石灯上青苔暗绿且苍老，一条溪涧却水质纯净。取“多三少九”之谚意，以四五人为益的小小茶室，于高不过三尺的小门鱼贯爬入，以培养人谦逊的美德。三五老友相聚，室内空空如也，只有一只炭炉，一只铁质茶铫，一把炉刷，以及必备的茶罐杯盏等茶具，壁龛间挂一幅寥寥数笔的写意画，下置插花一盆。于宁静与略显昏暗的气氛和情调之中，心灵清明，将一切烦扰、疲惫、艰难、困苦和忧伤都抛在茶室之外，静听茶铫在滚沸的水汽里发出悦耳的鸣声，有如置身于云笼雾谷、鸟鸣风劲的自然之中，似已入了禅宗的空明之境……

至于“狂言”，因观赏时无法询问转译，我实在听不出所以然来。只听说它是日本最古老的戏剧，包含着能让我看得懂的热闹的杂技和杂耍。如今的狂言亦加入一些戏剧元素，一般作为能剧的一部分，或夹在两场能剧的间歇时出演。

日本的木偶剧鲜见的是木偶的操纵者不隐藏在台下或幕后，而是真人与偶人同时出现在台上，不过那双看不见的手隐于斗篷、偶人宽大的衣衫之下吧。剧之内容我仍不得而知，但看木偶戏主要是看偶人灵活而有意味的表演，令人称奇。我对操纵者如何让这些傀儡，戏偶在错综复杂的音乐旋律里，舞出那些和谐、细微的动作，那么自然、优美，绝不矫揉造作迷惑不解。可真正懂行的人则说：每个戏偶都有一个运动的重心，重心一动，四肢则随之而动，根本不必进行另外的操作。这些重心的动作非常简单，大多时都是条直线的吸引，四肢便会绘种种曲线；即使重心所表现的线为曲线，亦不过是椭圆而已。对于操纵者来说，画一条直线或椭圆不需要任何了不起的技巧。有时，戏偶只是受到任意的振动，它们便形成一种旋律的运动。然而，戏师进入戏偶的重心，亦是灵魂、意向的进入，追踪舞者活动看似简单的控制重心，戏师本人必须舞蹈才能成功。有时，其灵魂即意向的中心位于腰椎之中，有时则在肘臂里面，这要随偶戏的内容而定。这些戏偶没有思想，只要将它们拉入空中的力量大于地球引力，它们便会像仙子一样，在戏师重心的掌控中跃足腾空，做出比人体表现更为优美的飞跃和旋转，仿佛似有神助，令人不可思议。正如一位戏师所言："在自然的世界里，思索的能力一旦减弱，优美的风采即行出现，而且更加焕发，更加显明"……或者说："当我们的自我意识透入无限时，优美的素质即可再度出现；而这种更生的美质将以最大的纯净出现，这种纯净不是没有意识，就是有着没有限制的意识；不是连合的木偶，就是神明。"或许，这戏偶给我们的启示是："我们必须再吃知识树上的果子，再度退回一种天真无知的状态"……

观赏演出结束之后，为了看京都夜景，我们步行赶回酒店。走过中心城区之外的大街，两旁的木结构房屋鳞次栉比，在并不明亮的路灯之下呈现一种昏暗的阴翳之美，经历岁月烟火熏染、日照雨淋的两层木屋，似乎有一种铜的质地。这种地上铺着樟木板、屋顶亦是伞形的横板拼接而成的全木质屋舍，那黑中透红的立柱，波涛状晕开的木纹，于朦胧昏暗中透出的家的气味，该是传统的日本气氛，会给人一种心绪的安宁感，给人以温暖和平静。

当我们步入一条小巷时，锦琦说这是京都著名的先斗町。这条平安时代便以岚山之石铺就的青石板路，两侧均是木竹结构的老屋，有着多家茶舍，是京都最早的艺伎区。长长的小巷之中，户户门前均挂着纸灯，红白相间，白纸灯上的汉字皆为墨色书法，写着不同名目。老旧的茶屋、歌舞伎表演仍在这里保留，是较为繁华的娱乐区。先斗町让人想到江户时代的木版画"浮世绘"的漂浮世界，在昏濛的小巷行走，恍如梦境。据称，同性恋者在这里也有一席之地。

义理与耻感文化

11月30日上午，住在京都的日本笔会前会长梅原猛来访，在酒店会见相谈。

梅原猛先生当了六年会长，我们会面时他刚卸任。他出生于仙台宫成县，在名古屋长大，后定居千年古都京都。梅原猛先生访问中国多次，被中国多座大学聘为名誉教授、客座教授。他是文学理论家，研究哲学以及写作，著有作品多种。

在交谈中，王安忆谈到她觉得京都有点儿像上海，都有一种热气腾腾的生活景象。梅原猛也讲东京和京都如同北京和上海一样,上海有北京所没有的东西。他讲"文革"过后不久时到中国,中国的变化让他震惊,上海便浓缩出整个中国的变化。王安忆亦讲她也感到中国的变化太快,让人来不及适应。有时外出旅行一两个月,回来时街上已面目全非。其好处是很有生气和活力,不好处是难以积累。

随后王安忆应询介绍了她的写作。其小说的两大内容,即部分上海城市生活,另一种是内地小城市的插队生活,都是现实题材,风格写实。并称代表团的四人都插过队、有人当过兵,都没有受过完整的学府教育。

梅原猛亦称他上中学时是战争年代,只上过高等学校,没上大学,也没受过正规的学校教育。并说他从十年前开始,从事中国的长江文明研究。以前中国只讲黄河文明,其实早在6000多年前就有了中国南方的水稻文明,长江、黄河是中国文明共同的发源地。王安忆称:中国的考古发现对先生的观点有支持呢。沿着长江,有很多古城遗址和古墓葬,有的发掘了,有的没有发掘。例如浙江的良渚文化,以玉器为代表,就是有力的证据……

话题随后由学术又转到政治上。梅原猛说小泉的脑子有问题,参拜靖国神社是不应该的。靖国神社有历次战争中死去的重要军人的牌位,其中有侵略战争的罪魁祸首,也有保卫国家的英雄。如果作为战争的牺牲者是可以去的,但是作为侵略战争的发动者,则不应当去。他接着说:日本人和我有共同想法的占大多数,但小泉这样的人也是有的。可这样遭受批判的首相快混不下去啦。日本人讲义理和人情,大量的人因战争而死去,要有正确的观点明确大是大非。日本笔会坚持一贯立场,对小泉政府坚持批判态度,这是有良心的日本作家坚定的观念。王安忆则说:"有先生这样明智的长者,我们对中日关系还是有信心的。但我关心年轻人对这个问题怎么看,会传下去吗?"梅原猛表示:中国、日本也一样,普通年轻人重视眼前利益、追求享受,对物质看得很重。如果作家也只看重眼前,便很难对社会进行理性思考。真正从思想、哲学上考虑的人已不多,将作品中的哲思留给下一代的人也越来越少了。寻求感官刺激,性爱的、暴力的东西越来越多,这是两国共同存在的问题……

经历八年抗战，中国人对日本的侵略罪行刻骨铭心。细菌战、大屠杀尤让国人难以忘记。像南京大屠杀中日军砍中国人头颅的比赛，是再凶恶的野兽吃饱后也不做的事情。看来人性之恶要远大于兽性的残忍。何以如此？透过这场战争，探寻中日文化上的差异，或许能从深层次上理解日本民族性中的诱因。

作为同一种族的黄种人，汉唐以来日本曾大范围地吸收、借鉴中国文化。从官阶设置、宗教信仰、城市格局和建筑，到衣饰、茶艺、戏剧乃至文字书法，莫不有中国的影子。如果说，鲜明的等级制度是日本文化的基础，这种传统的道德伦理观，对天皇的尽忠，对父母的尽孝，和中国儒家的“君君臣臣父父子子”的观念几乎是一致的。但在人生哲学中，与中国和西方并不相同，有时甚至是背道而驰。

传统的日本人生哲学是没有“恶”这个字眼的。日本人极为坦率地否认所谓德即是同恶的斗争，正如他们的哲学家几个世纪来不断宣称的那样，这样的道德观与日本是格格不入的。他们相信人有两个灵魂，但不是善的冲动与恶的冲动之间的争斗，而是有“柔和”的魂和“凶猛”的魂，而这两个灵魂都是善的。这就难怪他们将许多凶残的兽类奉拜为神，其神社里供有狼神、最毒的蝮蛇。据说在日语中“狼”和“伟大的神”是同一个词。他们最孚众望的神是天照大神的弟弟素戋鸣尊——“迅猛的男神”，他对姐姐的无礼行为在西方神话中会将他视为恶魔，但他们是日本众神中最受喜爱的神。这正如乔治·桑索姆爵士所说的：“通观日本历史，日本人似乎在某种程度上缺乏辨认恶的能力，或者说他们不想解决这个恶的问题。”或许，这正是日本军国主义者凶残的烧杀劫掠背后的哲学支撑吧。

日本人不讲“仁”，更没有“恕”的观念。传统的日本伦理看重“报恩”和“义理”。他们称：中国人曾不得不制定一种道德戒律，把“仁”——公共和善行——作为一种绝对的标准，并以此来衡量所有的人和行动，凡未达到该标准的便是有缺陷的。“道德戒律适合于因本性低劣而不得不用这种人为手段予以约束的中国人。”这话让中国人听来有些刺耳。杀人如麻、自视甚高者的恶也是善，该是自己真正需要道德戒律的铁证。然而，抛却论者粉饰自己的一面，就中国人丑陋的德性这点而言，亦应让国人警醒。诚然中国人不乏仁人志士,无数军民于抗日战争中血洒战场、献出了生命,可我们也有那么多令人不齿的“伪军”。

“义理”是日本人所必须承担的一系列义务与责任,涉及人的行为动机、名誉或男男女女所遇到两难处境时的行为准则。一部日文辞书称“义理”为——“正当的道理;人应该遵循的道路;为向社会谢罪而不情愿地做的某种事情。”有研究者将“义理”分为两类,一是对社会的报答性“义理”,为报恩的责任;二是对名誉的“义理”,为不让自己的名字和声誉被任何诋毁所玷污的责任。至死不渝的忠诚是对主君的“义理”,对侮辱的报复是对名誉的“义理”。在“义理与人情”、“忠与孝”、“义理与义务”之间发生冲突时,他们只能重“义理”而免除其他。如《四十七浪人的故事》中,为履行对主人的“义理”,这些武士把名誉、父老、妻室、姐妹、正义等一切都献给了“义理”。最后他们把自己的生命也献给了“忠”,一个个自杀身亡。

美国的文化人类学家本尼迪克特称:“以道德作为绝对标准的社会,依靠启发良知的社会属于罪恶感文化。”“真正的耻辱文化靠外部的约束力来行善,而不像真正的罪恶感文化那样靠内心的服罪来行善。”“耻辱感文化就是对神也没有坦白的习惯。他们有庆贺幸运的仪式,但没有赎罪仪式。”

日本人是以耻辱感为原动力的。他们认为耻辱是德的根本,对“耻”敏感的人,就是遵守所有善行准则的人。这就难怪日本人在战场上战败时会剖腹自杀了,因其自杀能洗刷清自己的污名,恢复名誉。当在海战中一旦遭鱼雷攻击而发出离舰命令时,海军官兵则被告诫,要尽可能地以最体面的姿态登上救生艇, 否则将遭受全世界的讥笑……日本画家牧野吉夫在其自传中说:“就是杀人凶手,我也可根据情由,给予原谅。但对于嘲笑,毫无加以辩解的余地。”对此,他只能选择报复。冈仓由三郎在《日本的生活与思想》中将报复与日本独特的生活习惯相类比,即把对家族和民族自豪感的污辱看作污秽与创伤,称“你不妨把在日本公私生活中司空见惯的仇杀案件看作讲究洁净因而形成洁癖的民族所沐的晨浴”……

自然,这种对日本封建时代的伦理观念、人生哲学的探讨或称之为历史性的思考，将所有日本人视为同质的人看待，只是一种抽象的思维模式。而具体的活生生的人，还存在阶层、地域和职业的差别，自然不可能是过于静止的面目同一的人。社会原本就处于变革动荡之中，现代日本是经济发达国家，战败后曾大量地引进了西方的科学技术，同时也不可避免地吸收了西方的哲学思想与生活方式。如果说古代日本更多地受中国文化影响，近当代日本则更多地受欧美文化的影响。欧风美雨吹动、淋洒着这个岛国，纵然天皇仍旧存在，恐怕只成为一个古老的象征，从政治体制的竞选到灵活结构技术筑起的楼厦之城市迷宫，从充满探索、追寻的前卫艺术如摇滚乐，抽象派绘画，到西方文化驱使下对女权主义的渴望，以及形形色色欧美生活方式的吸引……使日本处于新的价值观念、人生哲学在某种程度上对传统主义提出了挑战。在这样的变革面前，日本的一些人认为，现代日本是令人厌恶的城市，是西方世界庸俗文化的傀儡，是摧毁传统文化的根源。而另一些人则信奉日本的这种有吸引力的改变，对日本经常能超越西方国家感到自豪。日本的知识阶层，日本有良知的作家以及诸多的日本民众对那场侵略战争的敌对与反省，让我在这次出访中留下了深刻印象。

从京都到大阪

11月30日下午，日本友人陪同我们游览京都。

京都多寺庙。乘车于街上穿行，几乎处处都有寺庙的大门和标示。据说京都的寺庙有1600多座。其中最著名的就有东寺、三十二间堂、西本愿寺、东本愿寺、清水寺、知恩院、南禅寺、银阁寺、大德寺、金阁寺、龙安寺、仁和寺、妙心寺、广隆寺等等。其中东寺作为京都信仰的发源地，法堂中21尊木雕佛像已有1200年历史了。东寺著名的五重塔高55米，重建于1644年，已成为京都的象征。据称，宝塔的建筑风格来源于中国，也从古印度佛塔中吸取了精华，其象征意义被认为呈现的是各种自然元素，亦有人不以为然。在我的感觉里，与中国唐代现存的大雁塔、大理三塔相较，这五重塔则有明显的不同。五重塔为上窄下宽的锥形塔，底座为四方形，中柱用柏树制成，而弯如弓形的支柱却使人联想起古典的希腊风格。舍利珍藏在中柱的基座中，或许这舍利才是塔真正的象征意义。塔内底层有四尊大佛及护法的画像。塔檐不同于中国古塔的窄檐，却形同于屋顶式的宽檐，蓝青色宽斜的檐衬有铜边，五重分别为地、水、木、风、天依重而上，檐角挂着风铃，而塔尖锥立于顶，上有青铜制成的九环。非五重塔，似所有日本的塔顶皆有套有九环的尖锐的塔尖。相形之下，似中国古塔的塔顶是较平和的。据称，这里每月21日都会纪念大师空海的离世，当地人还在寺中举办跳蚤市场。诸多的商人都会抽出时间来此做简短的朝拜，捐些香油钱，亦有人将佛香灰擦到身体不适处。

喜欢文学的人，如同在川端康成笔下的《古都》，通过绸布批发商太吉郎养女千重子的故事，领略了京都的诸多节日、传统风貌、风土人情，于小说背景中观赏了分明的四季、与心境同一的风景；也从三岛由纪夫的名作《金阁寺》中，了解了焚毁于1950年战争、后按原建筑精心复制的金阁寺。据介绍，金阁寺是第三任足利幕府的足利义满将军建造、作为别墅使用的。作为禅宗僧人漱石的强烈追随者，按照他的遗愿将此地改为寺院。金阁寺实为“鹿苑寺”，开山元祖梦窗国师，从义满将军的法号“鹿苑院殿”中取“鹿苑”两字命名。鹿苑寺因其舍利殿金阁最为著名，故亦被称为金阁寺。

金阁寺实际上是以金阁作为象征的庭园。其背靠衣笠山，于林木环绕、潭水清澈、小路幽静之中，建有不动堂、夕佳亭、钟楼、唐门、方丈等诸多建筑，并有镜湖池、银河泉、龙门瀑、安民泽等水泽沉落其中。这座以金阁为中心的庭园、建筑，被称之为将极乐净土世界再现于人间，可见其影响之大。

矗立于镜湖池畔的金阁明丽辉煌，它的影子倒置于碧蓝的镜湖池中，似乎是两座金阁连于一体在相互牵引。阁后及四围苍绿的山林以及杂于其间红黄斑驳的秋叶，将金阁衬托得更为鲜明惹眼。金阁为三层楼阁。第一层是寝殿建筑样式的法水院，供奉着佛祖雕像；第二层是武士建筑样式的潮音洞；第三层是中国风味的禅宗佛教建筑样式的究竟顶。三种不同建筑风格巧妙地融为一体，是室町时代具有代表性的建筑。阁之第二、第三层皆为天然漆上再镶纯金的金箔。屋顶为花柏薄板重叠而成，顶上则是一只古中国表示吉祥的金凤凰。整体看去，金阁伟岸、金光灿灿，耀眼夺目。以金阁前方的镜湖池为中心，湖内分布着苇原岛等大大小小的岛屿以及当时各地诸侯竞相奉献的各种名石。这日本特别的名胜古迹池泉回游式庭园中,呈船形的“陆舟之松”这京都三大名松之一,相传为义满将军当年亲植。

12月1日,代表团一行赴大阪游览。由梅村卓、荒冈启子、宫川庆子陪同。

梅村卓看上去是位颇真诚热情的人,谈吐之间颇为有趣。他说他是家中的老大,迷糊着长大。王安忆也说上海人也讲老大缺一窍,似乎缺点儿什么。一般老三聪明,叫三巧,而女儿是父亲的最后一个亲人。梅村卓夫妻情感深切,他写的妻子病时日记令人感动,出书后销量好,颇受读者欢迎。他还画漫画送给我们,为欢迎之作。有这样的友人陪同,不愿逛街的我也很愉快。

大阪城是1586年日本战国时期三大将军之一的丰臣秀吉所建的要塞重地。他率领众多的士兵和民工,历时3年,筑成规模巨大的大阪城,为当时日本最大的城堡。后几经征战摧毁、焚烧、重建,目前的大阪城主楼系1931年重新建造的,比丰臣秀吉时代建筑的要小些,但仍旧威严、雄伟。从建城之日起,大阪就以商城而著名。如今的大阪已被美术馆、国际酒店、娱乐区和后现代主义建筑所笼罩。

日本有句谚语称“穿倒京都,食倒大阪”,意为京都人会因购买衣服而贫困,而大阪人会因太爱吃而破产。大阪和东京、京都并称日本饮食的三大中心,但大阪强调的是饮食的实用性,并不注意形、色的技巧性。方便面便是1958年大阪发明的。其著名的小吃有被塞在不锈钢模具中的押寿司;于一口陶瓷烧锅中加入荞麦面和肉、浓汤的乌冬锅;在平铁盘中将奶油面糊和蔬菜烙成饼的大阪烧,据说是1700年作为佛教祭祀食品首次出现的。其实,在日本的餐馆吃饭,品种相当丰富,一次我在自助餐馆就餐,发现餐费竟分门别类——成年男人4900日元,女人、女伴4000日元,70岁以上老人和小学生同等价格为2300日元。可见商家的精明与公道。

在大阪逛5.6公里长的商业街,对我来说是没有意义的。日本的电器、汽车早就进入了中国的家庭,一些独资、合资的企业亦在中国的土地上制造日本标牌的产品。北京物质的丰富绝不亚于东京、大阪。故我这个只在急需时才跑一次商店的人实在是无物可买。我只能随波逐流地跟着走,看热闹一样地东一眼西一眼地看那商店、酒吧的名目,如同吃饱了的人对任何精美的食物都失去了欲望。只有偶尔看到有日本民族特色的工艺品,才凑上去选择一点儿。

大阪给我留下深刻印象的,是市立人居博物馆。这是一座位于大阪市北——天神桥筋六丁目街角上的大厦,为大阪市立人居信息中心,内设人居信息广场、住宅供给公司、儿童教育咨询中心等。大厦的第八层为博物馆的近代展览层,为明治、大正、昭和年代的近代市街。这一层用"人居的大阪六景"模型,再现了近代大阪典型的人居环境和生活情景。侨民区的西洋馆为两层楼的欧式建筑。堺筋的老街为土木建筑的两层临街楼房,房前竖着上安8个瓷瓶的电杆、一部老式汽车和远处的木架子车停泊于街角两侧,挽臂的情侣、过街的行人以及坠在母亲手中不肯站起的孩子,在人力车前嬉闹,是一幅生动的街景。而繁华的大阪市街,则采用明治初期多色木版画的活动装置展现大阪文明开化的进程。其中亦有明治末期最初的通天阁和月光公园,大正时代天神祭的场面,昭和初期心斋堺筋商业街的漫步景象等等。

大厦的第九层为江户时代的展览层。这一层按原样复原了江户天保年间(1830—1844)的大阪老街——浪花町。老街两旁木屋中的商家鳞次栉比,澡堂、会馆、洋货店、绸缎庄、药铺、玩偶店、书肆等,应有尽有。木质的望火楼高竖于街后,穿过小巷,则是后街的长排式住宅。室内,是老旧发亮的中柱、炉灶和厨房用具。店内传来精明的老板和学徒的说话声,后街水井旁老板娘们正商量着什么,让人感受到昔日浓郁的生活气息。而夏季天神祭前夜的庆祝活动,则把老街装点得热闹非凡,圆柱形的白纸灯笼上书写着隶书体的"献灯"二字,沿街两侧次序排开,商铺前悬着色调不一的帷幔和金屏风,御座船上的花车,节庆的鼓声,夜空中的烟火,将节庆日渲染得令人心驰神往。据说,在商家的店头,为招徕顾客,洋货店除出售洋货外,还进行电动产品的实际表演。书肆除经营日本刻本、中国刻本、新书、古籍外,还出售深受欢迎的歌舞伎演员画像。绸缎庄通常经营高级的丝绸衣料,阴历10月20日为年末大减价,向平民百姓廉价出售零头布。药铺出售的"乌露尤斯"为江户时代万灵药，于布帘上写着药的功效。妇女用品店则摆满五彩缤纷的装饰木梳和发结等。玩偶店“丸鲷”的家纹和店铺标志颇有特色。妇女用品店的“阿福”圆脸标志也极其别致，皆凝聚着商家的匠心。

大阪老街商家生活是平实且节奏分明的。江户时代的计时法称“不定时法”，从日出到日落定为白昼，从日落到日出定为黑夜，以12个时辰计时。《街能噂》画卷中，画出商家一日之生活场景。卯时开门，辰时开店，午时用午饭，为米饭、酱汤、煮茶或鱼。未时吃“八茶”，为点心的起源。酉时日落后为夜生活开始，戌时卖面条、甜食的小贩沿街叫卖。亥时关门，进入梦乡。而在大阪町三丁目的声音中，有子夜的狗吠，黎明时的鸡鸣，晨起卖蛤仔的叫卖声，早晨的打招呼声，排子车行走的声音，木屐的声音，麻雀、斑鸠、夜鸟的啼叫，卖竹竿、胡椒的叫声，以及夜里乌鸦、鸢的啼声……这平民的生活的音响，奏响了江户时代平民生活的交响曲，仿佛让人回到过去，体验真切的往昔时代生活的形形色色。可当我走出这大厦，置身于现代大阪的层楼广厦以及后现代的建筑群中，仿佛刚刚从一场梦中醒来。

哦，大阪，这就是大阪。

12月2日，代表团一行5人于14时整，乘CA928航班回国。在飞机上，我又将腕表拨慢了一小时，回归了北京时间。

感悟埃及

忐忑的行程

2007年初，我应邀去法国、意大利一游。有关方已商量定下有文化特色的行走路线，并大体准备就绪，等待出发了。那是我期盼的一次西欧之旅，有专人陪同，同行者亦是同行，该是领略西方文化的很好的机会。可几乎在同时，收到作家协会通知，派我去埃及参加开罗诗歌节。据说，埃及另一个会议听说邀请了一位中国诗人来开罗，便加了一份邀请，请我参加随后举办的“全球化时代的阿拉伯儿童语言研讨会”。在埃及先后参加两个会议，时间拉长了，原想从埃及直接去法国，将这两次行程连在一起，可时间都已定好，我难以分身，只好忍痛割舍其一。埃及亦是我很想去的地方，又是公派，也有着足够的吸引力，便选择了埃及。

可埃及诗歌节只请了中国一位诗人，一个不懂阿拉伯语亦不懂任何他国语言的人，只身前往实在是冒险。我虽然出国数次，但每次都是随代表团前往，出头露面有团长，谈话有翻译，出行有彼国人引领、关照，一切都不须操心，只跟着走，注意不掉队就是了。即使这样，偶尔也会遇到麻烦。记得数年前随团访问约旦和突尼斯，归程在巴黎机场换机，因为翻译不懂法语，折腾了好一阵子也找不到中国国际航空公司的乘机处，一行人急得手忙脚乱。最后找到了一位懂英语的机场职员，才坐上了摆渡车，走了很长时间，似还过了长长的地下通道才到了登机口。这次让我一个人去埃及，不免心里打鼓，忐忑不安。睁着眼睛看不懂弯弯曲曲的异国文字标识，能张口说话却压根儿无法交流，与盲者和聋哑人无异。好在被告之有埃及的汉学家、在香港创业的赛义德将全程陪同，才让我悬着的心放了下来，但想起来去仍要换机，心里仍不踏实。

行前准备时间亦紧迫，要在十天之内写出两个会议的发言稿，并选出五首诗给赛义德，他将译成阿拉伯文在会议前收入会议文集之中。我的诗，他已在国内出版的《诗歌年选》中选了两首，我又补选了几首送上；两篇文章亦在规定时间写罢。因为我一直未用电脑，文稿皆为手稿，却苦了代我直接联系赛义德的李锦琦，他代我打印、传出，让我颇过意不去。

作协领导和外联部的同志对我这次出访考虑得特别周全，金炳华让外联部联系中国驻埃及大使馆和迪拜领事馆予以接送，并叮嘱锦琦为我买无糖饼干，让患有糖尿病的我随时补充营养，防止低血糖，让我颇为感动。

行前，为防万一，我请外联部的工作人员在笔记本上写下英汉对照的四句话，是请人代为填写“入境登记表”，如何办理登机手续，指引中国国际航空公司办事处地址，以及问询所住饭店及中国大使馆所在地，防止因语言不通而迷失，该是我的“救命稻草”。这样，我觉得应当没什么问题了。一个笨人只能想点儿笨办法。

2007年2月9日晚，我到了机场，将乘MS961埃及航空公司班机经曼谷飞开罗。过了国际航班的安检处，在候机厅，虽然仍身在北京，可那道门已将我和北京隔开，瞬间心里生出一种孤独感，如同孩子离开母亲怀抱般的，虽近在咫尺却难以相拥的依恋。我默默地在大厅里走来走去，初品那种埃及孤派的滋味，还没有离开北京就开始想念北京了。

在机舱座位上，我看着埃及古老的象形文字，猜度着它们的含义，感慨自己已成为一个失语的旅人。埃及航空公司的标志是鹰头，红脑壳、白胸脯、五道黄色的羽毛，标识底色为蓝色，蓝眼珠的鹰头向下弯转，形式感极强。鹰，是古埃及法老的佑护神，如今显现在每排九座的现代飞机之上，这古老的符号和飞机一起翱翔于蓝天，也是颇有意味的事情。

机舱里多为外出旅游的国人，唐山来的一伙人去曼谷旅游，畅快地聊着天。还有一个团去开罗，多为北京人。一位女人一手抱着孩子，一手扶着椅背走路，脸上则是掩饰不住的幸福的笑意；而身披毛衣、颔下一缕黑胡子的年轻人则神采飞扬，正和身旁的女士说着什么。看到这么多中国人，我的心顿时放松下来，因为同胞们随时都可以相互帮助，听着汉语的声音，旅途中也不会寂寞。

北京时间凌晨1时20分客机抵曼谷。我想下去吸支烟，被告之只能在机舱等待，只好忍住烟瘾静坐了。我在客舱里看着曼谷机场的候机楼通道，仿佛是一只只大张口的贝壳，在灯光里闪烁着光亮。在机舱里7个小时不吸烟，继续飞下去的十来个小时亦不能吸烟，也没感觉怎么样。看来烟瘾也是个心理问题，彻底断了念想便也不想吸烟了。

埃及客机上没有空姐，航空乘务员都是大男人。晚餐时，睁着大眼睛的中年男子询问我要哪一种食物，他见不明所以，便在头顶张开两个拇指，做牛角状，弯曲着腰身，呈虾状，于是我忍住笑，也把两个拇指伸展在头上，要了一份牛肉。于是，他将晚餐送入我的手中，是一块七成熟的牛排、热的汤汁，一块小面包，一小块黄油，一块方糕，炸得蚕蛹般的土豆泥，十来根芦笋，一粒黄色小西红柿，几根红柿子椒条，还算精致，吃得尚可。

喝饮料的时候，因我不能喝含糖的东西，故只说咖啡这不必翻译的词汇，及从别人口中学来的茶的英语发音，喝矿泉水，则用手指点即可。喝咖啡时，看圆条形的白颜色的图案的添加物便知道是咖啡伴侣，摸一摸袋内的物质便知道是我不能食用的糖。看食用品的形状，也猜得出哪个是奶油，哪个是纸巾。而舱内乘务员检查安全带时，也只是用两手往中间一卡，对此，我都心领神会。看来，有趣的肢体语言也能顺畅、无声地交流，那眼神，那手语，加之自己的摸索和判断，吃也吃了，喝也喝了，看来此行也未必那么艰难。

行前收拾东西时，曾听说埃及人讨厌黑色和蓝色，故选择所带的衣物时颇费心思，挑选了一些灰、微绿、白色、红色的衣服和袜子。说埃及人喜欢绿色、白色，我所带的小礼物都用绿色纸包装。可我忘了所带的背包是黑色的,让我心中不安。可我还是黑眼睛黑头发的中国人,也不能一夜间白了毛发。可黑夜呢?讨厌黑也必然有黑夜,想到此,我也释然了。

飞机在夜航。

在一个位置上固定得久了,便有了不舒服的感觉。即使有软垫、小枕头垫在座下、倚在腰背,时间长了,在一个有限的狭小的范围内处处受制,也失去了自由自在的惬意。坐在座位上长途飞行,常常是不知不觉中睡去,又时而在疼痛中醒来,头扭疼了,胳膊长时间抱在一起亦有不适感,手指插在安全带里也有些麻木。看来一个活人是无法亦不能被长久束缚的。好在我的心情还好,知道这仅仅是一个尚可忍耐的过程。

开罗诗歌节

飞机10日晨抵开罗,该是北京时间下午一时多了。飞机在天空飞行、下降时,映入我眼中的是一望无垠的浩瀚的沙漠,苍黄、寂寥,无际无涯。大地被大团大团的云覆盖着,缕缕云絮在沙漠的沟壑里软软地流动,太阳在白云之上明亮,让白的云带有着一种通透的感觉。飞机刹那间沉入浓雾之中,随之降落在跑道上,在颤动中逐渐减速,缓缓地驶入停机坪。

哦,这就是纳入我第一眼的埃及,一鳞半爪,遮覆中有裸露,明亮中有迷蒙,坠入五里雾中却又云破天开,脚踏实地时心里仍是一片茫然。

在外国人排队的出口处,我一眼便看到了写着我名字持在手中的接机牌。中国驻埃及大使馆文化参赞李景芳先生已到出口内迎接,我不禁心里一热,似有一种亲情的温暖感。景芳先生代我填写了入境登记表,边走边聊地走出机场大门,停车场旁,汉学家赛义德和诗歌节工作人员亦在等待我。于是,我与李参赞匆匆作别,随赛义德等去诗歌节来宾下榻匹拉米萨饭店。

汉学家赛义德比我想象中的模样年轻得多,30来岁的样子,个子适中,一头短短的乌发微微有些卷曲,眼睛大而明亮,唇线明晰,一看便知他是个聪明且有能力的人。他的汉语表达尚准确、流畅,不疾不缓,语音也较为纯正,交流起来没有障碍。此行有了这样一位难得的知音,顿时让我大为放心。交谈中得知他大学学的是中文,并在北京语言学院进修过一年。并且他也是诗人,痴迷的爱诗者,已译好一部《中国现代诗选》尚未出版,对中国的一些诗人也颇为熟悉。有这样一位先生全程陪同,是我的福气,也颇感欣慰。

开罗诗歌节似乎是首次举办,并未署明届次。以前我也未曾听说过如世界其他诗歌节那样的报道。我翻拣着一堆阿拉伯文、英文的会议文件,也只是一片茫然。陌生的文字,陌生的世界,陌生的一切,只在英文的邀请诗人名单中找到了我拼音的名字。一个象形的人变成了拼音的人,瞬间让我感到了汉语的孤独。据介绍,诗歌节的公共用语为阿拉伯语与法语,汉语在这里是派不上用场的,也没有几个人能听得懂。

这次诗歌节邀请了世界各国的诗人69位,欧、美、亚、澳、非各洲的诗人都在邀请之列。且各国所邀请的诗人多为一人。但阿拉伯国家的诗人相对多一点儿。

诗歌节开幕式于开罗时间中午11时举行。会址是一处类似城堡般的建筑,没有时下那种锃亮的钢梁、通透玻璃的奢华炫目感,却有一种石头堆垒、水泥封固的凝重、宽厚与雄阔,绝不轻佻、浮躁,透着庄重与肃穆。步入大门,映入眼帘的是宽松的围绕主建筑的柱廊,立柱坚实,在负重的承担里凸现石头的特质,天光在建筑物之间流泻,又有一种疏朗透彻的感觉。礼堂为居中建筑,厅堂几乎占据了整个建筑的一半,宽大得异乎寻常,却干净、简单得没有任何多余的摆设与装饰。

与会者鱼贯而入。我随同赛义德在厅堂里经他介绍与埃及的重要诗人会面,握手言谈。大抵也是初识的问候,简短的礼节性的言词与友好的微笑。我目睹来自世界各地的诗人形形色色的神态与衣着,倾听那有磁性的浑厚的声音,看着熟识者拥抱、互相亲着面颊、一脸生动的惊喜,心里似也有了欢快的情绪。这是些感情丰富、感觉敏锐、目光具有穿透力的人群,开拓不同种族的精神疆域,凝聚不同语言的精华,富有创造力的人群,是地球的神经,民族的良心,也是智慧与知性的聚合。诚然我听不懂各自不同的语言,但感觉与心灵是相通的,我们虽然陌生,却又像老朋友一样相亲。

开幕式上,埃及政府文化部长法老克·侯斯呢致开幕词。一位意大利诗人代表外国诗人发言。亦有本土诗人代表的致意。开幕式时间并不长，但热烈、庄重，于宁静中只有不同的发音在人的耳边回旋。说心里话，我虽然不知道发言者都说了些什么，但可以猜度主人的感情与诗歌节的意义，以及与会诗人的心态。因为正如埃利蒂斯所言："世界上所有诗人的共同语言是感觉。"是的，是心灵、直觉与相异的感受告诉了我一切，是眼睛告诉我心神，肢体告诉我寓意，语调告诉我情感；似乎不需要翻译我便看到、听懂了各自的心音。

午餐是在会场外的大厅里进食的。丰富的食物，米饭、甜点、面包、菜蔬、牛肉、香肠、葡萄酒、咖啡、红茶，应有尽有，在靠窗的一侧摆得满满，供食者自己挑选。诗人们站立着，端着酒杯，在叮叮的碰杯声中相互致意、品饮；或端着盘子，用叉勺选择着喜欢吃的食物，自由且随意。我，一个不善言辞、即使是学得善言辞也无法表达的人，则挑选着糖尿病人能吃的东西，食用了在埃及的第一次午餐。

午餐后，赛义德建议我抽空儿去参观埃及现代艺术博物馆。于是，在他的引领下，我便踏上了离会议中心不远的路途。在路过尼罗河铁桥的时候，他告诉我，桥头两端的四座庞大的狮子雕塑是一位美国艺术家设计、雕就的。他让我仔细看看与寻常的狮子有什么不同。我站在雕塑旁，只感觉狮子颇为威武，周身光滑透着青铜般的光亮，狮头鬃毛纷披，线条柔韧清晰，躯体透着骨感，是颇有气势的写实的雕塑，左看右看，却看不出与真实的狮子有什么相异的地方。赛义德提醒我，四个狮子都没有髭须，是最大的败笔，因此，这位美国艺术家羞愧地自杀了。听到此，让我心惊。想到艺术上些微的疏忽、失真确是致命的。

埃及现代艺术博物馆为三层楼的建筑。大门两侧是绿、蓝、红、黄相间的彩色云柱，下端为米色柱体，色彩斑斓惹眼，颇有视觉冲击力，给人以未入其中便先提神的感受。馆内藏品以油画为主，作品大都色彩强烈、浓郁，亦有淡雅且有意味的小品。写实人像细腻、逼真；超现实的绘画却是貌似写实中互不相关事物的组合，透着诡异感；而抽象的画幅只给人一种无法命名的心理的刺激，它是什么，也不是什么，展示给人以广阔的可供猜度的空间。一些雕塑也颇有意思，有正统的写实的少女塑像，栩栩如生，引人注目；而人头、兽身、鹰爪之类的组合，让我想到狮身人面像与古埃及的诸神,也想到蛇身、鹿角、鱼须鱼鳞、鹰爪等组合于一体的中国龙。这些现代艺术,既有埃及古老艺术的传统延续,也有整个世界艺术潮流的影响与鲜明的时代气息,以神奇、美丽和丰富,展示出埃及当代艺术家的创造。

10日晚,是诗歌节诗人朗诵活动。

朗诵场所较大会议厅要小些,似乎是个演出场所,四壁皆为黑色,由一块块隔音板拼合而成。会标饰有黄条,底色却是蓝色。座椅则是红色的,红与黑对比鲜明,格调不俗。看到这样的色彩修饰,我则问赛义德,埃及人是否忌讳黑色和蓝色?回答说未必。是啊,看这里的整个色调,哪里有什么忌讳,况且街上偶尔也能看见戴黑色面纱的女人,看来有些介绍文字恐也不准确。

诗人的朗诵是别开生面的。整个剧场十分寂静,鸦雀无声,静听不同的语言发出的不同的声音,我只悄悄问一下赛义德诗人朗诵的题目,便随着我的诗想去共同加入创造了, 想诗人们的诗都变成了我的诗学结构、我所想象的表达。我听着那高亢的声音,低回缓曲的声音,诉说的声音,颤抖的带着小锯齿的声音,越来越弱的声音,歌唱般动荡着话语旋律的声音,愤怒的声音,喜悦的声音,细语呢喃的声音,呼喊的声音,自言自语的声音,甚至夹杂着羊的咩叫的声音,以及哀伤痛苦的呻吟与只能意念、不可言传的声音……

据称,罗马尼亚诗人朗诵的是有关尼罗河的诗篇;西班牙诗人则感叹小房间比大世界更大这写给母亲的诗;而黎巴嫩诗人的诗似散文体,但音韵节奏感颇强,似在唱歌;此外,我还倾听了埃及、巴勒斯坦诗人不同语调的吟诵。

当晚给我印象深刻的, 是也门诗人带有表演性质的朗诵。像在哀求,似一环扣一环的复沓的节奏,且语速越来越快,给人一种欲罢不能的紧迫感。那是一种诉说,不是歌唱,几次引来听众的笑声。这位也门诗人还不时地于诉说中揪耳朵、抹脖子,双手上下舞动,自己也哈哈大笑着,笑得前仰后合。据称他诉说的是一个可笑的故事,像中国的相声、段子之类。看得大家都笑,诚然我不知道为什么笑,可在那种气氛中,我也咧开了嘴跟着笑,像个傻瓜。

朗诵中最令我心灵震撼的，是伊拉克诗人所朗诵的诗。他的眼睛埋在浓重的眉毛里，透过镜片，抬首投出犀利的一瞥，口中传来低沉的声音，时而挑起而又陷落的沉重的语调，听得出其一颗滴血的心在颤栗，整个躯体在颤栗。那是大悲悯和对生命的关怀，声音里含着愤怒、悲哀，我感觉到声音里都有着肉体被烧焦的气味，石油燃起的大火，恐怖、疯狂，一个肉体也成为炸弹的国家，被战争摧毁，不断制造死亡和伤残的国家，一个自己和自己打仗、又陷入内战的国家，让我也感到心的疼痛，让我想起总统们开合的嘴唇，带给伊拉克的，绝不是一首美妙的诗，而是哭泣、哀嚎、死亡和杀戮。这世界，如果生活中只有残害、屠杀和灭绝，只用炸弹说话，用尸体堆垒仇恨，哪里还会有安宁的净土？手握权柄者的一念之差，便会把千百万人带进坟墓。在伊拉克诗人的语音里，我感觉到空气的痉挛，孩子恐惧的眼睛，被轰击得千疮百孔的土地，亦感受到泪珠对心灵的撼动，比炸弹更为长久……

在亚历山大

诗歌节组织者安排非阿拉伯国家的外国诗人，在具有欧洲风味、最不埃及的城市亚历山大朗诵自己的诗歌，我自然也是其中的一员。

开罗至亚历山大有四小时车程。我坐在大轿车右侧单独的座位上，领略车窗外的埃及，尚有一种初次目睹的新鲜感。车子从市内驶入郊外，从层楼广厦处出行越走建筑物越矮小、破败、简陋。有诸多的房子似乎没有盖完，但楼下已住人，楼上则钢筋裸露，皆未封顶。后来我才知道，埃及政府规定未完工的房子不用纳税，于是一些埃及人建屋永不完工，便省了一大笔开销。车子很快就驶入沙漠地带了，一眼望去阔大、苍凉的浑黄之中，远处时有一点点绿色与泥色的房屋点缀着，透出一点儿生机。路上凡人群聚居地，最惹眼的是清真寺，皆为封闭式厚实稳重的建筑，且寺门都很讲究，饰有花纹图案或阿拉伯文字，肃穆且庄严。高高的宣礼塔，尖顶上是半环形的新月，上薄下厚，带着独有的宗教意味。路的两侧则是竖起的广告牌，50米左右间隔，广告五花八门，应有尽有，都设计得颇有意味和视觉冲击力。为现代人物质化、生活化的写照。楼盘、两只手掌捧起的别墅、床、沙发、空调机、手机、伞、饼干、锅等一切生活中的物品，都悬在路途的半空中，能让一个人在想象中布置出一处舒适的生活空间。可车中乘坐的是来自世界各地的诗人，一群追寻看不见、摸不到的虚幻世界的探险者、精神远游人。

我们在亚历山大下榻皇冠酒店。这是一栋欧式老建筑，楼墙的窗围装饰性很强，木门虽刷了新漆仍掩饰不住残缺朽败处，门栓都是带挂钩的铁制品，已锈迹斑斑。房间并不宽敞，老床为钢架床，床头有铁艺装饰，另置床头柜、一椅、一灯，除此之外已没有多少回旋余地。电梯也是裸露式的，盘卷用以升降电梯的钢丝绳较为粗壮，连结着控制机械，梯围则是透空的铁条合拢，以保证乘梯者的安全。楼梯也因客人长久的践踏留下磨损的凹痕，可见这酒店年代之久远。坐在房间向窗外望去，是街对面更为古老、朽败的建筑，可斑驳之中，看得出原初楼墙雕饰的繁复、富丽，该是处颇为精心筑造豪华的所在，于风雨经年的剥蚀中凋残、褪色，如同残旧古老的历史，透出往昔的华贵与辉煌，于破败中却更具有沧桑感。而两楼之间的马路是窄的，载着客人的古老的马车铜饰明亮、车篷华丽，车轮辗轧路基的音响与哒哒的马蹄声仿佛让时间倒流，不知回到了哪一年。

酒店的餐厅却粉饰一新，颇为华丽，调子是微黄与奶白色，边缘为金色的花饰，中间是顶端卷叶状的立柱，墙壁悬挂十幅长方形的欧洲古典名画，是天使和女人们姿态不一的画像。高处的天花板上亦是古典名画，装饰得几乎没有多少空白处。墙上亦挂有壁毯，风味独特。尤其令我感到亲切的，是悬挂的两块中国盘子，观赏之下，盘子中的彩色图案似乎是《西厢记》中的张生与莺莺，在这里与中国的戏曲人物相见，遥远处似也有了一种临近感。餐厅经营的是西餐，我也只能选几片面包、肉食、喝一盘菜汤填腹，虽不大习惯，吃饱是没问题的。

朗诵定于晚6时开始。会场大抵是亚历山大市的重要文化活动场所，看上去高雅、宽阔、素朴，但设施精良。我们在楼层中的一处较大的阶梯状座位上落座，主持人与朗诵者则在并不高大的台上朗诵各自的诗篇。据称，与会的人虽不太多，可这数十人大抵都是当地的教授、文学工作者与文化精英。整个会议井然有序，会场异常宁静。我和诸位诗人坐在前排，只是不同语言的倾听者，甚至会场的翻译都和中文无关，我只能礼节性地拍手，用感觉去体会声音的节奏以及情绪的张弛。

我是安排在第九位上台朗诵的诗人，自然，有汉学家赛义德陪同。我知道现场的聆所者大约都不懂中文，那静静的聆听只是部分出于倾听汉语的发音，部分出于礼貌。我朗诵了自己的五首诗——《酒宴》、《毕节》、《隐私》、《家》、《杀鱼》。每朗诵一首后，赛义德再用阿拉伯语朗诵他的译诗。朗诵前，我说了几句开场白，我说：汉语在这届诗歌节上是孤独的，面对大家，我只能请赛义德先生将我的诗译成阿拉伯文，但译诗已不是原本的汉语作品，已成为另一个我阿拉伯语中的诗行。为此我十分感谢译者竭尽心力的劳作，也为其为我和大家搭起心灵间的桥梁而欢欣。

或许是诗抓住了人内心的敏感处，也许是选择的几首诗都易于翻译，更重要的是译者对诗以及两种文字的微妙处都有敏锐的感觉和恰切的表达，诗之反响异乎寻常的热烈。我朗诵后，当赛义德朗诵译诗时，在座的倾听者时而面带微笑，时而会意颔首点头。朗诵结束时，主持人则站了起来，与我紧紧握手，又将双手摇了几下，并表示称道与祝贺。当我回到座位，前座的一位大学期刊的总编辑女士扭过头来，和赛义德讲"这是今晚听到的最好的诗"，赛义德告诉我，我则说那是他译得好。中间休息时，一埃及青年拿着一本书找我，让我在书上签名，我则在书上写下我汉字的名字。而澳洲诗人谢雅仑愉快地第一次拥抱了我，罗马尼亚诗人毕·特尔用我不大懂的话表示钦佩，法国诗人杰尼·可落德则用汉语说——"好"，这大抵是他仅会说的几个汉字之一。而一位埃及青年诗人、博士面对着我一脸灿烂，上上下下地挥舞着双手叫好、祝贺。后来他又和赛义德讲，他喜欢我的诗，《毕节》艺术上有想法，动人。

这次朗诵会后，一些诗人和主持者似乎熟悉了我，见面总是热情地招呼、相互点头，似已心灵相通。这让我对自己、亦对中国的新诗有了信心。中国有那么多写得好的一大批诗人，虽然写作方式不尽相同，但互有短长，我们不必妄自菲薄。事实证明，在当下的世界，中国新诗的水平并不低。我也曾说过，我们的一些好诗，和世界上一流诗人的作品相比，也并不逊色。虽然，在世界上产生大影响的诗人的出现还需要时间。

2月13日上午，诗歌节组织者安排大家在亚历山大自由活动。赛义德、杰尼·可落德、谢雅仑、毕·特尔，以及韩国诗人从和松和我一起商量，去看亚历山大图书馆和诗人卡瓦菲斯纪念馆。

六个国家的诗人似已熟悉，虽然语言不通，除必要的交谈需要翻译外，互相间已自然地打起自创的哑语以及表示亲近的肢体语言，比如回宾馆要直接去餐厅，我会把左手掌平放胸前，用右手一指做往口中送食物的动作，谢雅仑则会将两个手掌合在一处，放在左颊，又把头斜歪在手掌上，自然是先回去休息之意。而我们在海滨大道拍照合影的时候，毕·特尔亦将双臂张开，将手放在我和另一位诗人的肩头。一路上，我们会对街头的雕塑指指点点，相互会意微笑。需要拍照的时候，自己往景物旁一站，将相机递给同伴，他则会调好焦距、找最佳角度按动快门……一切都在不言中心领神会，似已进入陶渊明不言、忘言的境界。

亚历山大城坐落于尼罗河三角洲西部，濒临地中海，街道旁便是东西长30多公里的海堤。地中海的海水蓝中似带着微绿，给人一种清冽鲜嫩且又透彻的感觉，抚堤远望，海的颜色渐深，无边无际，只有海波与蓝天相接，让我想起人在天涯这样的感受。而海堤上砌垒的石头，有的已呈蜂窝状，那是天长日久被喷溅的浪花咬出来的形状，凸凹不平；而人行道上平铺的大小不等的方石，呈灰黑色，已被不知多少双鞋底磨得平滑油亮，让我不小心时闪了一下脚，提醒我这历史的凹陷亦在其间。

亚历山大图书馆离皇冠酒店并不远，可它中午11时才开馆，我们只能领略其造型独特新颖的建筑，以及四围引人注目的装饰了。图书馆主馆给我印象最深的是由600根桩柱支撑的钢架玻璃屋顶，巨大的大块玻璃嵌的屋顶斜面向着不远处的地中海倾斜，如同一片凝固通透的海面，在阳光的照射下闪闪发光，让人想象着海一样深阔的有容乃大。亦让我想起这里曾是公元前305年至30年埃及托勒密王朝之都，其时建在这里颇具威名的亚历山大博学园中的图书馆，曾藏书70万卷，是世界上最大的图书馆，亦是世界的知识中心，后在公元前48年，罗马人占领亚历山大时被付之一炬而灰飞烟灭。如今，这在原址上建造的图书馆耗资近2亿美元，历时7年于2002年落成，亦成为世界上最大的图书馆之一，馆藏60万册。而现代的亚历山大图书馆已进入数字化时代，通过互联网可同时提供英法德等六种语言服务，并与美、英、法等国家图书馆签订了联网、互换、共享资源的协议。而在图书馆的围墙上，则刻满了世界各国的文字符号，其中“中华、年、种、诗”五个汉字，令我尤为亲切，感到自己似也与这知识宝库有了某种联系。

在图书馆门侧不远处，立有此城的开创者亚历山大的半身塑像。望着这满面英气、颇为年轻，建立起地跨欧、亚、非的亚历山大帝国的君王雕塑，让我想起他历时十年远征那豪迈的历史和故事。这位年少时师从亚里士多德学习哲学、医学，却对军事更感兴趣的英才，出身于贫瘠的马其顿城邦，年仅20岁便登上希腊王位。这位军事天才，喜读《伊利亚特》，发誓要像阿喀琉斯一样开创出辉煌的业绩。他18岁随父出征，指挥马其顿军全歼著名的底比斯神圣军团，其父去世后只用两年时间便平定了希腊各城邦的骚乱。随后便率兵踏上东征波斯之路，于远征途中攻城略地，攻下一城，则以自己的名字命名，故世界上便有了45个名曰亚历山大的城市，其中最负盛名者，便是埃及的港口城市亚历山大。亚历山大城是亚历山大亲自设计并指挥人们创建的城市，被一位英国作家称之为“记忆之都”，留下了诸多的记忆和传奇。而埃米尔·路德维西在《尼罗河传》中也称：“在公元前的最后300年，世界瞩目的中心是亚历山大城，而不是罗马。”“它的港口连接了三大洲，这是其他港口做不到的”。现代的亚历山大城，为19世纪初期由穆罕默德在古城之上着手重建的，与旧城相互叠加而相得益彰，仍保持着原初的设计轮廓却已是近现代的风貌了。

来亚历山大，诗人们的重要意念是去看一看卡瓦菲斯纪念馆。六位异国的诗人都是带着钦敬的心情来的。在一条左弯右拐的小巷里，诗人居住过的吕埃·莱普西乌斯公寓已陈旧、灰暗，只有金属名牌上刻写着让人难以忘记的名字。纪念馆在公寓五楼一套五间并不宽敞的房间里，只有书房略大，墙上挂有卡瓦菲斯的油画肖像，一张不大的暗紫色的桌子，烟缸里还留着一枚烟蒂，座椅看起来还是舒适的。诗人们坐在书桌旁拍照留念，或用自己的语言朗诵卡瓦菲斯的译为不同文字的诗，纪念这位颇受尊崇的诗人。我在不同的房间细细观看诗人去世时留下的面模，感觉这位瘦弱的诗人生前真实的形貌，看他的手稿文字，以及他用过的生活用品，看他的被译为40多国文字的诗集陈列柜，却没有发现中文版。其实，我的书橱中就存有香港黄灿然先生以及国内另一位译者译为中文的诗集，手头亦有诗人张曙光译出尚未出版的卡瓦菲斯的诗歌打印稿。看来，陈列中所搜集的译本并不全，它应当更多。当一位诗人告诉我其中有一本是中文版，我仔细看了一下，那是有几个汉字的日文版。

对于卡瓦菲斯，我是熟悉他译为中文的诗的。他是我十分喜爱、精心研读其作品，写作曾受他影响的重要诗人之一，并在十几年前就写过关于他作品的文章。这位亚历山大水利局的职员、同性恋者，身躯细长瘦弱，一生只写了154首短诗，其死后两年才出版的希腊诗人，生前似乎并没有想到他的作品会产生如此巨大的影响。同为希腊的获得诺贝尔文学奖的诗人埃利蒂斯和塞菲里斯、波兰诗人米沃什，以及美国诗人奥登等，都对他十分推崇，称他的诗是另一个极点，“他与艾略特并驾齐驱”，其“本质的神秘性，来自于他的独一无二的语调”。而著名的评论家亦认为，卡瓦菲斯“如此敏锐，如此忧伤，达到了如此简捷的高度，远远超越了他的语言和他的时代”……或许，在我看来和亚历山大大帝相比，帝国庞大的版图只存在于一时，帝王死后便土崩瓦解；可卡瓦菲斯在精神领域的影响更为阔大、深远，他的诗将长久地占据人们的心灵。我倾心于他的心灵与语言最大限度的接近与无遮碍状态，是对诗的直接到达；他将一切束缚诗的篱笆拆除，同时又若有若无、藕断丝连地存在着。他告诉我诗还可以这样写，让我感到当你有意避开一些似乎是非诗性原则的时候，有时恰恰避开了诗本身……

在即将离开卡瓦菲斯纪念馆的时候，诗人们纷纷在留言簿上写下对他的崇敬和感慨。于是，我也在桌前坐下，在翻开的纸页上第一次留下汉字的痕迹，作为纪念。可离开这里，耳边仍回响着诗人当年留下的慨叹——“我能在哪里过得好些，下面是出卖皮肉的妓院，那面是原谅罪犯的教堂，另一边是供我们死亡的医院”……

开罗的一家书店

诗歌节于2月13日晚举行闭幕式，正式结束了。下一个会议2月17日开始，中间空出的三天，赛义德说要陪我参观一下博物馆、看一下金字塔,参加一点儿活动。

在自助餐厅就餐时，我看到邻桌上一枝艳红的玫瑰擎在女郎的手中。而餐后在饭店附近散步,发现街旁的小店亦被玫瑰涨满,已溢出门外,满眼紫红的花朵喷卷着喜气。我突然醒悟,今天是情人节,难怪氛围含香,人面桃花,街市也一夜间变了颜色。

于饭店大厅小坐,欣赏我未曾留意的圆柱上的一幅油画,竟是埃及古老的纸莎草丛,其间竟生出一枝枝玫瑰来,于草黄中透出鲜亮,令我的心里一动。而座椅旁的小圆桌上，不知是哪位宾客遗失了房间的钥匙，在桌面上静静地等待着主人。我坐在那里猜想着钥匙的主人是谁呢？是男人还是女人？来自哪个国度？或许是一对恋人,在热恋中遗失了自己,也理所当然地遗失了身外之物。可这应当是一把打开心扉的钥匙,当他们寻觅而来的时候,看我在这里守护,该投来感激的一笑……然而我坐着为遗失者焦急,竟无人认领,只好把它交给了饭店管理者。

回到房间,思绪里还想着那幅油画,便在笔记本上写下一首诗的初稿,《纸莎草中的玫瑰》——

这数千年前就被用来造纸的植物
瘦弱的枝条撑持着细碎蓬松
有着芦花般的绵白柔软
如今,它在一片画布上生长
让艳红的玫瑰在草丛中凸现
灰白细微里便有了惹眼的明亮
在草的缝隙泄露一个大胆的秘密
让清冷的时日有了温度
一丛开在画笔下的花不会凋萎
两种植物纠缠在一起
相互卫护,彼此依附
草拥有了花,花容纳了草
它们拥偎着取暖,以共同的体温
抵御冬的寒凉

用自己的语言喃喃私语
用玫瑰的红唇，纸莎草的柔韧
亲密着，俏丽着，蓬勃着
穿越时间与空间，生生不息

写下这样的句子，该是2月14日对天下所有有情人的祝福和祈愿吧。

晚6时，赛义德和其弟一同来接我，去开罗的一家书店，参加他译的中英对照新书的首发式。书店离我的居处颇为遥远，乘出租车需30埃镑才能到达。这倒可以让我目睹开罗的街景，市区深处的模样。车子左弯右拐，开得很猛，在黑压压一片车流的缝隙中穿行，过长街，穿桥洞，人陋巷，稍有空舒处，司机便很快加速，在大车、小车间一闪而过。一个不识路途、不会外语的人，若无人陪同，坐这样的车恐怕难免一惊一乍，只能听天由命了。

在车中看去，开罗非主要大街的房屋多为一般的建筑，偶尔看到一栋新建的楼舍，也只有二三层高，楼体呈淡黄色，外有繁复的雕饰，带有罗马式的意味。开罗的轿车五花八门，世界上所有的标牌似乎都有，可由于没有报废年限的制约，车辆大都残破，伤痕累累，锈迹斑驳，即使是奔驰这样的名牌车，看上去也已面目全非。公共汽车是从不关车门的，车门口总有手握门柄、身子仰出车外的人，如一锅沸水溢出的水流，却有惊无险。大街上少有红绿灯与斑马线，大小汽车、摩托、驴车、自行车、行人纵横交错、浑然一体，拥拥挤挤，偶有磕碰也无人计较，似乎已习惯成自然。在车流人流交织、网箱中密集的鱼一般乱窜的街上，我曾看到一男子左手扶着自行车把，用头顶和右手掌撑着一床板大小的木质浅箱，上面装满了阿拉伯烤饼，在密集的车流、人流中左弯右拐，乘隙而入，如同要杂技一样令人惊心动容，只要有车有人稍稍一碰，便会失去平衡，摔乱得一塌糊涂、烤饼满地，可这种现象并没有发生，他自信且自如地穿行着，艺高胆大，行人则熟视无睹，看得我惊异、发愣。

书店是在开罗较为繁华处，一栋六层楼下一楼开设的临街门面。大街的对面是一栋栋新建的现代新楼，似是较为高档的生活小区。书店看起来端庄、雅致，窗前植两层花木，绿叶扶疏，花开得正好，错落有致，最底下的一层则遍植绿草，碧茵茵的，给人一种生机盎然、开花生长的意味和活力。靠路边的一侧草坪上亦植三株树，绿树长长的叶片呈弧状，向上拱起并于尾端垂落，似棕榈，但又不像。树干上缠绕着网络般的小灯，顺次明明灭灭。墙上是一块书店招牌的浮雕。木质的门窗，呈比本色稍重的淡褐色，窗子的玻璃明亮洁净，门玻璃则有磨花的图案，可以从外部看到室内摆满书册的书架、书橱，门前铺着的八块方砖间隙较大，缝隙中亦长满绿草。一搭眼，便会发现这是经心设计、崇尚自然生态，却又朴素典雅的地方，亦看得出书店与人的品位不俗。与我的猜想相近，书店的老板是一位娴静的女士，衣着朴素体态适中，一脸书卷气，是颇有学养和不经意间显现魅力的知识女性。

店内是三间连通的房间，靠墙处都壁立着开架的书橱。书籍多为英文版，亦有阿拉伯文的书册。书籍摆放讲究，分门别类、横竖相间，书脊的显露与封面的鲜明各得其所。期刊、画报、摄影集等是我这个不懂外文的睁眼瞎读图的首选。那些图片都拍摄得很棒，非洲的动物、古建筑、大海、沙漠、闪电下的红色山体、不同的鱼类等等，皆色彩浓烈、构图别出心裁，颇有视觉冲击力，令人大开眼界，爱不释手，或许，这是失语的读图时代的吸引力吧，大自然是没有语言差异的。

书店内对着门的一侧是卖饮料、点心、面包处，厅内黑色的小圆桌、小巧的座椅，既可坐下读书，也可用之于餐饮，想得颇为周到，是物质与精神要求纳于一体的地方。店内还辟有儿童阅读书屋，除大量儿童阅读读物外，还有玩具米老鼠、唐老鸭等。看来，这个世界在哪里儿童读物大抵都是畅销的，父母们谁都舍得为自己的孩子花钱。

首发式开始之前，澳洲诗人谢雅仑，罗马尼亚诗人毕·特尔，以及中英文对照诗集《一瓶胶水》之作者、埃及年轻的女诗人法蒂玛·那乌特都来了，同时到达的，还有两位美国女士，一位埃及女小说家，十余人一起在书店小聚。当晚的主角女诗人披着披肩，头上一大团膨胀的乌发束一条红绸带，精心描画的脸一团灿烂。她坐在靠窗处，手持自己的新诗集拍照，兴奋且欢欣。

首发仪式开始，宾客们相互介绍着自己和他人，我一一点头示意，不是无话可说，而是不会说话，或只能借赛义德的口说话。随后，法蒂玛·那乌特便开始一首一首地朗诵她的诗，自然是用英文朗诵，我则对照着汉字听那异样的声音。因为是英汉对照诗集，赛义德提议让我用汉语朗诵一首女诗人的诗，用他的话说，大家都想听一听汉语朗诵的声音。于是，在寂静之中，我选了诗集中的一首诗《鸡冠》读了一下。或许是这几天常常听人朗诵影响了我，我一改往日读诗的腼腆与不安，注重了对诗内涵的理解，节奏与诗本身的意味，声调不高，但音韵以及语言的抑扬顿挫、及往复回环的语调把握，突然感到自己偶尔也可以把诗朗诵得很好。自然好与坏他们听不出来，就如同我听不懂他们的朗诵一样。我朗诵后，毕·特尔站了起来，主动用英语朗诵了两首女诗人的诗，并当即购买了一册诗集。诗的音调与情绪的表达使诗人们心相近了，兴奋地分别合影留念，以纪念这个诗的夜晚。

这时，一位埃及男士进门来，手捧一束康乃馨送给法蒂玛·那乌特，表示祝贺。女诗人颇高兴，鼻子靠近花朵嗅着，并捧着花束拍照。那位女小说家要与我留一张合影，我便握住她的手不失热情地拍了照。她送我一本自己的著作短故事集，讲她最喜爱的国家是埃及、中国和美国，如同这本书是埃及人所写，却有着英中两国文字。她希望以后有机会到中国去朗诵她的作品。我祝她如愿，并欢迎她到中国来。她郑重地在赠书的扉页上写下——“伟大的中国，心想往的地方”。

这是一个小型的新书发布会，但却汇聚了多国的诗人与作家进行交流，增进了相互的理解，也颇为愉快。对我而言，参与了埃及第一本中英对照的诗集进入书店，让汉字在这里也有了位置，是可喜的事情，因而能参加这次文化交流的活动也值得。

聚会结束得较晚，夜11时多人们才离去。回宾馆后，我翻阅这位埃及年轻女诗人的诗集，发现质量不错，看得出她对生活、对诗的敏感，她从女人的包里透视出生活的一切，颇有现代意味，恐怕和传统的埃及诗有明显的区别。

石质的埃及

2月15日上午10时，赛义德陪同我去埃及博物馆参观。博物馆址在开罗解放广场的一侧，一栋米黄色两层宽阔的楼房。我依附在馆前的喷水池畔照了张相，作为纪念。

据称，此博物馆始建于1858年，44年后的1902年才建成开馆。随后断断续续逐步扩展、续藏，目前馆藏文物近20万件，可由于场地难以容纳，只展出7万余件。

踏入一楼的展厅，我便有一种被震撼的感觉。这里是石质的埃及，石像、石棺、石门，形形色色，宏大、厚重、坚实，有的竟达数十吨重。古埃及距今6000余年的历史，让人感到既遥远而又临近，既虚幻而又真实，有着无法磨灭、从石头中透出的神秘感，看巨像重石旁参观行走的旅游者，感觉人顿时矮小起来。

一层展厅的宏棺巨制，是按照顺时针方向、以古王国、中王国、新王国这三个时期顺序陈列的。约在距今6000余年前，埃及就出现了人类历史上最早的国家。在米诺斯人建造迷宫前1000年，以色列人摆脱奴隶身份之前的900年，埃及已是一个强盛的大国。有论者称："2000年以前的希腊人和罗马人看埃及，就已有点儿像现代西方人凭吊希腊和罗马废墟了"，"埃及人最早创造了第一流的建筑艺术以及与建筑物相适应的雕刻、绘画"。

在古王国那些雄伟、宏大的建造物及雕像前注视、留连，我惊异于这被称之为金字塔时期建造者气魄的恢宏，雕像的伟岸。或许，这正是法老被尊为巨神、人神一体的君王至高无上的权力的象征。而在古王国初始之后的500年间，埃及一片和平繁荣景象，故才有了这居高临下、雄视一切的姿态与自负感吧。

于参观中，我发现几乎所有的雕像，无论立、坐、仰卧，皆为正面像，体态端庄、肃穆，绝不左右偏斜，身体的重心都在一个垂直面上，有昂然矗立、正襟危坐之意。或头戴饰有鹰头、蛇头象征上下埃及统一的巾冠；或狮身人面，即使有狮子的耳朵和鬃鬣，可正面的面孔颔下仍戴有假须。法老们是相信灵魂不死的，只要身躯不腐，灵魂仍能回到躯体之中，期待往日的复活，这就是他们将自己死后制成木乃伊与不腐的石像的缘故吧。故雕像皆酷似法老生前的容貌和体态，保持着直视前方的特征与威严，预示着永不消失的存在和权力。难怪英国美术史家贡布里希把埃及的艺术说成是"来世的艺术"了。

顺着展厅的文物顺时针方向游走,雕像与器物也逐渐缩小,已看不到古王国时期的那种超拔伟岸的气度,不再庞大宏伟。而此时法老的陵墓也远没有那种空前绝后、坚实厚重、锥立摩天的气派、高大与堂皇,多为砖砌的小型金字塔,外部包一层石灰岩。而馆内此时期的文物则体现了神权的丧失,法老仅是太阳神肉身的儿子,不再享有太阳神的威望,而祭司与雄踞一方的地方势力的权力与地位上升,随着国事危机与近200年的内乱,虽然后来归于一统,然而,人们不再相信有永恒的社会秩序,不再相信唯我独尊的法老地位的不可动摇。法老的雕像,已由神而成为人的转变。这一时期的肖像雕刻,亦有着独特的艺术价值。

埃及的艺术家常选用墨绿色的闪绿岩的材质造像。或许,正是因为石质细密而坚硬,很难雕凿,才可以打磨得细腻光滑,从而显现出法老年轻的面容以及光洁的肌肤。在人体比例均衡、造型有力且柔和,洗练而写实的塑造中,留下了坚实且动人的形象。观赏之下,我感到石头的柔软感和弹性,胸肌的肌肉突起,腰身的曲线收缩,以及肚脐周围的凹陷感,使石头丧失了石头,似乎是溢出生气、柔韧饱满,让石头都有了气质和温度的血肉之躯。其时,一位雕刻家在其墓葬石碑铭文中自信地宣称:"我是一个熟练掌握艺术技巧的人……我熟知如何去表现一个行走中的男人和女人的风度……熟知如何表现拉着河马的手臂的平衡关系和一个跑步的人的连续动作。"匠人们对各种材料的处理经验与高超的写实能力,凸显出个性。或许,由于社会关系的复杂化,古王国时期的人物宁静、肃穆、庄重和自信一去不复返,而体现人物的内心情绪、真实状态的作品继而出现。馆藏中只有残断头部的《赫索斯特里斯三世肖像》,已再没有古王国时期虽注重相貌的真实,但都塑造得年轻、予以美化的倾向;而是一位满面沧桑与忧郁、眼睑下垂、眼袋明晰、嘴角下垂的饱经忧患的中年法老的形象。他面部的肌肉松弛,双眉呈八字形,虽然仍大睁着双眼,面部仍透出疲惫和忧伤,让线条勒刻出情绪,石头也呈现出复杂的人的心理状态,与早期那种面无表情、只有威严自大的法老形象已不可同日而语,但却更为真实,是非神的人性化的雕像。而这期间的浮雕和壁画,法老夸张地勒石宣扬自己的功勋,或祭神仪式的场面,大抵也是对昔日法老至高无上的权力与威望可望而不可即的梦想与渴墓。而此时期流行于崖墓墙上的壁画,却更为生动、逼真和优美,自然活泼、多姿多彩、充满了对自然的观察描写以及对现实生活的眷恋。其中的《铜羚羊》为中王国时期的代表作,羚羊是王子的象征,一个仆人喂饲羚羊,一仆手扶细长的羊角,两人一立一蹲,这是一幅俯视图,人物已有透视手法的处理,处于有深度感的空间之中,亦体现了人与羚羊之间亲昵的感情。

新王国时期被称之古埃及的黄金时代。图特摩斯三世时,其势力越过国界延伸至东南,成为西亚多国四方来朝、并将王子留在埃及作为人质的强大的君主统一国家。据称,第十八王朝之后的500年中,埃及从尼罗河口到第二瀑布以南,建造的各种各样的神殿、陵墓和方尖碑,所留下的雕刻等,比其他时期的总和还多,如今幸存的建筑遗物大多是这一时期留下的。

神庙是新王国时期建筑的代表。强盛的国家似又恢复了恢宏阔大的建筑形制。如果说,古王国时期的神庙注重外表,新王国时期的神庙则注重内部的表现。这些神庙没有统一的外观,如著名的哈特谢普苏特祭殿利用悬崖峭壁作为依附的衬托,让斜道、平台与耸立的一排排柱廊与崖壁垂直而下的沟壑相辅相成,浑然一体,让建筑与自然合一,显得更为雄壮和伟岸。新王国时期的神庙大抵是长方形的,正面朝着尼罗河,其外形只是厚重的石墙,其内部则庄严且神秘,具有心理威慑力量。神道两旁密密排列的诸多的狮身人面像,于象征意义之外,无数重复的形象亦强化了神道的深度感。著名的卢克索神庙建造了100年才完工,有精美的雕刻圆柱、华丽的庭院与雄伟的雕像,而过厅的两排14根巨柱,柱高20米,柱头饰有纸莎草花冠,造型优雅动人。而卡尔纳克神庙可谓集诸神庙之大成,始建于古王国时代,后经新王国诸王不断扩充、完善,一直持续至罗马人统治时期,其总体部分至十九王朝时才得以完成。卡尔纳克神庙之神道为两排狮身羊首像,其内有诸多层次、六道塔门。其间柱廊、柱厅如林,穿过一系列建筑,最后是神像所在的圣堂。庙里尖顶的石碑、巨大的法老雕像随处可见,据统计,神庙内神像有5000多座。卡尔纳克神庙最为壮丽、神奇瑰伟的是它的大圆柱主厅,占地5000多平方米的厅内,巍然耸立着134根擎天巨柱,分16排而有序排列,中间两排12根异常粗大，高21米，直径3.57米，柱顶盘上可站立百人。其圆柱、天花板、梁枋和墙面，刻满了着色的象形文字与浮雕图像，并大量运用了金色，蓝色的天花板上面画着金色的星星和飞着的苍鹰，圆柱顶天立地，显得更为高大雄伟。可柱厅之内光线微弱，柱子之间距离小于圆柱直径，如此密集的粗硕的圆柱于迷蒙中有着沉重的压抑感，笼罩着昏暗中看不透的神秘的氛围。据介绍，卡尔纳克神庙是埃及的圣地与朝拜中心，堪称为建筑的精华和艺术宝库。1902年，于主神庙与第七塔门之间发现一处雕像存储地，出土石雕像779件，青铜像1700件，其中包括著名的图特摩斯三世的雕像。

这期间的雕像，甚至改变了以重量、威严、稳定以及正面标准像般的美学原则，变得优雅、华丽、洗练、精致起来。法老脸上会带着隐约里安详的微笑，王妃微挑的眼角和稍稍下弯的嘴角呈现其大胆的个性。而最具特征的埃赫那吞雕像则显示出与古埃及艺术根本的区别。一张瘦削的大半个侧面的长脸，两片柳叶般细长的眼睛，直挺的鼻子与轮廓分明的厚实嘴唇，翘起的下巴，是极富个性的面貌。而其胸部的平瘪，松弛的肉身，细弱的双臂与隆起的肚腹，柔软得近于女性的臀部，有如医学解剖般真实地体现出他的病态和虚弱、近亲兄妹通婚导致的病态，迷离的眼神有如坠入梦幻，具有冥思苦想的精神气质与神经质。

馆藏雕像中，还有埃赫那吞皇室首席雕刻家特摩西斯工作室未完成、未上色的皇后尼菲尔提提的头像。这是待榫、组合的整个雕像的头部，虽已接近完成，可未加皇冠的头顶和少半个脸颊还带着石质的粗糙感，有待打磨与精雕细刻，眼睛还需镶嵌石英石的眼白。眼眶和眉毛已嵌入天青石材料，面部的中心尚留有自上而下的一条黑线，为的是把握左右两边对称的比例，整个轮廓亦用黑线界定，用红线画出需局部修改之处。然而，其柔软的面部肌肤感，隆起的眉骨，一双丹凤大眼，精巧的鼻子与丰满的厚唇，微微上弯的嘴角和微翘的下巴，以及眉弓的起伏，皮肤在骨骼上绷紧的变化，轮廓线富有弹性的弯曲，表明艺术家已准确理解、掌握了人体解剖结构，并恰到好处地体现坚硬的石头如何有了柔软细腻的质感，成为有弹性，有体温，有成熟、高贵、宁静的气质，专注的神情与纤细敏感的风采。与现藏于柏林埃及博物馆中那尊著名的石灰石着色的《皇后尼菲尔提提肖像》，以及埃赫那吞与皇后的小雕像相较，其共同处是皇后均微扬头颅，脖颈细长，缓缓的曲线表现了其尊贵、高傲的姿态和仪容。从工作室中发现的用陶泥制做的生者与死者的脸具面模看来，这精美的皇后尼菲尔提提肖像，便是3000多年前皇后面容真实的再现。

目睹这石头雕就、垒砌的历史，这博大、恢宏、凝重，撼人心魄的石质的埃及，这留下人类最早创造的独有文明的恒久的遗物，我想起了雅克·德比奇等写就的《西方艺术史》中的话："在艺术上，持久性要比独特性更为重要，集中的、瞬间的价值命里注定要被永久性所超越，这种持久性乃是艺术的一大标准，从中产生出神秘感来。"

黄金的躯壳与木乃伊

博物馆二层的展品是主题陈列。最惹人注目的是第十八王朝法老图坦卡蒙墓出土的物品，还有安放历代法老与后妃们的木乃伊陈列室。

图坦卡蒙墓是历代法老墓葬中最小的一座。或许，这位10岁便登上国王宝座，同年娶了自己同父异母的妹妹，兔唇、双脚内翻，用脚踝着地，只能拄拐杖行走的多病脆弱的少年，19岁便死于疟疾和腿部骨折引起的并发症，并没有开创出什么业绩。难怪这位脊柱严重弯曲的少年君主，墓室里会陪葬100余根拐杖了。而陪葬的六架二轮战车，也只是他带着猎犬、在沙漠中追捕鸵鸟的工具，与征战没有任何关系。或许基于此，20多个世纪以来，那些千方百计搜寻法老葬身之地的考古学家、旅行家与盗墓者，把目光纷纷投向那些声名卓著、有宏大的祭庙标识的大墓地，那些墓穴极其惊人的宝藏，几乎没有一处不被挖掘、盗取，而图坦卡蒙的小墓却被忽略了，似乎已被遗忘。看来，大有大的被人惦记的惹眼之处，小也有小的不易被骚扰的安宁。

然而，这卢克索国王谷陵墓群中最小的一座，终于被英国考古学家卡特，在探寻、挖掘了六年之后，于1922年大白于天下。这未被盗取、挖掘，保存完好的墓室，一时间震惊了天下，这到处都是金子闪光的四个墓室，富丽堂皇精美绝伦的五千余件文物中，各种黄金制品便有1700余件。这最小的法老陵墓便有如此多的稀世宝藏，想那些堂而皇之的诸多大墓，该有多少已在盗取和劫掠中丧失，恐已难以估量。

图坦卡蒙的木乃伊保存完好，躺在黄金人形棺之中，罩在黄金面具以及诸多的胸饰、宝物之下，颇引人注目。诸多的文物之中，法老的包金宝座、用珍宝镶嵌成的黄金面具、保护棺椁的四个守护女神雕像以及彩绘木箱等，最为贵重，堪称稀世珍品。

安放图坦卡蒙木乃伊的棺椁共有四层，一层套着一层。外部是石英棺椁，花岗岩棺盖。套在石棺之中的是两口表面刷漆、细部贴金箔并用贵重彩石镶嵌的硬木棺。最里面的黄金人形棺前后为3厘米厚的纯金板制成，整个金棺重量达134.3公斤，被认为是古埃及艺术遗物中最为华丽、工艺精湛的作品。金棺由上下两半合而为一，上半片金棺雕造出法老的人形，戴皇家头饰，额前为上下埃及的保护神眼镜蛇与兀鹰，脖子上悬有双层项链，由皇家珠宝所特有的线状金片连缀而成。法老一手握令牌、一手持金环蛇交叉于胸前，腿部黄金表面则是线刻的伊西斯女神跪着张开羽翼卫护法老的图案，其间还用宝石、玻璃镶嵌其中。法老头冠上的密条黑纹、胡须翘起的装饰纹样，金环蛇的花纹以及法老的眉纹眼线，都由珍贵的黑曜岩镶嵌而成。人形金棺的足部斜翘，整体看来金光灿灿、豪奢且精细，令人惊异。

盛放法老内脏器官的四口人形小金棺长度39厘米，厚度与宽度皆12厘米。它置于造型为小神殿形式的柜子里，由四根柱子支撑，四位守护女神于柱间环护。法老的内脏器官经防腐处理、用亚麻布包裹放置于迷你小金棺内，小金棺再放入雪花石罐中，继而入柜。小金棺与大金棺相较，虽形式大体相同，但更为精微，法老的巾冠面目无异，只是手握交叉的权杖和仪杖，并戴着宽宽的手镯。金棺的下部呈羽毛状图案，有十四条天青石、红玛瑙、绿松石横的纹饰，腰部至足部一条较宽的象形文字刻带，写的是对奈弗西斯女神与肺器官保护神哈比的祈祷。

图坦卡蒙的宝座是木质的扶手靠背椅座。木椅镶金嵌银，并有不同的宝石闪烁其上，展示出极为高超的制作工艺。四条椅腿下端为狮爪形，镶有天青石，前两腿的上端还饰有狮子的头像。椅子扶手是戴着红白双冠的眼镜蛇，辅有兀鹰的翅膀。椅背前后皆覆黄金薄板，并用宝石镶嵌。靠背的正面浮雕，顶部放射着光芒的太阳圆盘之下，在左右雕饰着花纹的圆柱之间，法老与王后盛装相对，皆戴皇冠。宝座上还刻写着法老象形文字的名号。椅前是木质镶金的脚凳，上面的六个弓形则是国家的敌人，三个亚洲与三个努比亚敌人，都被法老踩在脚下。脚凳侧面的鸟图案、表示囊括“所有”的图案和表示崇拜的星星，合于一起，表示国王为被所有民众崇拜的至尊。

另一件颇为珍贵的文物是图坦卡蒙的彩绘珍宝箱。木质、金叶；箱表敷以泥灰，于其上着色描绘，是高、宽40余厘米长61厘米的细长木箱。箱子的两头是对称的斯芬克斯法老像，将他的敌人踩踏在他的利爪之下。箱子的前后两面则是法老乘马蹄跃起的战车、持弓箭征战的场面。他身后是手持羽扇的随从与紧随其后的三横列兵车上的斗士，骏马飞腾矫健，受伤的狮群姿态各异。画面色彩辉煌、描画精细，用笔流畅，颇有所向披靡的宏大气势，被称之为古埃及绘画的杰作之一。

除这些稀世之珍与诸多的黄金珠宝之外，博物馆还展示了一批国王和平民过日子所用的生活用品。譬如衣物，制衣用的木质模特儿，存达3000年之久的面包，记述礼仪及祭司职责的纸莎草纸文稿，3400年前使用的笔、墨、镇纸、笔筒，五谷杂粮、美酒、菜蔬、果品、针线、乐器、武器、当铺单据、死亡证书，以及各种名目繁多的古埃及使用的生活用具等等，林林总总，应有尽有，将人带入一个远古却又近在眼前的世界。

尽管图坦卡蒙陵墓出土展示了这么多令人眼花缭乱、璀璨夺目的稀世之珍，可据报载，墓室中一批有价值的小物件却消失得无影无踪。随着近几十年内世界各地博物馆中那些只能来自图坦卡蒙墓的珍品逐渐涌现，例如法国卢浮宫的“死者侍从俑”，美国堪萨斯城发现的两只金色鹰头，都刻有图坦卡蒙的名字，而美国大都会博物馆有20件藏品被认为来自图坦卡蒙墓。于是，被誉为“现代最后一位、也是最伟大的寻宝者”卡特，以及他的寻宝团队，曾被怀疑他们秘密地将不少宝物带出了埃及，尤其在一些珍品纷纷出现在欧美博物馆的陈列室中，这种怀疑也越来越重。

博物馆二楼的西侧，是木乃伊专题陈列室。11具埃及历代法老及其后妃们干瘪的遗体静静地躺在玻璃罩中。这些木乃伊，有的已经历了

3500多年仍保存完好。其中保存最好的一具是埃及著名的十九王朝法老拉美西斯二世的遗体。这些被亚麻布紧裹着的历代君王,躯体由五道布条捆束,被时光渍染得褐黄的麻布上撒着草叶,双手交叉置于胸前,仿佛正在安睡。

陈列室肃穆且宁静,一种死寂的宁静。整个房间只有我和赛义德在顺序观看,随后又进来一位亦来自中国的参观者,似是一位女大学生。木乃伊和我以前在新疆看过的差不多,干瘪的皮包骨头的尸骸,只有少许的头发。可后妃们的面部并没有完全剥开,有的还戴着面具、面颊饱满,眼睛里嵌着黑曜石与白石头,黑白分明有着真人一样的瞳人,不经意间,看到迷蒙的灯光下反光的眼睛,以为这木乃伊已经复活。

古埃及的宗教信仰是确信灵魂不灭的。人们从尼罗河的涨落和植物的枯荣中,得出死而复活的观念。他们相信人死后,只要尸体保护得好,灵魂就仍有物质依附之处,便可以做到永生不灭。据称,“早在王国之初,埃及人便开始用香料对尸体作防腐处理,制成木乃伊,以保证灵魂‘卡’得以安居”,故他们卓越的防腐技术使4000多年前的法老的尸体保存至今。

我走动在那些尸体之旁,看3000多年前的法老、后妃,似乎和今天的人没什么两样,只有躺着和站立的区别,瘦削和丰满的区别,静止与生动的区别,失水与汁液充盈的区别,抑或是恒久的存在与必将成灰的区别吧。是啊,其实一个活人的身体里70%以上都是水,我想到掉下一颗热泪也会化为蒸汽云丝的沙漠,只有这里能产生木乃伊,纵然水是哺育生命的源头,可水也是腐败、霉变的成因,梅雨季节连雾气都能攥出水的地方是产生不了木乃伊的。然而,这被掏出内脏器官、无心无肺无肝, 亦无脑髓的干枯的肉体, 只有皮骨支撑的虚假的生命还会是生命吗?是的,失血失水的肉体还是肉体吗?再也不能张开的嘴唇,没有心跳,没有思想,没有眼波的流动和喜怒哀乐,没有蓝幽幽的血管,声音的磁性,没有温度,没有光泽,没有吹息如兰的气息,甚至没有浓重的酒气和排泄物,有脚不能站立和行走,有手再也不能抓取一切,一个没有水意的肉体不再是肉体,只有僵死、干枯,那复活的数千年前的期待,只留在他们生前的意念里。

尼罗河夜航

这世界上恐怕谁也说不清一条河流究竟在哪一天诞生的，你可以经历千辛万苦寻觅一条大河的源头，它流经的地域，可你无法知道它是否已流淌亿万斯年的河龄。

尼罗河是世界上最长的河流。从发源于布隆迪中部赤道以南山区的白尼罗河这最远的源头起始，直到其泻入地中海，这条大河的长度达6600余公里，自南向北穿越布隆迪、卢旺达、坦桑尼亚、乌干达、埃塞俄比亚、苏丹、埃及七个主要国家。大河起源的支流穿过枝繁叶茂的丛林，经受多处庞大湖区的滋养，一条条支流的融合，以及非洲最高湖泊的宣泻，于是，白尼罗河与青尼罗河在世界热都喀土穆附近交汇，便形成了人们熟悉的这条尼罗河。

尼罗河穿越了世界上最大的沙漠——撒哈拉沙漠。在这最炎热、干燥、夏季地表可达80℃，一年几乎不见半个雨滴的地方，高温和干旱带走了它的大部分河水，河床已缩成窄窄的一条，水流左弯右拐缓慢地流淌，可其间有六条支流汇入河中，故这条长长的河流据称三万年来从未干涸、断流。埃米尔·路德维西在《尼罗河传》中说：“尼罗河盆地拥有东半球最大的湖泊，非洲大陆最高的山脉和最大的城池。尼罗河两岩栖息着北半球最多的鸟类，居住着世界上几乎每种动物，生长着从高山植物群到热带森林里的所有植物。尼罗河流经沼泽、平原、沙漠，到达世界上最肥沃的耕地，养育了数以百计的不同民族……这些人为了争权夺利，为了维护信仰和风俗，为了证明肤色优劣而进行的斗争，可以从这里追溯到人类历史上最久远时期——6000年前！”

对于埃及而言，尼罗河是伟大、神圣的河流。古希腊时期，著名的历史学家希罗多德就说过：“埃及是尼罗河的赐予。”埃及也流传着“埃及就是尼罗河，尼罗河就是埃及的母亲”这样的谚语。可以说，没有尼罗河就不会有埃及。古埃及诗歌《尼罗河颂》则写道——“万岁，尼罗河！你来到这片大地，平安地到来，给埃及以生命。”

埃及的国土96%都是沙漠。其水源几乎全部来自尼罗河，仅占国土面积3%的尼罗河谷和三角洲里，聚集、生活着96%的埃及人。尼罗河在埃及流经的大部分地区是在沙漠里冲积出来的河谷，于不毛之地滋润出一片细长的绿洲。它不仅给埃及以生命，亦孕育了伟大的古埃及文明。故有人称："尼罗河是埃及文化的摇篮，埃及的全部历史和文化几乎都集中在尼罗河两岸。""如果那些关于金字塔的猜测被证明是真实的话，尼罗河三角洲甚至有可能是人类迄今为止最先进的文明曾经存在的地方，这一切都是尼罗河的功劳。"

我是2月15日晚正式乘船游尼罗河的。走过这几天几乎每日都经过的横跨大河的铁桥，这已建造了七十多年的粗矮的圆柱、桥两侧的铁栏，打量距水面不高的桥体，其实我每天都望几眼桥下的河水，这穿过开罗两岸鳞次栉比层楼广厦的河流，轻轻地拍打着堤岸，偶尔有快艇驰过，便掀起一波迅速扩展的波浪，让拍岸的声音更为喧闹。在暮色渐浓之时，两岸的灯火在水中摇动弯弯曲曲的金链，迷蒙之中，赛义德和他约来的朋友在桥底的一侧陪我登上游船，便开始了夜航。看这穿越开罗的河段两岸高高低低的建筑参差错落，让大河显得逼仄，水缓缓流动着，河上漂浮游移着一船灯火。只有河滨泊定的楼船这水上餐厅灯红酒绿，注释着都市的繁华，飘散着夜生活的气味。远处，则一片漆黑，夜色遮覆着不可见的奥秘与沉潜于河底的久远的历史，似乎只能听到水的抖颤、呼吸和我心脏的搏动，嗅闻城市里熟悉的气息，令我迷惑。船内的灯光将河水照出一小片移动的光亮，让我的思绪也随之沉潜、游移。

我在夜色中的船舱里沉思，想着这条大河给广袤的沙漠带来的幸运，想那遥远的源头。源头之水都是微弱的，而那些阔大的居高临下的湖泊，以及流域里纷纷汇入大河的支流，天空墨黑色的雨云，山洪流泻，暴雨滂沱，都该是长流不竭的大河的源头。或许，源头是一种多元的融汇，是地势的倾斜，自上而下的喷卷与流动。水是不受国界约束的，它倾向于低下而长流入海，而它泥沙俱下的浑浊，恰恰是一种丰腴，它泥沙的沉积造就了古老的上埃及沙漠之中河流两岸翠绿的河谷，也造就了入海口下埃及的尼罗河三角洲。

不知道有多少年了，每年的雨季努比亚境内大雨连绵，尼罗河水暴涨，至9月抵达最高水位。对于埃及来说，狂暴的洪水不是灾难，而是福音。这由舒缓变得湍急的河流，挟裹着泥沙草屑，浊浪滚滚，像千万头雄狮抖开泥色鬃毛狂吼着,奔扑而来。这泛滥的洪水不仅灌溉了农田,洪水退去后,上游带携而来的淤泥丰厚肥沃了这里的土地,把大量矿物质和有机质沉积在两岸的田野与入海口的三角洲里,给埃及的耕地广施了一层天然的细肥。据称,埃及古代利用尼罗河水灌溉的土地达270多万公顷,远远超过两河流域和黄河流域,使埃及成为地中海沿岸的粮仓。难怪埃及会有一年一度的"尼罗河泛滥节",虔诚地期盼洪水的到来了。每年6月中旬,当河水呈绿色,人们便知道这是河水泛滥的预兆,人们便喜气洋洋地聚集于河畔,举行盛大的称之为"落泪夜"活动。在泛滥节上,人们用少女雕像祭河神,荡起舟楫,敲响手鼓,载歌载舞欢庆洪水的到来。

据称,人类在尼罗河流域生活的历史可追溯到公元前10000年至6000年间的新石器时期。公元前5500年左右,为更好地抵御和利用尼罗河每年的泛滥,一些村庄合并,兴建排水与灌溉工程,形成了多条入海口。尼罗河泛滥中,对河水的定期涨落的观察,古埃及人开始了最早的观星和计算,开始了天文学的研究,创造出世界上最早的太阳历。水退后重新丈量土地产生了埃及的测量学、几何学。而在尼罗河两岸,埃及人最早创造的宏伟精绝的建筑艺术,以及与建筑相辅相成的雕刻、绘画等等,都是这条伟大河流所孕育、生成。我甚至想,埃及河谷与三角洲这肥美的土地,是任何庞大雄强的国力,任何一代智慧有为的君王,任何驰骋的战车、锐利的刀剑都劫掠不来的。是不知多少年流淌的、狂暴激越的尼罗河水卷来了那么多国度的日渐消瘦的土地,是多年水土流失造就了富饶且壮丽、恢宏且精美的埃及。这是谁也无法背逆无法阻止的大自然的力量的赐予,是地意水意也是天意。

从自然这个角度着眼,大自然哺育了人的生命和埃及无与伦比的古老文化,可气候变化形成的灾难也会在某种程度上让看似稳固的社会与王国猝然崩溃。《大自然探索》杂志为此刊发文章,认为埃及"古王国"这最为辉煌时期的王朝覆灭,或许与气候引起的灾变有关。

1971年,考古学家于埃及南部挖掘了4200年前即古王国末期一位总督安克哈提非的古墓。这次挖掘的最重要发现,是墓墙上用象形文字记述的事件——即上埃及在当时发生了严重的大饥荒,以至于许多人开始吃自己的孩子。

对这条重要信息的获得，我想恐怕首先要归功于1799年在尼罗河三角洲挖掘壁壕的法国工兵，发掘出刻有古埃及象形文字和希腊文字的玄武岩铭文石板。更要归功于法国研究古代文字的语言学家商博良，他用了整整23年的时间，利用石碑上两种文字的对照，于1822年最终破译了古埃及文字。他戏剧性地证明了石刻上那些栖息的鸟、瞪视的脸和盘踞的蛇可以组成同它们的形象完全无关的词。正如其所指出的："每个图像都代表一个音节符号，也代表会意符号。不同的图像组合在一起构成含义丰富的词组，亦有的符号本身仍具象形意义，如流泪的眼睛表示哭泣，平缓的波纹表示水，男子的侧影表示男人或儿子，高举一只手的人物侧影表示欢乐"等等。正是因为古埃及象形文字的破译，人们才得以从墓墙上得知这4200年前这骇人听闻的史实。

为了有足够证据证实这一段灾难的真实性，考古学家和科学家进行了多向度搜取和研究。

公元7世纪，阿拉伯人征服埃及时，每年都在开罗测量尼罗河涨落，留下了上千年的水文记录。研究者发现，水位即使稍降，也会给埃及带来灾难。1791年、1792年的尼罗河水位较平均水位低了一二米，便造成饥荒，并引发了暴乱。

在埃及的邻国以色列，科学家通过研究洞穴里的钟乳石与笋石，用质谱仪测定轻氧、重氧的比例，发现约在4200年前该地区降雨量骤减20%，是5000年来最显著的气候变化，故科学家推测，当时的邻国埃及是否也发生了气候突变？而科学家在冰岛海底采集一万年的沉积泥柱，发现1500年发生一次的小冰河期，其中一次正好出现在4200年前，造成整个欧洲严寒的同时，也让埃及遭受了严重饥荒。在科学家继续搜寻气候变化中，寻找从花粉、泥土和冰中内含的古代气泡中，都印证了4200年前一次剧烈的气候变化，堪称全球性事件。而最终的证据是对埃及古王国时期法克鲁姆湖沉积层的寻找，但无论如何也找不到古王国末期对应的沉积层。科学家们绞尽脑汁，最终恍然大悟，这只能是当时与尼罗河相通的湖已经干涸。这亦证明其实尼罗河水位很低，整个国家陷入大饥荒。

一个王朝的覆灭原因是复杂的。《世界古代及中古史资料选集》亦记载，古王国时代末期，埃及在政治和经济上的衰败、官僚贵族的腐化堕落、地方贵族的世袭化和分权独立，导致中央集权统治的崩溃。马涅托的《埃及史》亦称：第7王朝由孟斐斯的70王组成，只统治了70天；第8王朝由27王组成，统治了146年，但是，竟没有留下一位王名。正是这两个王朝时期，埃及发生了多年的干旱和饥馑。而政府官员的营私舞弊、搜刮民财，致使民不聊生、衣食无着，并引发了埃及史上第一次民众大起义，“人民拿起了武器”，“大地上混乱无序”，贤人预言“大人物将要被消灭”。而1999年考古学家对南部一古王国城市遗址进行挖掘时，曾挖掘出几千具遗骸，其中大都留下被屠杀的痕迹。其中的三组遗骸皆身体扭曲，一老年男性护着一位女性，女性身下又护着一个孩子；一成年男子趴在断墙上被碎石压着，他身旁有两个男子，中间夹一头动物；神殿前方，倒地的少年已身首异处，可他的手里还抓着一只老鼠，可能是过于饥饿，可老鼠再也不能成为入口的食物了……

金字塔·狮身人面像

2月16日上午10时，赛义德约我与澳洲诗人谢雅仑、罗马尼亚诗人毕·特尔一起去开罗附近的吉萨高地看金字塔群与狮身人面像。作为埃及文化的象征，被尊为世界七大奇迹之首的胡夫金字塔自然是颇有吸引力的。如今，由于天灾人祸，那六大奇迹早已灰飞烟灭，失去踪影，只有这金字塔仍旧挺立在沙漠之上，引人注目。

吉萨高地的金字塔群是在车的临近里一点一点变大的。当我们来到金字塔下，才感觉出它的高大雄伟。我和几位诗人一起观望，围着方形塔基从不同的方向看它的全貌，看到的只是底部庞大的巨石的砌筑、堆垒，它的稳重、沉实，以及岁月的剥蚀在石表留下的被风雨噬咬的痕迹，凸凹不平的石头的沧桑感，则显示出它的古老。一些石头堆垒着另一些石头，在渐次的瘦削里上升，在虚弱的高处变得尖锐，让人感觉似乎石头已失去了重量，成为触目的形式。一种挺拔的力量、向上的力量在锥立中抵达极致，让摆脱重力的尖顶承受天光接引，只有当阳光偏移的时候，它才在自己的阻碍和遮蔽中，留下浓重的阴影。

吉萨高地的三座大金字塔的石质皆为淡黄色的石灰石。据说原来都敷贴一层白色石灰岩，且磨削得极为光滑，在阳光的照射下，于金黄的沙地之上光芒四射，已分不清是太阳的光芒还是它自身在发光，宏伟、壮丽，似乎又隐藏着令人看不透、猜度不出的奥秘。一位英国考古学者曾估算，胡夫大金字塔约由230万块石头砌成，外层石块约115000块，平均每块重2.5吨，大的石块甚至超过150吨。最重的巨石在墓石和减重室的顶部，每块重达50—80吨。如果将这些石头平均成一立方英尺的小块，沿赤道排列，其长度相当于赤道周长的三分之二。这三座大金字塔，被认为是古王国法老胡夫、哈夫拉和门卡乌拉的陵墓。可墓室，都是后人猜度的名称，通过考古，专家们确信，法老的木乃伊根本不在金字塔中，或许这金字塔只是一个象征吧。

胡夫金字塔的入口在塔身北侧距地面18米的高处。我们几个人沿塔身的斜坡通道相拉着沿级而上，进塔后长60米的上行通道低矮狭窄，只能弓身俯首而行，达通道尽头的画廊，再俯身穿过窄短的通道，便是高约6米、面积超过50平方米的石室了。这座石室在距地面42米的高处。而另外两间石室均未完工，一间高于地表，一间低于地表。

在吉萨高地参观不久，一位女士来找赛义德。这女士一脸灿烂，是位大方、爽朗的东方女性，一会儿英语、一会儿是让我听不懂的方言，让人看不出是哪国人士。当赛义德将她介绍给我，她用汉语说喜欢我的诗，我才知道她叫洪美丽，是在香港工作的中国人。我想我的诗未出过港版，她怎么会知道？问后才知道她是赛义德的同事，曾读过我寄给赛义德供翻译的诗稿。她从黎巴嫩旅游后过来，不停地说话，讲旅游不但开了眼界、丰富了知识，而且加强了英语和汉语普通话的表达能力。有这么一个活泼且装扮惹眼的女士加入进来，让吉萨高地亦有了欢快感。她一会儿拉我们拍照，一会儿翻拣小摊上的纪念品，一会儿又拉住一身黑衣、持长枪的埃及警察合影，攀上跳下，让人群都随之生动起来。可她的惹眼让牵骆驼的埃及人发现，死死地拉住她要其骑骆驼留影，经赛义德与之交谈、说明，我们才把她“抢救”出来。

以胡夫之子哈夫拉的名字命名的金字塔比胡夫金字塔略小，其顶部仍保存着部分完好的装饰性石块，仿佛戴了一顶帽子。如果说胡夫塔给人的是雄壮、威严感,哈夫拉塔则显得秀丽、端庄,相形之下有着母性的威仪,被称之为“最美丽的金字塔”。其附属建筑颇多。如比较完整的祭殿建筑,仍保留得相对完好,方柱大厅、各种石料雕就的法老雕像陈列,露天庭院则给人以豁然开朗的感觉,雕像、映入眼帘的金字塔尖,湛蓝的飘着几缕浮云的天空,让通道的狭窄与刹那间突现的开阔,黑暗之中又大放光明的对比与衬托,以及建筑主体与空间的变化,使建筑增加了不少神秘的气氛。研究者称:“对石料的结构作用及其装饰性能的理解是哈夫拉金字塔建筑群的显著特征。”其表面装饰是研磨得十分光滑的石料，祭庙圆柱上闪闪发光的棱线，辉映着墙垣上玫瑰色的花岗石板,地面是雪花石的白净,相互衬托得颇为和谐。门厅中暗红色的石柱与横梁搭建得积木一样明确简捷,而法老的雕像分别由深色闪绿岩、乳白色雪花石和黄色板岩雕成,色彩斑斓,给人以稳重、凝定且丰富的感受。此外,在哈夫拉金字塔之前的不远处,还有属于这建筑群中的世界著名的狮身人面像。

在这高地的建筑之中流连，我们猜度着古埃及人为何要建造这样宏伟高大的金字塔?是巨崖崇拜的影响?尼罗河畔所立亿万斯年的悬崖峭壁,有关持久和永恒的威严,这山巅般锥立的顶天卧地的形象是人神合一的象征,是尊严,是伟力,是无法磨灭的不朽。或许是埃及人在沙漠特定环境下的选择?在黄沙漫漫、铺天盖地、飞沙走石之中,风沙吹起的山丘曾埋没了多少生命和建筑。或许建造这般高大、恒久巍然耸立的金字塔，就是为了与吞噬一切的流沙抗衡，让这曾经是世界上最高的146.5米的建筑,以它的沉重、超拔与尖锐镇压住沙地,以显示君王的威严……或许，金字塔所象征的正是古王国时期金字塔般稳固的社会结构之上的文明。古埃及是一个王权高度集中的奴隶制社会,法老高踞顶端,集王权与神权于一身,其下该是贵族、官员、工匠、劳工、农民和奴隶。法老是诸神与国家灵魂的象征。我猜想,也许这并没有安放法老木乃伊的偌大的金字塔是供神居住的寝宫，其尖顶下斜的建筑如同太阳笼罩四方的光芒,自然,当法老也成为神的时候,这里亦供他的灵魂栖息,亦象征着万年永固的一个强大恒久的国家吧。

直至目前为止,胡夫金字塔的建造仍然是研究者猜不出的谜。建造者的卓越技术水平令人诧异；有资料称：塔的方位和水平准确，几何形体精确，底座四边长的平均误差只有1.52米，塔身的倾斜度与墓室天孔的方向都和日照的角度及天狼星的位置有联系。这证明金字塔的建造者们已掌握了相当丰富的物理学、几何学、数学和天文学知识。此外，人们纷纷猜测这230万块巨石如何搬运、又如何提升到百余米高空砌筑的。2000年，法国化学家戴维斯在一块金字塔石料中发现人发、矿物质和气泡，以此为据提出金字塔的石料非天然岩石，而是用木模逐层浇灌造石而最终筑成的。另有美国人曾对大金字塔进行过X光透视，发现根本无法得到影像。令人惊异难道5000余年前的古埃及人便掌握了防X光的科学技术？而胡夫金字塔的一些数值也令人瞠目结舌——塔底正方形的纵平分线无限延长，就是地球的子午线，又恰好把地球上的陆地与海洋分成相等的两半；塔的周长数等于一年的天数，而周长乘以2又正好是赤道的时分度；用2倍塔高除以底面积，等于3.14159，也就是圆周率π；金字塔坡面的高是纬度的6%，倾斜角接近52度，恰好是稳定角；塔的自重乘以10的15次方正好是地球的重量；金字塔高度的平方与每面三角形的面积正好相等；塔的入口隧道正对着北极星，而塔高乘上十亿恰好等于地球到太阳的距离……这被研究者多年总结出的一系列的巧合数字说明，胡夫塔址的选择、塔的高度、面积和倾斜度的确定，都建立在对地球结构、海陆分布等知识的充分了解之上，古埃及的人类有可能具备这样的能力吗？

二十世纪三十年代，法国人波菲尔在法老墓室发现垃圾罐里不腐烂的猫和老鼠的尸体，引起好奇。回国后他按照金字塔的比例，用硬纸板做了一个底边为0.9米的金字塔，然后将猫的尸体放在距底部1/3高度的地方，几天后他发现猫的尸体真的变成了木乃伊。波菲尔公布了他的试验结果，并提出“金字塔能”的观点，即尸体能迅速脱水、加速木乃伊化的一种奇异的能量。一位捷克工程师对此产生极大兴趣，亦按比例做了几个30厘米高的纸质金字塔进行试验，发现金字塔能让食物不易腐烂，让生锈的刀片重新变得光亮锋利，让鲜花常开不谢，而他用金字塔模型制作的简单神奇的磨刀器，竟获得了发明专利……

胡夫金字塔是否是胡夫时代建造的，也是个疑问。关于胡夫法老建造金字塔最早记载出于两千多年前希腊历史学家希罗多德的《埃及行记》。其实，他所记载的也是距他3000多年前的事情，也只是传说，并无根据。19世纪，法国一位考古学家在吉萨发现了一块“库存表石碑”，碑文记载表明胡夫金字塔早在胡夫继位之前就存在了。而1998年的世界金字塔大会上，人们通过检测胡夫金字塔石块间的砂浆，证明该塔已有5000年以上的历史，亦证实了石碑的记载应当是真实的。

在我的想象里，或许有文字记载的古埃及历史也就5000余年，而胡夫法老之前的早王朝时期法老的陵墓虽然也是石头建造，却是砖石垒砌、平顶长方形的土墩。第一王朝采特的纪念碑浮雕即公元前3100年的“蛇王之碑”，上刻有法老的宫殿，显然是木结构，檐头上尚有芦苇做成的装饰物，看起来轻巧、简陋，故胡夫之前的早王朝时期亦不可建造出如此宏伟、精密、有颇高科学技术含量的伟大建筑。

那金字塔究竟是谁创造的呢？我也想，那没有文字记载的历史之前，是否也曾有过科学技术相当发达的远高于如今人类智能的人群？如果说4200年前世界曾有过小冰河期，而1500年一次的轮回，世界上是否有过灭绝生命的大冰河期？那种没有踪迹的过于遥远的猜想自然是无法证实的。或许，如今我们星球上笨拙的人类也是人类又一次轮回的生灵吧，我们无法知道亿万年前的事情。我也曾听说过，向岩石的深处采石方，其深处岩石是柔软的，如切割豆腐一样轻易。看过用细线勒磨硬管，竟然比钢锯断得更快。我们有多少事情是如此的无知啊。自然，我的想法也是胡猜乱想。我甚至认为金字塔的石室只是为了让尸体脱水、制作木乃伊的地方。当然，我的胡想是算不得数的。

看罢金字塔，我们自然要去看哈夫拉金字塔前的巨型雕刻——狮身人面像了。狮子为百兽之王，人与狮的结合或许也预示着人也是由兽进化而来。但这狮身与人首的结合，是法老力量与权威的象征，是超人的权力的象征，埃及的神亦为狮身人首或人身狼首等，这雕像亦象征着崇高巨大的神权。

这雕像是一整块巨大的岩石雕凿而成，他立于哈夫金字塔的西北方，高达21米，身长57米，脸长5米、宽4米多，嘴阔2.3米，鼻长1.7米，耳朵则有2米长。这巨大的雕像原本头戴皇冠，颈套项圈，耳后方巾披肩，下颔亦有一副装饰胡须，额前亦有圣蛇雕饰，可经过数千年的风雨剥蚀以及人为的破坏，头像已伤痕累累，圣蛇、被打掉的鼻子和胡须中的一块曾被送到大英博物馆，如今已回到埃及。雕像面部鼻崩目残，受到严重损坏，相传是18世纪拿破仑入侵埃及，士兵以头部试炮而使雕像毁容。事实上拿破仑进入埃及曾带来一批历史学家、考古学家等200人，他不可能下令毁坏这样伟大的历史遗迹。经证实，巨像的鼻子是被中世纪的教徒砸掉的。而这雕像也非哈夫拉的面目，其历史可能已经超过七千年。有科学家在二十世纪九十年代利用地震勘测法勘测出巨像下面还存在着一个规模庞大的地下建筑群。这，又成为一个不解之谜。

我们仰望这巨大的雕像，看两只伸向前方的巨爪之中，竟然有一座小神庙。我们又在远方的高处，让身体与这雕像平行，把一只手臂伸开，仿佛是手抚雕像而留下影相。或许，只有在近处才能感受他头颅的高昂、躯体横卧的伟岸，与方锥形金字塔的强烈对比与变化。那睥睨一切的雄姿，似守着金字塔无人可理解的秘密。

我看到那群鸽子了，一群鸽子，黑羽白腹的鸽子，落在狮身人面像的顶端，落在巨大且古老的雕像头顶，并在石质的头像边萦绕，旋起、降落。在眼窝、耳轮、肩膀，以及破损的鼻子上驻足。它们是弥补岁月的残缺，还是在雕像的耳旁诉说着什么？那张偌大的石头的脸庞，敷满了血肉和体温，让沉稳坚实中增添了鲜活和灵动。可我知道，石头没有翅膀，石头的飞翔就是雕像的毁灭，它只在接近天空的顶端给鸽子歇息、腾飞的自由。而所有的翅膀并不能永久地飞于空中，总要在坚实之处敛翅，仰望虚空的博大、永恒，连同这雕像，都只能在这虚空之中容纳，在时间里苍老、残损和憔悴……

古堡与清真寺

2月17日晨，赛义德来匹拉米撒饭店，连同另一会议接待者和我乘车去阿拉伯会议总部，参加"全球化时代的阿拉伯儿童语言研讨会"。

开罗的阿拉伯会议总部大楼很气派，尤其是会堂，装潢得颇有民族特色，容积也不小，可以开千人以上的大型会议。我印象颇深的是开幕式的庄重、明丽。灯光强烈，尤其是主席台上，人显得过于清晰、新鲜，没有影子的白光照射之下似有一种失真感，不知道人是否因此而灼热。我自然只是个白占座位的摆设，一个异样的与会者，一个什么也听不懂的思想开小差的人。会议安排我19日发言，自然我只能用汉语读一段，全文由赛义德用阿拉伯语宣读，题目是《诗是人类的母语》。

在走廊的一个大盆景旁，我作为会议邀请的唯一诗人，又是中国人，接受了埃及国家电视台的采访。我主要谈的是诗与语言文化的作用、中国现当代诗歌的现状，以及中国古诗对儿童的诗教。并就被问及何时爱上诗、对诗的理解等问题作了简要回答。采访最为忙碌的是赛义德，他不断地将两种语言互译，主持人和我倒显得较为轻松。采访最后，应主持人要求，由赛义德用阿拉伯语朗诵我的一首诗《家》而结束。

由于语言不通，故我除了会议发言、开闭幕式之外，可以自由活动。下午，赛义德便陪我去看萨拉丁古堡与穆罕默德·阿里清真寺。

这是一座高地上的城堡，位于开罗东郊高于地面36米的山坡上，故原名为“山堡”。它是被称之为“阿拉伯人的战神”——伊斯兰历史上的英雄萨拉丁为抵御十字军东征而修建的，始建于1176—1182年。此后被逐步扩建，1218年起成为埃及统治者居住的皇宫。据说，1946年英国军队曾在这里向埃及军队交权。

未到古堡，远远看去便感到那居于高处的石头城的坚实、稳固，建筑物高低错落，在封闭的城墙之上挺拔、封固，仍有着密不透风的凝重感，让你看不透它。城堡之前是一片开阔、面积颇大的广场，十二世纪以来，广场曾是集会、举行马球比赛的地方，亦是行刑之地。而今，埃及政府则在这里的露天剧场举办消夏活动，1987年8月始，每年定期举办“古城堡艺术节”，2004年的艺术节，中国四川宜宾的杂技艺术团曾应邀参加表演，受到埃及人民的热烈欢迎。

古堡的入口狭窄，两米厚的高高的城墙居高临下，有一种虎踞龙盘的气势。城墙之上是规则排列的方形空洞，是御敌时张弓射箭、持枪开炮的设施。进门之后却有一种豁然开朗之感，城堡虽有内城与外城之分，但其间十分开阔，容得下无数甲兵回旋，在城中走一个小时似也看不尽它的风貌，有国王及总督居住、办公的皇宫、处所，仅清真寺便有四座，还有四座博物馆，可见其占地之广阔。

这里既然是“战神”抵御十字军东征的城堡，历史上便充满了征战、杀伐和血腥。这位26岁便在征战中出生入死，后在埃及自立为王，成为抗击十字军领袖的萨拉丁，于1185年统一了埃及、巴勒斯坦、叙利亚、伊拉克北部等地区，尔后率阿拉伯联军大败十字军。收复被十字军占领88年的圣城耶路撒冷，又于1189年奋勇抵抗由英、德、法组成的第三次十字军的进攻，终保住了圣城及穆斯林所管辖的领地，名声大振，成为阿拉伯人景仰的领袖、深受爱戴的民族英雄。或许基于此，萨拉丁古堡对于埃及而言具有特别重要的意义，是胜利的象征，亦是一种精神高地、荣耀和巨大能量的别称。

在萨拉丁古堡的高地之上，可以看到开罗旧城的全貌。或许是较远距离的缘故，形形色色古旧的建筑在眼前密集起来，映入眼帘的是无数耸立的尖塔，重重叠叠、高低错落，真不愧为“千塔之城”的称号。看清城市的全貌是需要高度和距离的，在这里看开罗和在城中行走的感觉绝不相同，该是“不识开罗真面目，只缘身在此城中”吧。

阿拉伯人征服埃及，兴建新的城市开罗，是在公元642年，并建造了阿穆尔清真寺，为开罗的第一座清真寺。开罗正式成为埃及的首都是公元969年。据介绍，1400多年来所累积建造的清真寺已达800余座。最为著名的清真寺为艾兹哈尔清真寺。“艾兹哈尔”是阿拉伯语“美丽之花”之意，是先知穆罕默德的女儿法蒂玛的别名，因而此寺是为纪念先知而命名。艾兹哈尔清真寺被称之为世界著名文化遗产中伊斯兰建筑的一颗明珠，建造千年来经几次修复、扩建，已成为极为壮观的庞大建筑群。寺北正门的大门共有九座，皆为上部尖圆下部长方的阔大的寺门。门上白墙处灰色的装饰图案长圆相间，方形上置葱头且尖利针状的寺顶庄重威严。此寺有6座宣礼塔。主门右侧建于1469年向上渐次收缩的尖塔，与其左耸立的双尖塔是该寺的标志性景观，双塔皆较为粗壮，塔间有两围突出的圆形塔檐，且有两倍余主建筑之高，雄伟壮丽，确是罕见的颇有视觉冲击力的建筑。清真寺门内是铺满大理石的庭院，正殿中央则有20排石柱、两侧回廊亦各有10排撑持着整座大殿，正殿深处的凹壁配有门框和镂花雕饰。据说，礼拜大殿与庭院能同时容纳5万人礼拜。千百年来，艾兹哈尔清真寺曾是伊斯兰世界的最高学府，曾培养了大批学者、圣训者、宗教法律学家、圣门弟子，被称之为传播伊斯兰文化的摇篮。1936年，艾兹哈尔大学与清真寺分离。

开罗的苏丹·哈桑清真寺被认为是优美的阿拉伯古迹中的典范，也是世界上级别最高的伊斯兰建筑，建于1356年，历时33年最终建成。它呈十字形的布局，用大理石柱支撑的马穆鲁克圆顶，以及相当于30层楼高的两座呼唤塔，都给人留下了深刻印象。

穆罕默德·阿里清真寺就在萨拉丁古堡之内，这座有浓郁的土耳其风格的清真寺，已成为开罗的标志性建筑。我和赛义德在古堡内望着它高达85米的如两支细笔一般直插云霄的尖塔，左弯右拐地寻觅而来，当建筑呈现在眼前的时候，还是有了震撼感，给我的感觉是古堡之中的古堡。和这庞大的建筑相较，寺壁的窗子只是些小方孔，其外形酷似伊斯坦布尔的圣索菲亚大教堂。高低错落的寺顶都是由浑圆的大小不一的穹顶构成，大圆屋顶高约52米，直径21米，如此巨大的穹顶中间是空的，只靠几根外围方形石柱与几处小穹顶支撑。寺内亦有6座宣礼塔，西南黄铜围栏内，是穆罕默德·阿里的安息处。按伊斯兰教的规定，坟墓是不能建在清真寺之中的，因而这里已极少有宗教活动，成为供游客参观之处。不然，游人是不能踏入做礼拜的清真寺的。我脱下鞋子，走入寺内，领略了它的恢宏、阔大。那么多游人拥拥挤挤，可由于穹顶的高度而被忽略，寺内仍那么空寂、宁静。寺墙内外两层、正殿都用黄色雪花石敷盖，而蓝色、金色的花草树木、日月星辰所组合的连续图案，精雕细刻在寺顶、墙壁与窗棂，精美绝伦。而巨大的枝形吊灯，于厅内环绕拉长的灯链，在石英玻璃中反射出迷离的光亮，有如梦幻，照彻了所有的忧郁。那种幻美之境与宗教氛围的静穆，是一种无声无形的浸润与浸透。纵然我不是教徒，可在这建筑的宏阔气度里，仍感受到一种心灵的庇护。

与这清真寺相比，由穆罕默德·阿里始建于1814年、完成于1857年的嘉乐华宫，这历代国王居住的地方，却异常朴素、简捷，没有任何奢华的装饰与精美的陈设，庭院里也没有树木或奇花异草，恐怕是世界上最为简朴的皇宫，看起来倒像是喜欢干净简单的普通家庭的住所，房间亦不大。它曾于1972年毁于火灾，后恢复重建，成为陈列十九世纪中期文物的博物馆。宫殿之侧，是一口近90米深的古井，供城堡用水，称约瑟夫井。

在古堡的高地俯视，看开罗旧城铺陈在庞大的古旧之中，带着时间渍染的独有色调。我看不清它的街巷和人群，却能领略它的烟火气息，感受那才叫尘世。灰尘、污垢、光亮，剥蚀的水迹和斑痕，蕴含着一个城市的历史、宗教、艺术及生活的质感，粗糙里暗藏着精微，陈旧中有时间的确切。血迹、泪水、爱情，荡气回肠的故事，人性、欲望与生存，注释着它的本来面目，而这一切，笼罩在迷蒙的昏暗里，让一个城市有了广度和深度，以隐晦与明亮的反差，让新的楼舍显得稚嫩、轻浮，缺少丰厚的内涵与气度。而旧城的古朴、寂寥、沉稳，带给我的，是一片苍茫和辽远。

零散的记忆

2月17日晚是中国的除夕夜。经历一天的参观游览之后，虽然观感颇多，但回到饭店在异国一个人过年，我有生以来还是第一次。我知道今夜的中国正欢腾在红灯爆竹与光焰里，家家都团聚在温暖、热烈的年味儿和酒的沉醉里，以及孩子活蹦乱跳的欢欣与老人慈爱的目光里……

在自助餐厅，我的年夜饭是三小勺米饭、两块鳕鱼、四片黄瓜、几粒青豆与一钵菜汤，在盘子里圆满，和我一起团聚。于细品慢咽之中，抬头时却看到一个熟悉的侧影，半个脸庞，一种常见的体态和简短的发式，让我在陌生中顿生一种亲切感，我想大声招呼她——可话到嘴边，又被生生咬住。是我熟悉的一位朋友吗？不会是她。但在这人群与语言都不相识的国度，遭遇一种熟识的感觉已殊为不易。她是谁？还是我想象她是谁？我站起来，又坐下，慢慢地品味异域的孤独。可我还是忍不住又站起来，经过她的餐桌去取一杯饮料，当我转身看时，她已离去，只留下一个背影，让我感到心里顿时空了一下。

我回到房间，只感到夜的极度安静，只有空调机嗡嗡的声音。冷色的灯光笼罩着沉默的杯子、床榻和桌椅木然的腿。我倒了一杯矿泉水，对着镜子，让我与另一个我干杯，让杯子与杯子的影子在镜面撞出叮叮的声响，为自己祝福。静默里，我掰开一个橙子，当粗糙、油亮的果皮破裂，一团看不见的薄雾喷溅开来，只感觉眼睛辣辣的，不经意间竟涌出了泪水……

2月18日是中国旧历的大年初一。文化参赞李景芳先生派车接我去中国驻埃及大使馆，与埃及的中国留学生一起过年。

到了大使馆，便有了一种回家的感觉。望着庭院里挂满的红灯笼、中国结及房间里的字画，一个个陌生而又熟悉的国人，内心里有一股热流涌动，让我感慨，当你离开祖国与家园时，才感受到与祖国无法割离的情感，那种遥远中愈加亲近的祖国之思。李参赞与我在文化中心聊天，说起中国人来埃及旅游的越来越多，每天都有一批批的旅游团来埃。我说是呀，我在埃及的这些天，所有的景点都能碰到中国人，常常主动打招呼：是中国人吧？请帮忙拍个照之类。李参赞还讲，现在埃及大学开中文课、中国亦将在埃及设孔子学院。我也说：在博物馆我还买到中文版的《埃及博物馆馆藏精品集》，看来中国和埃及相互之间已不再陌生。

文化中心的大厅里，留学生们已经包好了饺子，自助餐的冷菜热菜已经摆好。十来天没吃过中国的饭菜了，那味道就是不一样，我吃得有点儿贪婪了。大家品着葡萄酒、孔府家酒。看中央电视台第4频道以及北京卫视，仿佛已回到了北京，感觉特爽。我边吃边和教育处的林丰民处长聊天，他原是北大的教师，说来这里还是很锻炼人的，虽然专业上没有什么提高，但口语水平提高很快，因为语言环境的关系。他讲现在埃及各大学有好几个中语系，有学生1000多人，中文热。饭店的留学生们开起了联欢会，又唱又跳，充满了青春活力。

2月19日，我在“全球化时代的阿拉伯儿童语言研讨会”发言后，赛义德便陪同我去拜会埃及文化部诗歌委员会主席、名诗人合加自，这是一位体态适中、精神健旺，表达能力颇强，在埃及有重要影响的诗人。他热情地握住我的手，说诗人到这里就是到了家，诗人们都是亲戚。有照顾不周处，请谅解。他还说：中国现在的发展也是世界文明的发展。中国不仅有孔子，还有杜甫、李白这样伟大的诗人和其他的文学艺术。埃及现在已翻译了一些中国古典哲学文章过来，以后会译得更多。

我则谈了初到开罗的印象，埃及古老的文明对心灵的震撼。感谢埃方邀请参加本次诗歌节，我能与埃及与各国诗人结识、进行内心的交流是荣幸。目前中国到埃及旅游者多了起来,但心灵间的交流不深也不密切。希望今后能加强诗人、作家之间的互访。出访前中国作协外联部曾让我与埃及有关方面接触,谈一下互访问题,请他们到中国时具体商量一下。我并讲:由于语言不通,双方的作品很少互译。我听赛义德讲,您是埃及影响很大的诗人,出版过多部诗集,现仍在《金字塔报》上写连载文章。我希望在中国首届青海湖诗歌节上能听到您的汉译作品,让中国更多的人领略您的诗歌艺术。

会见后,我送给他一件有中国作家协会徽章的名片盒作为纪念。合加自非常高兴,我们愉快地照了相。他讲:能和伟大的中国来的诗人见面,也非常荣幸之类。

2月20日早6时,我准时来到饭店大厅,会议安排去开罗机场的司机已等在那里了,我将乘机去迪拜转机返回北京。

一个人办理登机手续时,虽然语言不通,但十余天惯用肢体语言的我似不再发懵。我还认得MS921航班,迪拜(DUBAI)的字样。我拿出机票、护照,托运行李时讲到"北京"时小有波折,但办理者还是领会了这两个字的指向。过关时,我拿着护照和空白的报关卡,用右手的一根手指当笔在卡上描画了几下,办理登机牌的先生便替我填写了,于是我照旧点头哈腰了一次。好在我还知道英文谢谢怎么说,不管标准与否地道了谢。看来只要认得数字、地名的拼音字母,以及洗手间的男人标志、吸烟处的标志,这些数字与象形文字比语言更管用。我找到了登机口,就放心地去找吸烟室去了。

当日12时30分抵阿联酋的迪拜, 中国国际航空公司的人已在电梯口举牌迎接,领事馆的刘领事也在等候,一切均被照顾得无微不至,令人感动。在迪拜的宾馆里休息近七个小时, 我只能在宾馆周围走走看看,只感到迪拜的建筑物均为新鲜的具有现代感明亮高低不等的楼厦,间或有阿拉伯风格的样式或装饰错落其间。迪拜给我印象最深的是报警器的响声,甚至在走廊、楼梯处有人走过都响声不绝,看来这是个何等谨慎、防范意识何等彻底的地方。最有意思的是机场安检处,只要过门时有响声,人则退回重来,人们抽下皮带、拎着裤子过关,直至没有任何响声才容许你过去,而门内是没有人再度贴身检验的。迪拜的机场颇大，通道长，二层大厅里摆满了黄金首饰供人选购。路上铺着地毯、装饰亦颇高档、讲究。时而会看到阿拉伯人躺在地毯上睡觉、休息。

又经长途飞行。原定北京时间2月21日10时40分到达北京，由于北京大雾，飞机降落在山西太原机场。下午6时左右再度起飞到京，到家已是20时多了。

2012年2月24日—3月14日

断续写于北京